분단이 싫어서

더 생각 인문학 시리즈

스스로 생각하고 만드는 내 삶을 위한 실천

인문학의 존재 이유는 나를 둘러싼 세상에 질문을 던지고 내 삶과 존재하는 모든 삶의 의미를 확인하며 더 깊이 이해하는 데 있습니다. '더 생각 인문학 시리즈'는 일상의 삶에 중심을 두고 자발적인 개인을 성장시키며 사람의 가치를 고민하고 가치 있는 삶의 조건을 생각하는 기회로 다가가고자 합니다.

분단이 싫어서
통일인문학과에서 만난 우리들의 이야기

초판 1쇄 발행 2024년 10월 19일

지은이. 건국대학교 대학원 통일인문학과
김기연, 김정아, 김형선, 도상록,
박국빈, 박성은, 박솔지, 박종경,
신희섭, 이도건, 이문형, 이태준,
조경일

씽크스마트 책 짓는 집
경기도 고양시 덕양구 청초로66
덕은리버워크 지식산업센터 B-1403호
전화. 02-323-5609

펴낸이. 김태영
홈페이지. www.tsbook.co.kr
블로그. blog.naver.com/ts0651
페이스북. @official.thinksmart
인스타그램. @thinksmart.official
이메일. thinksmart@kakao.com

ISBN 978-89-6529-063-6 (03810)

*씽크스마트 - 더 큰 생각으로 통하는 길

'더 큰 생각으로 통하는 길' 위에서 삶의 지혜를 모아 '인문교양, 자기계발, 자녀교육, 어린이 교양·학습, 정치사회, 취미생활' 등 다양한 분야의 도서를 출간합니다. 바람직한 교육관을 세우고 나다움의 힘을 기르며, 세상에서 소외된 부분을 바라봅니다. 첫 원고부터 책의 완성까지 늘 시대를 읽는 기획으로 책을 만들어, 넓고 깊은 생각으로 세상을 살아갈 수 있는 힘을 드리고자 합니다.

*도서출판 큐 - 더 쓸모 있는 책을 만나다

도서출판 큐는 울퉁불퉁한 현실에서 만나는 다양한 질문과 고민에 답하고자 만든 실용교양 임프린트입니다. 새로운 작가와 독자를 개척하며, 변화하는 세상 속에서 책의 쓸모를 키워갑니다. 흥겹게 춤추듯 시대의 변화에 맞는 '더 쓸모 있는 책'을 만들겠습니다.

자신만의 생각이나 이야기를 펼치고 싶은 당신.
책으로 사람들에게 전하고 싶은 아이디어나 원고를 메일(thinksmart@kakao.com)로 보내주세요. 씽크스마트는 당신의 소중한 원고를 기다리고 있습니다.

분단이 싫어서

통일인문학과에서
만난
우리들의
이야기

건국대학교 대학원 통일인문학과

고갯마루에서
땀을 식히는 바람과 대화하듯
읽는 책

13개의 에피소드로 구성된 이 책에는 시작도 끝도 없다. 13개 에피소드 각각이 하나의 독립적인 이야기들을 담고 있기 때문이다. 그들은 각각 하나의 서사를 가진 이야기이자 책 속의 책이다. 독자들은 처음부터 순서대로 이 책을 읽을 필요가 없다. 책을 펼쳐 13개의 에피소드가 가진 제목을 보거나 사진 또는 글쓴이의 이름을 보고, 혹 마음이 끌린다면 그것을 읽으면 된다. 그것이 곧 이 책을 읽는 방법이다.

1부터 13까지, 에피소드에 붙인 숫자는 편의상 각 에피소드를 구별하기 위한 기호일 뿐이다. 그러니 거기에 마음을 두지 말자. 하지만 그래도 어떤 숫자가 마음에 들어 그 글을 읽고 싶어진다면 그것도 이 책을 읽는 하나의 방법이다. 1부터 13까지 숫자가 붙은 에피소드의 아리비아 기호들은 어떤 연속성도 가지고 있지 않다. 거기에는 논리적인 구성도, 분석의 흐름도 없으며, 연속된 의식은 더더욱 없다.

'에피소드 3'을 읽었다고 이어서 '에피소드 4'를 읽어야 할 필요는 없다. 에피소드 11을 읽고, 에피소드 1을 읽어도 되고 '3'을 읽고 '7'를 읽어도 된다. 그것을 결정하는 유일한 변수는 책을 읽기 위해 펼친 순간, 당신이 느끼는 정동적인 흐름이다. 최대한 자유롭게, 최대한 몸이 느끼는 대로 읽으면 된다. 이 책은 자유도 100%의 텍스트다. 그러니 마음 가는 대로, 몸이 가는 대로 읽어라.

그러나 이런 자유도는 애초 이 책의 글쓴이들이 우연히 이 책을 접하고 읽는 독자들에게 말을 건네는 방식이기도 하다. 이 책은 독자들에게 무언가를 알려주거나 가르치기 위해 쓰이지 않았다. 이 책이 담고 있는 이야기는 우리 시대의 문제들을 극복하기 위해 애를 쓰지만 자꾸만 무너지고, 더 좋은 삶과 미래를 위해 노력을 하지만 여전히 엄습해 오는 불안을 떨쳐버리지 못하는 '미생(미완성의 생명들)'들의 이야기다.

그들은 극한 경쟁의 전쟁터로 내몰리는 젊은 청춘들, 이미 그 시대를 지내왔으나 아직도 길 찾기를 멈추지 않은 영혼들이 자그마한 용기를 내어 자신의 '몸(body)'을 세상에 개방하고 '말'을 건네고 있다. 여기서 책은, 너와 내가 나누는 대화의 매체, 수단일 뿐이며 여러분 또한 동등한 '화자'다. 그러니 만일 여러분이 이 책을 읽는다면 글쓴이에게 말을 걸어보라.

#말 건넴 1.
단 하나의 똑같은 바다, "통일인문학"

우리 모두는 하나의 물방울이다. 그래, 우리는 함께 들뢰즈의 『앙띠 오이디푸스』를 읽었지. 들뢰즈는 "모든 물방울들에 대해 단 하나의 똑같은 바다"가 있다고 말했지. 하지만 이 물방울들이 어디에서 어떻게 만들어져서 어떤 길을 따라 어떤 형상으로, '단 하나의 똑같은 바다'라는 세계를 이루는지는 다 다르지.

하늘의 맺힌 이슬들의 세계인 구름에서부터 시작해, 아니 그들조차 하늘을 오르는 수증기들의 작은 입자로부터 시작해 결국 중력의 무게를 이기지 못해 내리는 빗방울이되기까지, 그들이 이 세계의 어디에서 어떻게 무엇이 되어 바다로 흘러들었든 간에 그들은 결국 생명의 고향인 바다로 향하고 하나의 바다를 이룬다.

그래서 들뢰즈는 물방울을 "천 갈래로 길이 나 있는 모든 다양체들"이라며 "모든 존재자들에 대해 존재의 단일한 아우성", "단 하나의 똑같은 목소리"에 대해 말했지(『차이와 반복』, 633쪽). 여기서 앞으로 펼쳐질 13개의 에피소드도 마찬가지이다. 13개의 에피소드 각각은 결국 단 하나의 똑같은 바다를 이루는 '하나의 물방울'이자 '단일한 아우성'이다.

각각의 에피소드를 이끌어가는 글쓴이들의 고향도, 출신지도 다 다르다. 한반도의 남단에서 북단까지, 급기야

군사분계선을 넘어 북녘과 중국의 연변까지. 나이도 다르다. 20대부터 60대까지. 게다가 인생의 도정에서 잠시 멈춰 여러분에게 말을 건네기 위해 선택한 기억들도 다르며 그것을 통해 나누고 싶은 주제나 문제도 다르다.

그럼에도 이 책은 하나의 똑같은 바다, 하나의 목소리를 가지고 있다. '통일인문학' 또는 '통일인문학과'라는 바다 또는 목소리 말이다. 그러나 오해는 하지 말자. '통일인문학' 또는 '통일인문학과'라는 바다 또한 이 세계에 속한 극히 작은 물방울에 불과하고, 그 물방울 또한 단일하지 않다는 것을.

#말 건넴 2.
통일인문학의 리좀적 글쓰기, "공명과 울림"

'통일'하면, 민족의 고통과 통일의 당위성으로 무장한, 엄동설한에 꽁꽁 얼어붙은 나무처럼 준엄한 굳센 의지로 무장한 얼굴이 떠오른다. 아니, 우리 삶이 추구해야 할 가장 중요한 가치는 민족의 발전과 대의라며 그 외 다른 것들을 무시하고 하찮은 것으로 만드는 민족이라는 대타자 (아버지)의 노예가 된 민족주의자들의 고루한 얼굴이 떠오른다.

그러나 꽁꽁 얼어붙은 바다, 호수는 바다를 향해 갈 수 없으며 심지어 세계는 그렇게 존재할 수도 없다. 우리가 여기서 함께 나누고 있는 통일인문학 또는 통일인문학과는 바다로 향하는 길에서 산속 한 구석진 곳에서 솟구쳐 올라 하나의 꿈을 꾸는 '옹달샘'이다. 거기에는 다툼이 있고, 분란이 있고 넘쳐흐름이 있다.

우리는 내가 만난 다른 어떤 사람들보다 더 큰 차이를 가지고 있을 수도 있다. 그럼에도 우리는 어찌어찌 만났고, 또 어쩌다 보니 그중에 어떤 사람과 더 밀접히 애환을 함께 하거나 학문의 길을 같이 걷게 되었고, 이렇게 서로 다른 목소리를 가진 13개의 에피소드를 담은 하나의 책을 만들었다.

여기에 미리 결정된 것은 없다. 오직 우리 삶에 결정된 유일한 진실은 우리가 언젠가는 반드시 죽는다는 것, 다시 말해 헤어진다는 것뿐이다. 그렇기에 이후 언젠가는 반드시 도래할 헤어짐도 그런 우연들 속에서 '사멸'이라는 자신의 필연성을 행사하게 될 것이다. 마치 물방울들이 자신의 형상을 바꿔 '단 하나의 바다'에 이르듯이 말이다.

그래서 이 책의 글쓴이들은 들뢰즈-가타리를 따라 수목적 양식의 글쓰기를 벗어나 리좀적 양식에 따른 글쓰기를 수행하고자 했다. 일반적으로 우리가 생각하는 책들은 서론-본론-결론처럼 뿌리와 줄기, 이파리로 이미지화되는 '나무'라는 모습을 가지고 있다.

그러나 리좀(Rhizome)은 땅속뿌리가 옆으로 그물망처럼 퍼져 나가는 뿌리 식물이다. 리좀적 스타일의 책에는 하나의 뿌리에서 성장해서 줄기를 타고 퍼져나가는 나무처럼 일관된 구성이나 체계화된 전개가 없다. 여기에는 오직 '차이들', 다양한 목소리들의 울림만 있다.

그러나 이것을 단지 서로 간에 아무런 관심도 호응도 없는 잡동사니들의 모음으로 생각하지는 마라. 여기에는 나무가 강요하는 중앙집권화된 권력이 없을 뿐이다. 리좀적 양식은 땅의 표면을 기어가는 작은 차이들의 연결을 극대화한다. 그러니 여기에는 통일인문학, 심지어 통일이 요구하는 정체성 또는 학문의 장이 요구하는 권위, 심지어 민족도 없다. 대신에 여기에는 차이들의 웅성거림과 그들 사이의 '울림'이 있다.

#말 건넴 3.
봉우리, "그저 고갯마루였을 뿐"

13개의 에피소드를 쓴 글쓴이가 통일인문학 또는 통일인문학과를 온 이유도, 여기를 거쳐 다시 떠나는 길도 다 다르다. 지난 10년 동안, 어떤 이는 사회 운동가로서, 또 어떤 이는 지금 종사하고 있는 일과 연관해서, 또 어떤 이는 학문적 관심에서 통일인문학과라는 '옹달샘'을 찾았고, 또 그렇게 목을 축이고, 자신의 길을 찾아서 떠나기도 했다.

이들 중에는 목회자를 꿈꾸는 사람도, 분단의 철책을 넘어온 탈북자들과 함께 새로운 삶을 모색하는 사람도, 페미니즘을 통해서 우리의 문제를 해결하고자 하는 사람도, 우리 역사가 남긴 상처에 대한 사회적 치유를 위해 노력하는 사람도 있다. 게다가 여기를 거쳐 간 사람 중에는 연구자나 교육자가 된 사람도 있고, 정부 기관이나 사회단체에서 우리 사회의 분단을 극복하기 위한 일을 하는 사람도 있다.

그러나 우리 사회는 직분과 직위에 따라 우리들 각자가 지닌 존재의 무게를 재고, 가치를 평가한다. 그리고 우리에게 끊임없이 나누고, 서열을 매기고 줄을 세우며 더 높이 올라가라고 재촉한다. 그러나 자기가 가장 높이 올랐다고 생각했던 산 정상이란 김민기가 〈봉우리〉에서 노래했듯이 그건 그냥 '고갯마루'였을 뿐이다.

"사람들은 손을 들어 가리키지/높고 뾰족한 봉우리만을 골라서." 그래서 사람들은 자기가 가장 높다고 생각하는 봉우리를 오른다. 때론 지치거나 회의가 들기도 한다. 그럴 때면 우리는 우리 자신에게 말한다. "잊어버려! 일단 무조건 올라 보는 거야", "지금 힘든 것은 아무 것도 아냐/저 위 제일 높은 봉우리에서/늘어지게 한숨 잘 텐데." "허나 내가 오른 곳은 그저 고갯마루였을 뿐/길은 다시 다른 봉우리로" 이어져 있다.

이 책에 실린 13개의 에피소드는 바로 이 고갯마루에서 쓴 글들이다. 오직 정상만 바라보며 그 목표를 향해 치닫는 사람은 쉬지 않으며 돌아보지 않는다. '쉼'이 없는 곳에 '사유'도 없다. 오직 산 중턱에 앉아 쉬는 자만이 자신의 삶을 사유하고, 내 몸이 감응하는 소리에 귀를 기울이고, 세상이 내게 말을 건네는 목소리를 향해 나를 개방한다.

오르지 말고, 가끔은 산 중턱에 앉아 아래를 내려다보자. 그리고 김민기가 노래했듯이 "저기 부러진 나무등걸에 걸터앉아서" 내려다보자. 그러면 난 본다. "낮은 데로만 흘러 고인 바다"를. 우리는 그 바다를 항해하는 "작은 배"다. 그러니 독자들도 글쓴이들처럼 고갯마루에서 땀을 식히는 바람과 대화하듯 이 책을 보자.

그러다가 "혹시라도 어쩌다가 아픔 같은 것이 저며 올 때는/그럴 땐 바다를 생각"하자. 그리고 김민기처럼 나에게, 친구에게 속삭이자. "친구여 우리가 오를 봉우리는" "우리 땀 흘리며 가는 여기 숲속의 좁게 난 길/높은 곳엔 봉우리는 없는지도 몰라/그래 친구여 바로 여긴지도 몰라/우리가 오를 봉우리는"(김민기, 〈봉우리〉).

대학원 통일인문학과장 **박영균**

Episode 01.

어떤 이산가족의 마지막 가족사진
(평안북도 선천)

93년생 분단 키즈

김형선

분단의
지평선

몇 년 사이 건강이 눈에 띄게 악화되던 할머니가 갑자기 한국에 가야겠다고 하는 얘기를 듣고 우리 가족은 모두 놀랐다. 그 당시는 코로나19의 여파로 비행기 값이 유례없이 치솟아 있을 때였다. 평소 할머니 성격 같아서는 그렇게 비싼 돈 주고 굳이 뭐하러 가냐고 할 분이기에 모두 의아하게 여겼다. 더군다나 우리 집안의 친척 할머니 한 분이 장거리 비행을 마친 뒤 의식을 잃고 세상을 떠난 일이 있어 식구들 모두 걱정부터 앞섰다. 그럼에도 불구하고 할머니는 당장 한국에 가야겠다며 고집을 꺾지 않았다. 우여곡절 끝에 걱정스럽던 14시간의 비행을 마치고 94세의 할머니는 무사히 고국에 발을 디뎠다.

할머니는 한국에 온 뒤 그립던 자녀, 손자, 친척들과 옛 친구들을 다 만나보셨다. 그 옛날 출석하던, 고향과도 같은 교회에서 예배도 드렸다. 나는 나대로 할머니가 한국에 오셨으니 그동안 듣고 싶던 얘기를 앞으로 맘껏 들으리라는 기대에 차있었다. 그러나 할머니의 시간은 나와 달랐다. 이제 갓 서른이 된 손녀가 나중이니, 앞으로니 하면서 거는 기대가 당신에겐 얼마나 덧없게 느껴졌을까. 한국에 온지 한 달 반 만에 이제는 한도 미련도 없다는 듯이 그렇게 바라던 하늘나라로 영영 가셨다. 나에게 녹음파일 하나를 남긴 채 말이다. 분단에 관한 나의 이야기는 할머니를 빼놓고는 시작할 수 없다.

평안북도 신의주가 고향인 할머니는 18세 되던 1946년에 선천읍으로 시집을 갔다. 당시 선천은 한국의 예루살렘이라고 불릴 정도로 기독교세가 강했는데 읍민의 60% 이상이 기독교도였다고 한다. 할머니의 시댁 또한 예수를 믿는 집안으로 시아버지는 선천중앙교회의 수석 장로였다.

38선 이북 지역의 사회주의화가 본격화하면서 많은 기독교인이 월남을 감행했다. 1947년 5월 미소공동위원회 이후 38선을 넘기가 힘들다는 소문이 돌자, 할머니 내외와 다른 시댁 식구들도 5월 초에 부랴부랴 38선을 넘었다. 시

부모 내외와 시누이 둘은 일단 선천에 남아 조만간 합류하기로 기약했다. 그 길이 영영 이별이 될 줄은 모른 채, 할머니 나이로 19세의 일이다.

반세기 가까이 흐른 1993년, 나는 그날과는 완전히 다른 세계인 '대한민국'에서 태어났다. 전 세계적 냉전이 해체되고, 문민정부가 출범한 그 해에 서태지와 아이들의 2집 앨범이 공전의 히트를 쳤고, 현대자동차의 쏘나타 2가 출시됐다. 그 사이 할머니를 비롯한 외갓집 식구들은 미국으로 이민을 갔다. 많은 것이 바뀌었지만 우리가족은 할머니가 월남 직후부터 다니던 교회를 여전히 다니고 있었다.

할머니는 해마다 내 생일이 되면 홀마크사에서 나온 예쁜 생일카드와 미국 달러 지폐 한 장을 소포로 보내왔다. 어렸을 땐 10달러였던 게 고등학생이 되자 50달러, 대학생 때는 100달러 까지 액수가 올라갔다. 할머니의 편지를 받는 날이면 엄마는 머나먼 타국에 있는 할머니의 사랑을 상기시켜주기 위해 노력했다. 그러한 노력의 마지막은 종종 월남 이야기, 피난 이야기로 이어지곤 했다. '할머니 할아버지가 이북에서 안내려왔으면 엄마도 너도 북한에서 태어났을 수 있어, 얼마나 감사해' 피골이 상접한 북한 어린이들의 모습이 떠올랐다. 내가 저렇게 될 수 있었다고? 굶주린 북한 어린이, 미국에 있는 할머니, 2000년 남북정상회담 등 이 뒤섞인 이미지들이 내가 가진 분단에 대한 최초의 인상이었다.

태극기
휘날리며

　정확히 언제라고 할 수는 없지만 나는 점차 분단 이야기에 사로잡혔다. 적어도 그것을 확실하게 느꼈던 것은 중학교 때 교실에서 〈태극기 휘날리며〉를 봤을 때였다. 중학교 교실은 분명 영화를 감상하기에 적합한 장소는 아니었다. 남자애들은 괴물 같은 소리를 질러대거나 아니면 엎드려 자거나 둘 중 하나였고, 여자애들은 쉴 새 없이 수다를 떨었다. 나 또한 예외는 아니었겠지만 영화의 마지막 장면만큼은 뇌리에 남았다.

　할아버지가 된 원빈이 형의 유해를 붙잡고 우는 장면 말이다. 나는 그 장면을 보다가 갑자기 흐르는 눈물을 감추려 애쓰며 교실을 나왔다. 뒤따라 나온 친구가 무슨 일이냐고 묻는 바람에 더 이상 참지 못하고 복도에서 대성통곡을 했다. 어안이 벙벙해 있는 그에게 영화가 슬퍼서 운다고 했더니 친구가 배를 잡고 깔깔거리며 웃었다. 그때 직감적으로 느꼈다. 나라는 존재는 저 영화 속 노인의 눈물과 내 친구의 깔깔거림 사이에서 살게 되리란 것을.

　그 이후의 선명한 기억은 고등학교 1학년이던 2008년의 광복절이다. 광우병 사태로 온 나라가 시끌벅적하던 때였다. 광복절을 맞아 온 가족이 나들이로 인사동에 갔는데 수많은 사람들이 가면을 쓰고 인사동 길에 누워 있는 광경을 지나치게 되었다. 사람들은 가면을 써서 누구인지 알아볼 수 없었고, 어린 아이를 데리고 나온 젊은 어머니도 있었다. 이게 무슨 상황인가 어리둥절해하고 있던 내 곁에서 월남 2세인 엄마와 이모가 분노를 보이기 시작했다. 바닥에 있는 사람들을 향해 힐난하는 말들을 던졌는데 그 중에서도 또렷이 기억나는 말은 '너네 다 북한으로가!' 였다. 당시에 나는 그 상황에서 왜 북한으로 가라는 말이 나오는지 이해할 수는 없었지만 그냥 내가 모르는 뭔가가 있나보다 했다. 두 사람의 적대적인 태도로 인해 길에 나와 있던 사람들도 우리에게 반응하기 시작했고 급기야는 그 일대에 모인 군중들이 우리 가족을 둘러싸고 위협감을 느끼게 하는 지경에 이르렀다. 나는 두 사람과 절대 다수의 군중의 대치를 옆에서 지켜보며 무슨 일이 터질까봐 두려워했고, 이후 그 사건을 떠올리면 그 때 느꼈던 적대감, 두려움과 함께 '북한에 가'라는 말이 동시에 떠올랐다. 내 안에서는 '극우반공적' 정체성의 싹이 꿈틀대기 시작했다.

대학교 1학년이 되어서는, 우연히 참석한 북한 선교 세미나에서 기가 막힌 북한의 현실들을 담은 영상을 보게 되었다. 세미나에서는 정치범수용소 수기 등 다양한 서적을 전시하기도 했다. 억압받는 북한 주민들에 대한 마음이 커져가는 만큼 북한 주민을 이 지경으로 만든 김일성 정권에 대한 분노도 걷잡을 수 없이 커져갔다. 북한 주민의 구원을 소망하는 한편 악한 북한 정권이 하루빨리 무너지게 해달라고 기도했다. 내 안에 독이 쌓이는 기분이었다.

세미나 중간에는 남베트남이 어떻게 '패망'했는지에 관한 영상을 보기도 했다. 남·북베트남 두 나라가 평화협정을 맺고 미군이 철수한지 얼마 지나지 않아 북베트남이 남쪽을 공격하여 공산화 된 과정이 묘사되었다. 당시에 남베트남에 파견 되어있던 북베트남의 간첩들이 정치, 사회 분야에 속속들이 포진해 있던 것도 소개되었다. 그렇다. 이건 분명히 통일이 아니라 '패망'이었다. 영상 말미에는 한반도의 지도가 나왔고, 러시아 대륙에서부터 번져오는 시뻘건 물결이 38도선을 기준으로 멈추며 그 밑의 손톱만한 땅이 파란색으로 남았다. 아 정말 다행한 일이었다. 이렇게 한반도 이남만 유일하게 적화의 물결로부터 보호를 받았는데, 이런 자유민주 체제를 감사해하지는 못할망정 오히려 비난하고, 북한 정권에 동조하는 정치세력들. 그리고 여기에 동요하는 시민들이 있는데 절대 그래서는 안 되는 것이었다. 이들은 북한 주민의 자유와 해방에 대해서는 전혀 생각하지 않고 어떻게든 이 체제를 뒤엎고 북한 체제와 친해지려고 하는, 불순한 세력이었다. 그제서야 3년 전에 들었던 '북한에나 가!'라는 말의 맥락을 이해할 수 있을 듯했다.

이 상황을 바로잡기 위해 뭐라도 해야겠다고 생각한 나는 북베트남의 패망 영상이 담긴 usb를 구매해서 내가 이용하던 공유사이트에 뿌렸다. 소심한 나로서는 정말이지 비장하고도 떨리는 순간이었다. 내 마음은 남들이 알지 못하는 영웅심으로 불탔으며 그 순간만큼은 나는 잔다르크였다. 그 후로도 한동안 자유민주주의, 반공, 대한민국은 내 목숨을 걸고서라도 수호하고 싶은 이데올로기였다. 자유민주주의가 세워진 남한이 핍박받고 있는 북한 주민들을 악한 정권의 손에서 해방시켜야 한다는 것이 당시에 내가 지니고 있던 절대 당위이자 내 스스로에게 지웠던 존재적 의무였다. 스무살의 나는 '분단주의'에 완전히 사로잡혀 있었다.

내 인생의 기원 전후를 나눈다면 그 기점은 아마도 세월호가 침몰하던 날일 것이다. 이 날 철옹성과도 같던 나의 애국심은 박살이 났다. 북한을 절대적으로 악한 체제로 상정하고, 이에 반해 더할 나위 없이 안전하며 심지어는 '무오'하다고 여겨왔던 대한민국이라는 국가가 얼마나 무능하고 무책임한지를 뼈저리게 실감했다. 내가 열렬하게 믿어왔던 세계가 송두리째 부정당하는 시간이었다.

처음에는 단순히 비극적 사고로 시작된 것이 점점 사건으로 번져가고 정권 규탄으로 이어지는 것을 보면서 이 모든 파장으로부터 나를 분리하려고도 했다. 이 사고가 정치적인 주제로 다뤄지는 것이 불편해서 미처 슬퍼할 겨를도 없이 눈을 감아버렸다. 그러자 세월호를 들고 나오는 모든 목소리가 정치적으로 포섭된 것인 양 불온하고 편향적으로 들렸다. 그렇게 감아버린 눈은 또 다시 적대감을 만들어갔다. 고통을 고통으로 느끼지 못하는 병적인 상태였다.

그러던 중 그해 여름에 참석한 기독 대학생 수련회에서 세월호의 진상규명을 위해 기도하는 시간이 있었다. 나는 그 시간에 알레르기적으로 반응했다. 왜 이런 정치적인 주제를 선교단체에서 다루는지 이해가 안 된다며 선배에게 따져 묻기도 했다.

그런데 그렇게 감정적인 마찰을 한번 빚고 나자 딱딱하던 마음에 균열이 가기 시작했다. 이후 이어진 설교 시간에 '우는 자들과 함께 울라'는 한 마디에 마음이 무너져 내렸다. 그동안 우는 자들과 함께 울지 못했던 감정이 한꺼번에 올라와 엉엉 울었다. 그 사고가 났을 때 나도 너무 슬펐는데 울고 싶었는데, 눌러왔던 애도의 감정이, 인간에 대한 감각이 다시 살아나는 순간이었다. 나는 북에 대한 맹목적인 비판의식이 극단적인 우익화를 초래하여 한국 내 다양한 사회문제들에 대해서는 둔감하게 혹은 무감각하게 만든다는 것을 깨달았다. 결국, 내 안에 새겨진 분단을 해체하는 과정은 불균형적인 인간의 감각을 회복하는 일이었다. 분단에 사로잡혀 있던 나로서는 마치 몸 전체에서 한 부분에만 지나치게 통증을 느끼고 나머지에 대해서는 무감각한 상태나 다름없었다. 그러나 진정으로 한국사

회를, 그리고 한반도를 생각한다면 무감각해진 부위의 신
경과 감각이 먼저 되살아나야 했다.

신의주에서
온 편지

'대한민국'을 향한 애국심은 깨어졌지만, 한반도의 회
복, 북한과 북한사람에 대한 관심은 한층 더 깊어졌다. 내
가 대한민국을 극복하게 된 것은 한반도를 더 잘 이해하기
위한 길로의 이끌림이었던 것 같기도 하다. 대학원에 진학
해서 통일과 북한을 공부했다. 대한민국이 규정하는 틀 안
에 갇힌 '악마적' 북한이 아닌, 북한과 그 곳에 사는 사람 그
자체를 보려 노력했다. 그러는 사이 미국에 계신 할머니는
생의 마지막을 향해 다가서고 있었다.

할머니의 건강상태가 악화되어 간병을 하고 돌아온 이
모가 어느 날 나에게 두툼한 편지 뭉치를 건넸다. 보낸 이
의 주소는 '평안북도 신의주시 와이동 13반', 평양 국제우
편 소인이 찍힌 편지들이었다.

30여 통의 편지는 대부분 90년대 초반에 작성된 것이었
다. 내 외할아버지가 미국 이민을 간 뒤에 이북의 어머니
를 만나러 방북한 적이 있다는 얘기는 들었는데 그 당시에
주고받은 편지가 있을 줄은 꿈에도 몰랐다. 탈냉전기, 아

주 잠시 동안의 축복이었다.

편지를 쓴 이는 '리준복'이라고 돼 있었다. 그는 할아버지의 막내 여동생으로, 할머니에게는 시누이가 되는 분이었다. 나는 들끓는 호기심과 동시에 운 좋게 내게 온 이 편지들을 소재로 논문을 써야겠다고 생각했다. 사료적 가치가 충분해 보였기 때문이다. 기대와 흥분에 휩싸여 편지를 순서대로 꺼내 읽기 시작했다.

1990년 2월, 북녘에서 보내 온 첫 편지는 사십년 만에 연락이 닿은 가족에 대한, 나로서는 가늠하기 어려운 그리움과 감격으로 가득했다. '따뜻한 조국의 품에서 잘 살고 있으니 걱정 말라'고 당부하지만서도, 오빠 4형제가 모두 남쪽으로 떠난 뒤 엄마를 모시고 힘겹게 살아왔을 두 자매의 삶이 편지 곳곳에 묻어났다. 기독교 집안인 동시에 월남자의 가족인 그들은 북한 사회에서 적대계급으로 분류되는 조건에 놓였다. 친척과, 이웃으로부터도 그들은 냉대 받는 존재였다. 긴 세월 외로움 속에서 너무도 그리워하고 만나길 바랬던 오빠가 뜬금없게도 미국에 살아 있다고 들었을 때 그네들의 심정은 어땠을까.

1990-02-26, 리준복
그립고 그리운 오빠. 안녕하십니까.
오늘 처음으로 오빠를 불러보는 이 동생의 마음을 무슨말로 적겠습니까.

국토 분단에 의하여 갈라진 우리 가족이 처음으로 서로 생사를 확인하게 되는 오늘

제 마음속의 감격을 표현할 수 있는 글을 저는 배우지 못했습니다.

오빠. 기뻐 하십시오.

지금까지 우리 어머님이 살아계심은 우리 온 가족의 커다란 기쁨이 아닐수 없습니다.

······

저의 일생 좌우명은 오빠들을 만날때까지 어머님을 모시는 일이라는 자각은 그어떤 외로움도 이겨내는 힘으로 되곤합니다.

이제는 조용히 하는 저의 말을 들을 수 있는 나의 혈육들이 이 지구상에 한두명이 아닌 대 가정으로 나를 생각하리라는 확신으로 가슴 뜨거움을 금치 못합니다.

제 나이가 50이 넘어 철이 들게 되었는데도 이렇게 기나긴 편지로 우리하게 시간을 뺏는다고 욕해 주십시오.

하나밖에 없는 조국의 품속에서 한 식구가 오여살 통일의 날을 그리며 이글을 씁니다.

그 후로도 몇 통의 편지를 주고받은 뒤 할아버지는 그해 가을에 직접 꿈에 그리던 고향을 찾았다. 그곳을 떠나온 지 43년 만이었다. 그 어머니는 죽기 전에 아들 4형제 가운데 한 명이라도 만났으면 하는 것이 아마 평생의 소원이었을 것이다. 갓 결혼식을 올린 스무 살 초반에 헤어져 어느

덧 흰머리가 성성해진 차남은 미국인이 되어서야 비로소 고향 땅을 밟았다. 그것으로 한을 풀었다고 생각했는지 어머니는 그로부터 4달 뒤 홀연히 눈을 감았다.

편지는 어머니가 돌아가신 이후에도 몇 년 동안이나 이어졌다. 자매가 보내온 편지를 읽는 동안 나는 이들 사이에 놓인 거대한 장벽이 너무나 비현실적으로 느껴졌다. 서로를 지척에 두고도 생사조차 몰랐던 현실, 한반도를 벗어나야만 연결될 수 있는 아이러니함, 왜 이들은 이토록 힘겹게 서로를 향해야 하는가. 무엇이 이들을 여태 갈라놓는가.

그러던 중 1994년 말에 온 한 편지를 읽다가 나는 머리를 한 대 얻어맞는 듯한 순간을 마주했다. 그 편지를 읽고 나는 한동안 멍하니 앉아 눈물만 끔뻑였다. 그 감정을 뭐라고 표현할 수 있을지 아직도 잘 모르겠다. 김일성 주석이 사망한 이후에 쓴 편지라 편지의 도입부는 상실감과 황망함에 대한 묘사로 시작되었다. 별 생각 없이 읽고 넘어가려는데 바로 그 다음 줄을 보고 나는 두 눈을 의심하지 않을 수 없었다. 내 이름이 적혀 있는게 아닌가.

1994-11-10, 리춘복
우리 자매는 오직 분단 장벽을 뚫고 통일의 서광이 밝아올 래일을 그리며 돌이킬수 없는 이 크나큰 슬픔과 아연 실색한 심정을 힘과 용기로 바꾸어 나가고 있습니다.

<u>사진으로만 볼수 있은 형선이와 OOO 귀영둥이들을 외롭고 쓸쓸한 이 고모 할머니들이 안아볼 날이 반드시 오리라고 굳게 믿으면서</u> 모든 오빠들과 형님들 그리고 조카들과 손자손녀들이 건강한 몸으로 잘들 지내시길 간절히 바랍니다.

아마 할아버지가 갓난쟁이 손녀의 사진을 북한의 동생에게 보내준 모양이었다. 편지가 작성된 시점은 1994년 11월, 내가 두 돌이 될 무렵이다. 대한민국이 풍요와 자유의 전성기를 구가하던 시절이자, 북한에서는 고난의 행군이 본격적으로 시작되기 직전이다.

고모할머니? 불과 며칠 전까지만 해도 나는 이들의 이름조차 알지 못했다. 북한에서 외롭고 쓸쓸한 삶을 보낸다는 그들에게는 내가 어떤 의미였을까? 사진으로만 볼 수 있는 나를 직접 안아보고 싶다는 마음은 얼마나 간절했을까? 아무도 대신 대답해줄 수 없는 질문들이 계속 박차고 올라왔다. 귀동냥으로 들었던 이산가족의 존재는 나와는 먼 이야기일 뿐이었는데, 멀기는커녕, 나를 이토록 그리워한 사람이었다니. 이제는 이 세상을 떠나고 없는 그들이기에 더더욱 쓰라리고 아픈 마음이 들었다.

자매의 편지는 그로부터 6개월 뒤인 95년 5월을 끝으로 더는 전해지지 않았다. 마지막 편지에서 그들은 왠지 이번이 마지막 기별인 듯한 기색을 내비쳤다.

1995-05-06, 리춘복

절대 제가 이곳에서 부탁드린 일을 잊지 마시고 우리를 돕겠다는 의도에서 피해를 보시지 말기를 다시 한 번 부탁드립니다. 물론 이제는 일도 못하고 살기는 그전 만 못하지만 지금껏 살아온 경험은 쉽게 생을 포기하게 하지는 않습니다.

아버님 58세 때 가셨는데 금년 제가 그 년경에 살게 되면서 아버님과 같으면 나도 행복한 생을 산다고 할 수 있는데 생각같이 된다면 더 원이 없겠습니다.

부디 건강하시고 행복하시길 바라며 (···). 통일의 날을 바라면서

자세한 정황은 알 수 없지만, 할아버지가 미국에서 편지를 보낼 때마다 북한을 오가는 인편에 돈을 부쳤던 것 같다. 그로 인해 자매는 졸지에 동네에서 사람들의 시샘을 받는 상황에 처한 것으로 보인다. 자매와의 연락을 담당해주던 메신저가 나중에 전해준 얘기로는 어느 날 자매의 집에 가보니 두 사람이 모두 피를 흘린 채 죽어있더란 것이었다. 미국인 가족을 둔 늙은 자매의 돈을 노린 강도의 소행이라고 추측할 뿐이었다. 물론 식구들은 할아버지에게만큼은 이 비극적인 소식을 절대 알리지 않았다. 그는 끝까지 동생들의 이후 소식은 모른 채 마지막 숨을 거뒀다.

끝나지 않는
이야기

이 편지들은 나한테 왜 이제야 온 걸까. 편지를 읽고 나서 궁금해진 수많은 질문의 답을 구하려 했을 땐 이미 때늦은 뒤였다. 나를 신의주의 두 자매와 연결해 줄 수 있는 유일한 끈이었던 할머니는 내가 논문마감을 하루 앞두고 정신없이 글을 고치고 있던 11월 어느 날 아침, 주일 예배에 가기 전 잠시 눈을 붙인 그대로 영원한 안식에 접어들었다. 한국에 온 지 한 달 반만의 일이었다. 조금만 더 기다려주시지, 야속한 마음부터 들었다.

다행히도 그전에 할머니는 이모 편에 나에게 편지뭉치를 보내면서 들려주고 싶은 이야기를 녹음한 파일을 같이 전했다. 자신의 짧은 일대기와 이북의 시누이들과 소식이 닿게 된 경위가 소개되어 있었다. 그는 말할 힘도 겨우 남아 이야기를 하는 중간 중간에 한참을 쉬었다. 할머니가 세상을 떠난 뒤에야 그 녹음을 하던 순간이 그에게 남은 혼신의 힘을 다하던 순간이었다는 것을 알았다. 녹음 파일 말미에는 이모와의 짧은 대화도 기록됐는데 나는 이 부분을 들을 때마다 여운에 마음이 저릿하다

이모:
- (녹음) 다했어요?

할머니:

- 응, 다했다고 그래야지
- 다 할래면은 끝이 없지 (한숨)

　그가 다 말하지 못한, 다하려면 끝이 없는 이야기들은 할머니와 함께 이 세상에서 증발했다. 이제 이 스토리의 전모를 밝히는 것은 내 몫으로 남았다. 굳이 나를 정의하자면 분단 키즈 정도라고 이름 붙일 수 있겠다. 내가 할머니로부터 물려받은 유산은 분단이며, 끝이 날 줄 모르는 긴 한숨이다. 시작한지 80년이 되도록 아직 결론이 나지 않은 한 비극적인 민족의 이야기다. 이제는 이산 1세대의 시대가 저물어가고, 새로 등장한 세대는 분단과는 아무 상관도 없는 듯 일상을 살아간다. 이들에게 분단이란, 북한이 또 핵실험을 했다는 뉴스 헤드라인을 보고 드는 잠깐의 짜증일 뿐이다. 우리의 소원은 통일을 부르짖던 시절은 끝났다. 통일은 이제 누구의 소원도 아니다.

　실향민 3세이자, 통일을 공부한다고 박사과정씩이나 하고 있는 나로서도 이제 어디로 향해야 될지 사실 잘 모르겠다. 내가 넘겨받은 이 슬픔과 한 맺힌 이야기를 손에 들고 무엇을 해야 할지, 이 이야기의 마무리를 어떻게 매듭지어갈지, 나를 안아보고 싶어 했던 불쌍한 고모할머니들의 한은 어떻게 풀어줄 수 있을지, 결론 없는 질문만 내 머릿속엔 한 가득이다.

달리 보면 이산의 고통은 오늘날에도 그대로 이어지고 있다. 나는 북한에 가족을 두고 온 탈북민들을 인터뷰하면서 이산 1세대의 마음을 감히 짐작해볼 수 있었다. 그렇다면 분단이 지속되는 한 '실향(失鄕)'의 고통과 슬픔은 무한히 반복될 것이 아닌가.

어쩌면 우리 모두는 실향민일지도 모른다. 적어도 한반도라는 고향에 대해서 말이다. 우리는 38선 저 너머의 세계에 감히 발을 디딜 수도, 상상할 수도 없다. 이산 1세대든, 오늘날의 MZ세대이던 간에 우리는 분단이라는 같은 지평선에 놓여있다. 그것은 북쪽의 주민들도 마찬가지다. 나는 신의주에 살던 고모할머니의 편지를 앞으로 많은 이들에게 들려주고 싶다. 그 이야기를 통해 우리 모두가 잃어버린 고향인 한반도를 기억하도록 돕는 것, 적어도 그것이 할머니가 내게 남기고 간 숙제라는 것을 오늘도 생각한다.

Episode 02.

미국 군사고문단 애보트 소령이 1950년 여름 대전
골령골에서 일어난 보도연맹원 및 대전형무소 재소자
학살 현장을 찍은 사진

내 옆에 전쟁

박성은

전쟁만
아니었다면

대학원에서는 한국전쟁과 관련한 수업이 많았다. 그중 한 수업은 실제로 전쟁을 체험한 사람의 구술을 녹취해 발표하는 것이었다. 석사과정부터 교수님들과 함께 종로에 나가 노인들의 한국전쟁체험담을 녹취했던 K를 제외한 나머지 수강생들은 인터뷰 대상을 어떻게 찾느냐고 볼멘소리를 했다. 교수님은 "뭘 그리 어렵게 생각해? 집에 가서 조부모님이나 부모님께 물어봐. 전 국민이 겪은 전쟁인데 이야깃거리 하나 없을라고." 했다.

하긴 내가 어렸을 때만 해도 어른들은 전쟁 때 어쨌다는 말을 달고 살았다. 대체로 아이들의 성적표를 본 어른들의 입에서 전쟁은 불쑥 소환되었다. 등 따시고 배부른 이 좋은 시절에 그깟 공부도 못 하냐는 꾸지람이 푹 숙인 고개 위로 떨어지는 건 더 말할 것도 없었다. 전쟁만 아니었으면 실컷 공부해서 선생도 되고 판검사도 되었을 거라고 큰소리치던 어른들이 주변에 차고 넘치던 시절이었다. 그런 소리를 반복해서 들으면 어느새 아이의 마음속에는 자책감이 차곡차곡 쌓이곤 했다. 내가 그 나이가 되고 보니 어른들의 바람과 현실은 달랐을 거라고, 많이 달랐을 거라고 따박따박 항변할 말이 떠올랐다. 그러나 과거의 시간에 대고 말대꾸를 한들 당시에 새겨진 무수한 생채기를 없는 것으로 할 수는 없지 않은가.

사례발표가 시작되자 예상대로 K는 몇 년 전에 직접 참여했던 연구에서 채록한 구술담을 풀어놓았다. 종로에 나와 바둑이나 장기를 두는 할아버지들이 이야기를 들려주는 말투와 태도까지 곁들였다. 이건 반칙 아닌가 싶었지만 교수님은 당시에 연구원들과 종로와 전라도 해남, 강원도 삼척 등지를 오가며 프로젝트를 진행했던 이야기를 덧붙여 들려주었다. 나를 비롯해 구술을 따 본 적이 없는 원생들은 지겹도록 들어서 새로울 것도 없을 조부모나 부모의 이야기라도 하나 챙겨와야 하는 건가 싶은 마음이 들었다.

복원된 역사,
드러나는 상처

 사실 발표 과제를 듣자마자 떠오르는 인물이 있기는 했다. 아버지 어머니가 모두 비전향 장기수였던 대학 동기 H였다. 내가 대학생이었을 무렵 대학가를 휩쓸었던 여러 이슈 중에는 '다시 쓰는 전쟁사' 속 삭제된 역사의 복원도 있었다. 삭제된 사람들, 그중 내게 가장 충격적이었던 건 빨치산의 존재였다. 『남부군』, 『빨치산의 딸』, 『정순덕』과 같은 소설의 형식을 빌어 세상에 드러난 존재들은 그때까지 내가 배웠던 전쟁사에는 없는 인물들이었다. 더군다나 그들 중 꽤 많은 사람이 '비전향 장기수'라는 이름으로 사회에서 격리된 채 수십 년이나 감옥에서 그들만의 세상을 살아가고 있었다는 걸 알려준 소설 『녹슬은 해방구』까지 떠올리자 역사 속 실존 인물들을 부모로 둔 H의 이야기라면 수업의 취지에도 맞는 특별한 이야기가 만들어질 것 같았다.
 그런데 문제는 내가 H와 연락을 주고받을 정도의 사이는 아니라는 거였다. H를 마지막으로 본 것은 H를 낳아준 어머니 장례식장이었다. 부고를 받을 만큼 친하지도 않았던 사이였던 나는 순전히 절친 란의 전화를 받고 그곳에 갔던 거였다. 란의 말처럼 장례식장은 한산했다. 이따금 언론에 기사화되었던 부모님을 둔 까닭에 친분이 있는 몇몇 기자가 자리를 지키다 막 떠났다고 했다. H는 내가 기억하는 그대로 조용한 미소를 띠고 나를 맞았다. 조용한 미소. 그 랬다. H는 대학 때도 항상 얼굴에 미소를 가득 머금고 있었 다. 말수도 없는 편이라 뭔가를 물으면 말 대신 미소로 답 할 때도 있었다. H는 상당한 미인이었다. H를 처음 보았을 때 나는 얼굴에서 빛이 난다는 말이 소설 속에만 있는 관용 어구가 아니라는 걸 깨달았다. 나도 모르게 눈코입이 동시 에 커질 정도였으니 의도하지 않은 충격이었다. 보름달처 럼 어여쁜 얼굴이라는 말을 현실로 만드는 아이 H, 멀리서 도 알아볼 수 있는 빛나는 얼굴엔 항상 조용한 미소가 어려 있었다. 그때는 밝고 예쁜 아이라고만 알았는데 나중에 부 모님 이야기를 전해 듣고 또 한 번 놀랐었다.

생각이 거기까지 미치자 나는 망설임 없이 란에게 전화 를 걸어 H의 안부를 물었다. 란은 연락이 끊긴지 꽤 됐다 고, 길러준 엄마인 이모도 돌아가신지 오래라 서울 북쪽 어딘가에서 두문불출하며 살고 있다는 말만 전해들었다고 했다. 대신에 연락이 닿는 H의 후배를 소개해 주었고, 나 는 일면식도 없는 후배에게 전화를 걸어 이런 연구를 한다 는 거창한 이유를 대고 나서 자료를 하나 건네받을 수 있 었다. 그 자료는 H의 두 어머니가 생전에 연구자들에게 들 려준 구술 채록이었다. 그 속에는 두 빨치산 여성의 삶뿐 아니라 그들 사이에 있는 H의 이야기도 있었다. H는 아버 지의 성이 아닌 이모부의 성을 따른다. 태어날 때 부모님 이 지어준 이름은 여섯 살까지만 불렸다. 전쟁 때 붙잡힌

H의 부모님은 형기를 마치고 1960년대 출소한 후 결혼해 H를 낳았다. 그런데 1975년 제정된 사회안전법에 따라 아버지가 먼저 검거되고 뒤이어 어머니마저 길에서 H가 지켜보는 가운데 끌려갔다. 그야말로 길에 버려져 이곳저곳 전전하던 H를 이모가 수소문 끝에 찾아내 이모부의 호적에 올렸다. 그렇게 해서 H에게는 낳아준 어머니와 길러준 엄마가 따로 있게 되었다는 내용이었다. 자료를 다 읽고 나자 저절로 H의 조용한 미소가 떠올랐다. 말할 수 없는 비밀이 많은 아이가 거짓말을 하지 않기 위해 짓게 된 미소. 그 날아갈 듯 가벼운 미소는 얼마의 무게를 감당하고 있었을까 하는 데 생각이 미치자 눈이 저절로 감겼다. 겨우 과제 하나 보란 듯이 하려고 H의 행방을 쫓고 있는 내가 한심하고 부끄러웠다. H는 그동안 나처럼 호기심으로 눈을 번뜩이며 덤비는 사람들을 얼마나 상대하고 살았을까. 그 사람들을 향해 조용한 미소는 또 얼마나 지어보였을까. 그런 마음을 가졌다는 자체로도 미안했다. 은둔자로 살기로 한 H의 선택은 존중받아 마땅했다.

발표할 날이 되었을 때 나는 달리 준비한 것이 없어 후배에게 받은 H의 어머니들 구술을 요약해 제출했다. 교수님은 흥미로운 이야기지만 내가 직접 채록하지 않은 구술은 수업 취지와 맞지 않는다고 했다. 이 자료를 쓰고 싶으면 H를 직접 만나 H의 목소리로 들려주는 구술을 채록해 오라고 했다. 여성 빨치산의 구술자료를 텍스트로 한 논문들을 참고자료로 제출했지만 역시 교수님은 실망한 표정으로 고개를 저었다. 그리고 다음에 한 번 더 발표할 자료를 준비하라고 기회를 주었다.

일상을 지배하는
단어 '전쟁'

시간이 흐르고 다시 발표할 날이 다가오자 나는 누구에게 물어봐야 하나 고민스러웠다. 가족사를 털어보는 게 가장 쉬운 일이겠다 싶어 전쟁 때 돌아가셨다는 할아버지 이야기도 떠올렸다. 할아버지는 전쟁이 났던 해 가을 미군 폭격기가 쏟아내는 총탄을 피하지 못하고 마당에서 시체로 발견되었다. 지상에서 미군은 코빼기도 안 보였지만 하늘은 온통 미군 폭격기로 뒤덮여 있던 때라고 했다. 움직이는 것이 무엇이건 가리지 않고 하늘에서 총탄이 불을 뿜으니 낮에는 사람들이 모두 산으로 바다로 피신했다. 할아버지는 식구들을 모두 피신시키고 집에 두고 온 것이 있다며 되돌아갔다 변을 당했다.

아버지는 우리가 어렸을 때 할아버지가 돌아가셨다는 것만 말하더니 나중엔 할아버지가 살아계셨더라면 그렇게 가난하지는 않았을 거라고 빙그레 웃으며 알려줬다. 해방 후 미군정이 소금 판매를 금지하자 밀매업이 성했다. 할아버지는 몇 명의 동업자들과 소금 밀매업을 시작했고 전쟁이 나기 전 막 살림이 윤택해지려는 참이었다. 하지만 할아버지가 절명하자 동업자들은 할아버지의 몫이라며 쌀 한 가마니를 주고는 입을 씻었다. 억울했지만 따져볼 수도 없었다. 소금을 숨겨둔 장소도 할아버지의 몫이 얼마인지도 가족들은 까맣게 몰랐기 때문이었다. 내가 아버지한테 들은 이야기는 이것이 전부였다. 문제는 더 물어보고 싶어도 물을 대상이 없다는 거였다. 조금만 더 오래 살지. 그랬더라면 할아버지 이야기도 물어보고 영광에서 유명한 좌익집안이었던 조씨네 이야기며 사라진 사람들 이야기도 물어봤을 텐데.

아버지가 아니더라도 아직도 영광에 살고 있는 큰아버지라면 전쟁 중 있었던 일을 신나게 풀어놓을지도 모르겠다. 그러나 나는 큰아버지 얼굴을 떠올리면서 세차게 고개를 저었다. 내가 전쟁이라는 단어가 신물이 났던 건 큰아버지 탓도 있다. 어려서 우리는 큰집과 한동네에 살았고 한 달에 두어 번은 큰집에서 스무 명이 넘는 식구들이 서너 개의 상을 붙여놓고 함께 밥을 먹었다. 온갖 푸성귀와 생선과 고기로 차고 넘쳐서 밥그릇과 국그릇을 놓기도 부족한 전라도식 한상차림이었다. 사촌들이 눈을 반짝이며 밥상에 다가들어 큰아버지가 수저를 들기만 고대하고 있을 때 나는 내 앞에 놓인 밥그릇만 뚫어져라 보았다. 흰 쌀밥 사이로 거무튀튀한 보리쌀과 샛노란 좁쌀이 섞여 있었다. 쌀이 부족한 건 아니었지만 명절과 제사 때를 제외하고 잡곡밥을 먹는 것이 그 시대 어른들의 근검 정신이었다.

　아마도 그때의 나는 울상을 짓고 있었을 것이다. 아, 이
건 또 어떻게 먹나 싶어 마지못해 젓가락을 집어 들고 보
리쌀과 좁쌀을 하나씩 집어 밥그릇 한쪽으로 몰고 있을 때
였다. 쨍하는 큰아버지 목소리가 밥 위로 떨군 머리에 꽂
혔다. 가시내가 복 달아나게 밥상에서 젓가락질을 깨작깨
작하냐, 저 저 젓가락으로 눈구녕을 쑤세부러라, 그런 말
들이었다. 내 옆에 앉아있던 엄마는 얼른 내 손에서 젓가
락을 뺏고 수저를 쥐여주고는 재빨리 손을 내려 내 허벅지
를 꼬집었다. 내가 고개를 빳빳이 들고 큰아버지를 쳐다볼
까 봐, 그래서 큰아버지가 더 역정이 나서 지청구가 길어
질까 봐, 눈 깔고 얼른 숟가락으로 밥을 뚝 떠서 입에 넣으
라는 무언의 압력이었다.

　그런데 엄마가 허벅지를 세게 꼬집는 순간 고개는 저절
로 발딱 들려졌고 나를 노려보는 큰아버지와 눈이 딱 마주
치고 말았다. 운이 나쁘게도 저 멀리 상석에 앉아있는 큰
아버지와 상 끄트머리에 앉아있는 나 사이에는 서로의 시
선을 가려줄 머리통도 하나 없었다. 아차차, 얼른 고개를
떨구는 나를 향해 아까보다 더 노여움이 꽉 찬 큰아버지의
고함이 들렸다. 저년이 밥에서 좁쌀 보리쌀 골라내고 있냐
시방! 배때기가 불렀구만. 저년 밥그릇 치우고 밥 못 먹게
아가리를 짝 찢어부러라! 그리고 그때부터 먹을 것이 없어
굶어 죽을 것 같았던 전쟁, 가장을 잃고 홀어머니와 어린

형제들이 고생했던 이야기가 뒤따랐다. 큰아버지 입에서 전쟁, 전쟁, 전쟁이라는 단어가 반복될 때마다 엄마는 더 자주 더 세게 내 허벅지와 엉덩이를 꼬집었다. 나는 내 눈을 쑤시러 달려들 것만 같은 젓가락을 물리치려고 안간힘을 쓰는 한편 꼬집히는 살의 통증도 견뎌야 했다. 그놈의 전쟁은 어디다 갖다 붙여도 찰싹 달라붙는 올가미처럼 아이들을 옭아매 두들겨 패는 어른들의 만능 방망이였다. 거기에 걸려들지 않으려면 전쟁을 연상시키는 지뢰를 밟지 말아야 하는데 그건 신발에 흙을 묻히지 않고 걷는 것만큼이나 힘든 일이었다. 어쩌면 전쟁 세대의 머릿속에는 전쟁이라는 두 글자가 너무도 선명해서 다른 글자가 다 지워지는 건 아니었을까, 하는 생각이 든다.

65년 만에 세상에 나온
선명한 기억 하나

마지막으로 떠오른 인물은 엄마였다. 해방둥이에다 섣달에 태어난 엄마는 전쟁 나던 해 겨우 다섯 살 같은 여섯 살이었다. 뭘 본 게 있을까마는 이제는 떠오르는 사람도 없으니 달리 선택지가 없었다. 자라면서 귓등으로 들은 어른들 말이라도 있겠지. 큰 기대는 하지 않고 무심히 전쟁 때 기억나는 게 있냐고 물었더니 엄마는 뜻밖에도 선명한 기억을 하나 품고 있었다. 가을 어느 날이었다고 한다. 하루는 아랫마을에 갔던 머슴이 숨차게 뛰어와 총을 찬 청년들이 몰려온다며 얼른 피하라고 전하더니 저는 맨몸으로 홀연히 뛰어나가더란다. 그때 외가에는 외할아버지와 외할머니, 엄마와 갓 돌이 지난 이모가 있었다. 엄마의 손위 두 오빠는 집에 있었는지 아랫마을에 있었는지 모르겠지만 무사히 피신했던 것으로 기억했다. 외할머니는 이모를 둘러업고 뛸 준비를 했는데 문제는 여섯 살배기 엄마였다. 젊어서부터 허리가 좋지 않았던 외할아버지가 엄마를 업고 뛰기에는 버거웠고 엄마보고 어른들과 보조를 맞춰 뛰라고 할 수도 없는 상황이었다.

그때 외할머니가 엄마 손을 붙잡아 끌고 냅다 아랫집으로 향했다. 좁은 길 하나 사이로 외가 맞은편에 있는 아랫집은 길에서 서너 자 아래의 땅에 자리 잡아 대문이랄 것도 없었다. 한시가 급한지라 외할머니는 길을 건너 내리막길로 내려가면 바로 보이는 방문을 열고 고무신도 벗기지 않고 엄마를 들여보냈다. 그리고 반닫이 위에 있는 두꺼운 솜이불을 가져와 방바닥에 펼치더니 엄마를 그 속에 넣으며 당부했다. 바깥에서 무슨 소리가 들려도 이불 밖으로 나오면 안 된다, 엄마가 찾으러 올 때까지 꼼짝 말고 여기 있어야 한다, 절대 바깥으로 나가면 안 된다고. 솜이불 속에 엄마를 파묻은 외할머니는 그 길로 외할아버지와 산으로 달음질쳤다. 마침 아랫집에는 아무도 없었다.

얼마의 시간이 지났을까. 바깥은 적막했고 솜이불 속은 어둡고 덥고 갑갑했다. 어린애가 오래 견딜 수 있는 상황이 아니었다. 이불 속에서 꼼지락거리던 엄마는 바깥에서 사람들 발소리와 고함소리가 들리자 그만 호기심을 참지 못하고 이불 밖으로 빼꼼히 머리를 내밀어 보았다. 방문 창살 한 귀퉁이엔 어른 손바닥만 한 크기의 유리 조각이 붙어 있었다. 아랫집 아주머니가 방안에 들어앉아 유리 조각 너머로 외가에 드나드는 사람들이며 지나가는 사람들을 바라보곤 하는 창구였다. 엄마는 무릎걸음으로 살금살금 기어가 유리 조각에 눈을 댔다. 몽둥이를 든 청년들이 외가로 들어가 문이란 문은 죄다 부수며 안을 샅샅이 뒤지고 있었다. 집안에 사람이 하나도 없는 걸 알고는 방에서 부엌에서 창고에서 닥치는 대로 물건을 마당에 패대기치고 발로 밟고 몽둥이로 내리쳤다. 그 사람들 중에는 아는 얼굴도 있는 듯했다.

한바탕 소란이 가실 무렵 한 무리의 사람들이 아랫마을 쪽에서 올라오는 소리가 들렸다. 조금 있으니 총은 든 청년들 몇이 앞장서고 그 뒤로 사람들이 끌려오는 게 보였다. 무심히 유리 너머로 시선을 두고 있던 엄마는 반가운 얼굴을 발견했다. 키가 훤칠하게 크고 잘 생기고 다정한 삼촌이었다. 우리 영순이 예쁘다고 번쩍 들어 올려 목마를 태워주며 웃던 삼촌이었다. 아니 이제는 작은아버지라고 불러야 하는데. 삼촌은 일제 때 일본으로 건너가 무슨 기술인가를 배워왔다고 했다. 숙모는 삼촌과 일본에서부터 함께 왔는지는 모르겠지만 늘씬한 키에 하얀 얼굴과 고운 손을 가졌고 말소리도 작게 자분자분 말했다. 누가 봐도 일자무식에 농사짓는 촌 여자는 아니었다. 영순은 삼촌만큼 다정한 숙모도 좋아했다.

반가운 마음에 알은 채를 하고 싶은 그 순간 어린 영순은 그 자리에 얼어붙었다. 세 살배기 사촌을 안고 있는 삼촌의 등 뒤에 총구가 바짝 붙어 있었던 것이다. 삼촌보다 한 발짝 앞서 걷는 숙모는 태어난지 백일도 안 된 애기를 업고 있었다. 두 사람은 허리를 꼿꼿이 세우고 앞을 보며 총을 든 청년들이 인도하는 대로 발걸음을 옮겼다. 언뜻 태연해 보이는 삼촌과 숙모의 얼굴은 표정 없이 핼쑥해 보였다. 집에서 입던 대로 나온 모양인지 숙모는 하얀 무명 치마저고리를 입고 있었고 삼촌도 역시나 하얀 바지저고리를 입은 채였다. 영순이 마지막으로 본 삼촌네 가족의 모습이었다. 엄마는 그날의 삼촌과 숙모가 빛이 나면서 아름다워 보였다고 했다. 그 모습을 마지막으로 시간이 멈춘 것처럼 엄마의 기억도 멈췄다.

나는 엄마가 그날의 일을 말하는 동안 표정을 유심히 살폈다. 눈앞에 있는 나를 보지 않고 기억하는 장면을 따라가고 있는 그 눈빛, 놀람도 두려움도 어떤 감정도 없이 기억을 풀어놓는 무심한 표정. 말을 마친 엄마는 이렇게 술술 말로 나올 줄 몰랐는지 스스로도 놀라는 듯했다. 사실

나도 놀랐다. 외할아버지에게 동생이 있었다니. 그것도 빨갱이로 죽은 동생이라니.

한편으로 엄마의 이야기를 들으며 그 장면을 생생하게 머릿속으로 그려내고 있는 나에게도 놀랐다. 내가 만약 외갓집의 구조를 몰랐다면, 아랫집의 지형과 그 방을 몰랐다면 이토록 생생하게 그려낼 수는 없었을 것이다. 정말 몰랐더라면 나는 엄마가 하는 말을 중간에 끊고 그 집에 대해 여러 번 물어보았을 것이다. 그러면 엄마는 기억의 흐름을 잃고 마지막 장면을 있는 그대로 말로 표현하지 못했을지도 모른다. 천만다행으로 나는 엄마가 숨어있었다는 아랫집의 그 방을 알고 있다. 어른 손바닥만 한 크기로 창호지를 걷어낸 창살에 붙어 있던 유리 조각도 선명하게 기억하고 있다. 여섯 살 때 영광에서 우리집이 지어지고 있을 때 나는 반년 동안 외가에 맡겨졌다. 그 시간 동안 내가 쏘다녔다는 들판이나 몰고 다녔다는 아이들 모습은 하나도 기억이 안 나는데 따뜻한 방바닥에 이불로 무릎을 덮고 구부정하게 앉아 유리 너머로 바깥을 바라보던 아랫집 할머니와 나란히 앉아있던 건 선명하게 기억한다.

다시 엄마의 기억으로 돌아가 보자. 그러니까 여섯 살인 내가 앉아있던 그 방에서 26년 전 나랑 똑같이 여섯 살이었던 엄마는 삼촌 가족의 마지막 모습을 보았던 것이다. 그날 이후 65년이 넘도록 엄마는 그 일을 한 번도 말해본 적이 없다고 했다. 나는 엄마에게 그 후의 일을 물었다.

청년들이 한바탕 사람들을 쓸어간 후에 외할아버지는 한동안 동생 내외의 시신을 찾으러 다녔다. 어디로 끌려갔다더라, 어디서 총소리가 들렸다더라는 소문을 듣고 근처 산을 다 뒤졌어도 시신은 찾을 수 없었다. 그 많은 사람이 흔적도 없이 증발해 버렸다고 했다. 엄마의 말끝에 덧붙여 나는 한 가지 질문을 더 했다. 엄마가 젊었을 때 자꾸 눈에 보인다던 애기 귀신이 그 아이들이냐고. 엄마는 내 말을 듣고도 무심하게 모른다고 답했다. 모른다, 그 말의 뜻은 내가 그런 적이 있었나, 하는 기억 소실에 가까운 것이었다.

순간 나는 당황했다. 내가 10대일 때 40대였던 엄마는 아랫목에서 까무룩 잠들었다가 벌떡 일어나 부릅뜬 눈으로 허공을 보며 "뭐가 지나갔다"고 웅얼거리며 두려운 기색을 드러낸 적이 여러 번 있었다. 뭐가 지나갔냐고 물어보면, 있어, 그런 게 있어, 하고 얼버무릴 때도 있고, 애기가 눈앞에 어른거리면 안 좋은 일이 생긴다고 중얼거리며 불안한 빛을 감추지 못하는 때도 있었다. 그런데 그게 기억이 안 난다고? 순간 당황했지만 더 묻지 않았다. 평안한 날이 없었던 나의 10대와 엄마의 그 시간은 같았다는 것을. 귀신 아니라 귀신 할배가 나와서 난리굿을 친대도 이상할 것 하나 없던 전쟁 같은 나날들. 영원히 지속될 것 같던 그 시간도 흐물흐물 힘을 잃어가는 순간이 왔고 어느 때부터는 엄마의 귀신 타령도 들리지 않았던 것 같다. 그래, 그럴 수도 있겠다 싶었다. 엄마는 사실 과거에 대한 기억의 그릇이 아주 작다. 원망의 대상이 되는 몇몇 기억은 마치 박제된 사진처럼 선명하지만 그 외의 기억은 별로 없다는 걸 알고 있었기에 전쟁에 대한 이야기를 들을 수 있을 거라는 기대도 하지 않았었다. 그래서 1950년 가을, 그날을 기억하고 있었다는 게 나에게는 더 놀라운 일로 느껴졌다.

집으로 돌아온 나는 고창 학살을 키워드로 검색했다. 2015년 가을의 시점에서 고창군 고창읍 공음면에서 민간인 학살은 1951년 1월이었다는 기록이 나왔다. 빨치산 토벌대가 출몰한 지역에서 군경이 민간인을 학살한 사건이었다. 기록만 보면 엄마의 기억과 어긋나는 것이 많았다. 엄마의 기억이 잘못되었던 것일까, 너무 어려서 어느 계절이었는지 기억하지 못하는 것일까. 그래도 뭔가 석연찮았다.

나는 당시에 역사적 트라우마를 공부하고 있었다. 전쟁과 같은 역사적 사건이 발생하면 그 사건을 겪은 사람 중 꽤 많은 사람이 트라우마 증상을 드러낸다. 전쟁의 상처를 견뎌내지 못한 나약한 몇몇 개인의 문제인 것 같지만 이런 증상이 수많은 사람에게 나타난다면 더 이상 개인의 문제가 아니게 된다. 더군다나 트라우마인 줄도 모르는 상태에서 이어지는 삶은 덧대어지는 상처들로 인해 기형적인 모습이 되고 만다. 비틀리고 은폐되는 기억, 해소되지 못한 고통은 다음 세대와 사회에 영향을 미칠 수밖에 없는데, 그런 상태가 되면 개인의 트라우마는 이제 집단의 트라우마, 곧 역사적 트라우마가 된다. 역사적 트라우마의 개념이 유대인 학살이라는 역사적 사건을 겪은 유럽에서 등장한 이유는 그만큼 2차 세계대전의 결과가 유럽 사회에 미치는 파장이 컸다는 거다. 우리의 전쟁도 마찬가지다. 한반도에 거주하는 모든 사람이 빠짐없이 지나온 전쟁인데, 더군다나 전쟁에 마침표도 찍지 못한 상태가 현재까지 이어지는데, 우리에게 역사적 트라우마가 없다면 그게 더 이상할 일이다.

나는 엄마의 말이 끝나기 전에 그 기억은 트라우마일 거라는 확신이 들었다. 트라우마의 기억은 보통의 기억과 다르다. 마치 사진을 찍은 것처럼 작은 것 하나까지 바람의 냄새나 햇살의 색깔까지 선명한 기억, 그것이 트라우마다. 더군다나 단 한 번도 언어로 표현된 적이 없는 최초의 기억은 오염되지 않은 순수한 기억일 가능성이 높다. 내가 엄마의 말을 듣고 놀란 것도 그 때문이다. 내가 아는 엄마는 자신이 보고 들은 이야기를 자세히 전달할 정도의 표현력을 지니고 있지 않다. 그런데도 엄마는 그날의 일을 마치 지금 눈앞에서 벌어지고 있는 일인 것마냥 힘들이지 않고 선선하게 술술 말로 풀어냈다. 그리고 삼촌과 숙모의 마지막 모습이 '아름다워 보였다'는 표현은 충격이었다. 엄마의 입에서 아름답다는 단어가 나올 줄은 꿈에도 몰랐다. 그런 표현을 하는 엄마를 처음 보는 까닭이었다. 여하튼 엄마가 그 기억을 자세하게 말한 것은 그때가 유일했다. 딱 한 번, 그 장면을 풀어내고는 몇 년 후에 내가 또 물어보았을 때는 기억이 잘 안나는 듯 얼버무렸다. 신기했다. 65년 이상 선명하게 있던 그 영상이 말이 되어 세상으로 나오자 흩어지고 있으니 말이다.

나는 엄마에게 들었던 그날의 기억을 수업 시간에 발표했다. 빨치산의 생애담보다 극적이지는 않았지만 평범한 사람들이 가지고 있는 은폐된 기억을 발굴했다는 점에서 대학원의 거의 모든 수업을 관통하는 역사적 트라우마의 이해를 높이는 데 도움이 되었다는 것으로 마무리되었다. 그러나 엄마의 기억으로는 기말 과제물을 만들지 못했다. 결국 수업의 목적에 어긋나게도 여성 빨치산과 관련한 자료를 조합한 것으로 과제물을 대체했던 것 같다.

지금 우리는
전쟁으로부터 자유로운가?

그로부터 꽤 시간이 지나 나는 고창 지역 학살에 대한 자료를 다시 찾아보았다. 처음에 내가 본 자료와 달리 1950년 9월 말부터 여러 곳에서 민간인 학살이 자행되었다는 증언이 잇따라 나와 진상을 조사하는 중이라는 기사가 보였다. 2기 진실·화해를위한과거사정리위원회에 고창 지역 학살 사건에 대한 진상규명을 요구하는 민원이 꽤 들어왔고 진상이 규명된 몇몇 자료도 공개되어 있었다. 기사와 함께 자료를 찾아보면서 어쩌면 엄마의 기억은 엄마가 기억하는 것보다 더 정확한 사실을 담고 있는지도 모르겠다는 생각이 들었다. 하지만 내가 나서서 작은 외할아버지 가족의 학살 사건을 더 파고들어야겠다는 생각은 들지 않았다. 까맣게 잊힐 뻔한 불편한 가족사의 한 장면을 전해 들은 것으로, 내가 엄마의 기억을 계승하는 것만으로 나름대로 의미가 있지 않을까, 하는 안일한 생각. 그 일에 뛰어들어 동분서주하고 싶지 않은 게으른 마음이 이겼다. 그리고 한 가지 더, 할아버지의 죽음도 진상조사의 민원이 될 수 있다는 것을 안다. 외가의 일보다 훨씬 간단한 일일지도 모른다. 할아버지의 제삿날 미군의 폭격기가 영광군 영광읍의 하늘을 날았는지 기록을 찾고 목격자의 증언을 참조하는 정도면 되는 일일 것이다. 하지만 이것도 역시 내가 기억하는 것으로 마무리 짓는다.

돌이켜보면 그 수업은 나에게 꽤 버거웠다. 나는 사람의 입말보다 문자로 된 텍스트를 좋아한다. 날것의 체험이 중구난방으로 표현되는 것을 '보고 듣는 것'이 아니라 필터링을 거친 정제된 경험을 '읽는 것'을 선호한다는 말이다. 남들이 등산로 입구에서부터 한 발 한 발 내딛으며 정상을 향할 때 포장도로가 난 곳까지 차를 타고 편안히 가서 얼마 남지 않은 거리를 가뿐하게 걸어 땀 한 방울 흘리지 않고 정상을 성복하고 싶은 마음인 거다. 그때는 그게 훨씬 효율적인 연구 방법이라는 생각도 했던 것 같다.

그런데 이 글을 쓰면서 과거의 나와 현재의 나를 오가는 동안 한 가지 깨달은 게 있다. 당시에 수업 과제를 하면서 나는 너무 잘 아는 가족이라서, 너무 많이 듣던 전쟁 이야기라서 더 들을 게 없을 거라는 예측이 보기 좋게 빗나가는 것을 경험했다. 사실 내가 본 어른들, 전쟁 세대는 진짜 전쟁 이야기를 하지 않았다는 것도 알게 되었다. 저마다 가슴 속에 숨겨둔 기억이 한 움큼씩은 있고, 그것을 소리내어 표현해 본 적이 없는 사람들이 대다수일 것이다. 그리고 또 하나, 지긋지긋한 잔소리로 남아 기억을 떠도는 전쟁의 잔영을 걷어내고 관점을 바꿔 과거를 되돌아보니 보이는 게 있었다. 그들이 겪은 전쟁은 채 반년이 되지 않았는데 그 시간, 그 사건의 꼬리에 꼬리를 물고 발생할 수밖에 없었던 생존자들의 기나긴 생존 전쟁. 어쩌면 그들은 평생 전쟁터에 갇혀 밖으로 나오지 못했던 것일지도 모른다. 교수님이 수업 첫날 모든 사람이 겪은 전쟁이라 이야기보따리가 하나씩은 다 있을 거라던 예상은 서글프게도 맞아떨어졌다.

지금의 내가 나에게 묻는다. 전쟁의 그림자 아래서 자란 나는 전쟁터 밖에 있을까? 그럴 리가. 과거의 전쟁도 떠나보내지 못한 현재의 나는 이제 미래의 전쟁을 걱정한다. 그리고 세상을 향해 외치고 싶다. 이래도 전쟁을 원해? 전쟁은 미친 짓이야, 미친 짓이라고!

Episode 03.

기록영상으로 찾아가는 '우리'의 기억

김정아

세계에 흩어져 있는
기록영상

"조선인 일본군 위안부로 보이는 영상이 있어요"

2020년 3월 미국립문서기록관리청(National Archives and Records Administration; NARA)을 다녀왔다. COVID-19 영향으로 10여 일만 머물 수밖에 없어서 인트라넷에 올려진 디지털 영상과 사전조사에서 찾은 DVD, CD로 된 자료를 최대한 복사해 왔다. 영상은 주로 1940년대부터 1950년 사이 한반도와 주변을 촬영한 흑백 영상이었다. 6월 방송할 '6.25

70주년 특집'에 활용할 새로운 영상을 하나라도 더 찾아내야 하는 상황이라서 수집해 온 영상자료 9천여 개 영상 파일과 씨름하던 날들이었다.

하루종일 모니터 속 영상에서 눈을 뗄 수 없는 상황으로 오후가 되면 영상이 흐릿한 것인지 내 눈이 흐려진 것인지 헷갈릴 정도였다. 어느 날 오후, 1944년 중국 쑹산 지역에서 연합군에 의해 구출(?)되는 여성들을 발견했다. 앳된 얼굴의 임신한 여성도 있고, 심한 화상으로 얼굴에 피를 흘리는 여성 등 일본군 위안부로 보이는 대여섯 명의 여성들이 연합군과 함께 있었다. 두려움인지 기쁨인지 모를 표정으로 군인이 이끄는 대로 어색하게 만세를 부른다. 1분도 채 되지 않은 길이의 영상은 앞뒤 맥락도 없이 연합군이 화염방사기로 전진하는 영상에 이어 잠깐 보일 뿐이었다.

그동안 보지 못한 새로운 영상이라서 확인이 필요했다. 영상 index를 보니 제목은 'PUSH SOUTH'로 돼 있고 내용은 버마지역 영연방군의 이동과 미중연합군의 화염방사기 작진 정도만 적혀있을 뿐, 여성들과 관련된 내용은 전혀 언급되어있지 않았다. 2017년 서울대팀에서 찾은 영상은 제목이 'WORLD WAR II IN CHINA'이고, 인덱스에 'Chinese girls'이 있어서 영상을 찾았다고 했다. 문서에서 발견한 내용을 영상에서 찾는 역사 연구자들과 달리, 영상을 먼저 보고 필요한 영상만 문서로 내용을 확인하는 방식으로 찾아서 가능한 발견이었다.

이 기록영상은 담당피디가 보도본부와 협의하여 KBS 9시 뉴스를 통해 방송되었고, 사회적 반향이 컸다. KBS 역사 저널에서 '만삭의 위안부'라는 제목으로 방송하면서 연구자들이 이들의 신원을 밝히고, 이들이 구출되어 석방된 것이 아니라 포로로 잡혀 수용소로 이동했음을 자세히 설명해 주었다. 영상 속 만삭의 여성이었던 고 박영심 할머니가 2006년 북한에서 한 인터뷰 영상도 함께 소개되었다. 2017년 서울대팀에 의해 공개된 인물들이 연합군에 의해 포로가 된 시점을 기록하고 있는 영상은 다시 한 번 일본군 위안부의 실체를 세상에 확인시켜주는 계기가 되었다. 식민의 슬픈 역사가 담긴 기록영상이 아직도 어느 외국 필름 기록관 수장고에서 우리에게 발견되기를 기다리고 있을지도 모르겠다.

동영상 카메라의 피사체로 한반도가 처음 찍힌 것은 1901년 제물포항에 도착한 미국인 여행가 버튼 홈즈(Elias Burton Holmes)에 의해서다. 극동지방을 여행하던 홈즈의 카메라에 담긴 조선은 전차, 상투를 트는 남자, 활쏘기 등의 생활모습이다. 그후로도 오랫동안 한반도를 촬영한 사람들은 조선인이 아닌 외국인 선교사나 여행자들로 그들의 눈에 생경한 지게를 진 남자, 머리에 큰 짐을 이고 가는 여자와 금강산, 경복궁 등 관광지가 주로 찍혀있다. 촬영된 필름들은 분단과 한국전쟁을 거치면서 많이 소실되었고, 그나마 우리 모습이 담긴 기록영상들을 소장하고 있는 곳은 한국이 아니라 미국립문서기록관리청을 비롯한 세계 여러 나라의 필름기록관들이다. 세계 각지에 흩어져 잠들어 있는 영상자료를 수집하고 발굴하는 일은 우리 기억을, 한반도의 역사를 온전히 복원하고 기록하는 과정이라 생각한다.

남북분단은 전쟁으로 이어질 것이라 경고하고 단독정부수립을 막고자 북한으로 향했던 김구, 김규식 선생의 남북연석회의 참석 영상은 1980년대 후반에서야 NARA에서 발견되었다. 한국전쟁 당시 미군이 북한에서 노획한 필름이었다. 1948년 5.10총선 과정을 알리는 뉴스영화 필름은 30년 이상 가정집 지하창고에 가마니째 방치돼 있던 것을 1994년 KBS에서 수집했다. 일제 시기 중국에서 무장투쟁을 하던 '조선의용대'의 선무활동과 김원봉 대장의 육성을 담은 기록영상은 중국에서 수집돼 2005년에야 '인물현대사-김원봉'편으로 방송했다. 중국 국민당정부가 홍보영화로 제작한 '조선의용대'는 미군정의 검열로 해방 당시에는 상영되지 못했고, 해방 후 60여년이 지난 후에야 일반에게 공개된 것이다. 한반도의 식민과 분단을 기록한 기록영상들이 해방이 된 지 70여 년이 지난 지금도 세계 각처에서 발견되고 있다.

KBS에서는 2021년 '현대사 영상프로젝트팀'을 만들어 세계 각지에 흩어져있는 우리의 기록영상을 찾는 작업을 본격적으로 시작하였다. 해외 기록관 수집과정에서 영상뿐 아니라 음성, 사진 등 다양한 자료들이 발견되어 '현대사 아카이브'팀으로 개편하여 수집을 지속하고 있다. 미국, 영국, 프랑스, 독일, 호주 등 우리와 외교관계가 많은 지역뿐 아니라 헝가리, 체코, 중국 등 북한과 문화교류가 많은 국가의 기록관에서도 기록영상들을 찾고 있다. 나는 2023년 영상자문 역할로 헝가리, 체코, 오스트리아를 방문했다. 이곳에는 북한을 통해 한반도 영상자료들이 수집돼 있지만, 디지털화가 되어 있지 않은 자료들이 많아 직접 가서 확인할 수 밖에 없었다. 그곳에서 KBS에 소장돼 있지 않은 한국전쟁 관련 영상과 다큐멘터리, 극영화를 발견했다.

수집된 영상과 음성, 사진자료들을 기초로 제작된 다큐멘터리는 '다큐인사이트'에서 '현대사 아카이브' 시리즈로 방송하고 있다. 강제징병과 강제징용으로 끌려갔다가 태평양지역의 이름도 생소한 타라와, 티니안, 콰잘레인 섬과 하와이, 사이판 등지의 포로수용소에서 발견된 조선인들의 모습이 담긴 '태평양전쟁의 한국인들', 5.18 광주를 영상일지로 기록한 '오월의 기록', 개화기 조선의 풍경과 생활상, 일제하 삶의 현장 등이 담긴 '우리의 기억', '우리의 얼굴' 시리즈는 잊혔던 기억을 기록영상으로 되살려내고 있다.

KBS는 공영방송 50주년을 맞아 대한민국역사박물관과

협력하여 '현대사 아카이브-움직이는 현대사' 홈페이지[1]를 구축했다. 사료가치가 높은 영상을 일반인들에게 공개하기로 한 것이다.

이 팀에서 나의 역할은 해외전문리서처가 찾은 영상자료를 확인하면서 목록을 정리하고, 중요 영상은 KBS의 소장 여부를 확인한 후, 수집 가치가 있는지 의견을 제시한다. 이러한 역할이 가능한 것은 KBS 역사다큐멘터리팀에서 일한 경험과 함께 '통일인문학'을 공부하면서 한국근현대사에 대한 이해가 깊어졌기 때문이라고 생각한다.

영상으로 만난
한국 현대사

방송프로그램의 마지막 화면에는 제작에 참여한 사람들의 역할과 이름이 지나간다. 내 이름 앞에 붙은 역할명은 제작에 사용된 영상자료를 정리하던 '영상자료'에서, 영상자료를 찾아내는 '영상리서처'를 거쳐, 영상의 수집, 정리, 활용까지 관장하는 '영상아키비스트'로 변화해 왔다.

---

1 KBS와 대한민국 역사박물관이 함께 만든 움직이는 현대사 선명한 역사
https://modern_history.kbs.co.kr/history_films.do

대학교 4학년 여름방학 즈음 학교 게시판에 붙은 방송사 아르바이트 공고로 방송사와 인연을 맺었다. 처음 일은 6.25 40주년 특별제작반에서 인터뷰 녹취를 정리하는 일이었다. 내가 처음 맡은 사람은 휴전 이후 제3국을 선택한 전쟁포로 주영복 씨였다.

그는 소련군사고문단 소속의 통역장교로 한국전쟁에 참전했다. 그는 소설 '광장'의 주인공 이명준처럼 인민군으로 전쟁에 참전했다가 포로가 되었고, 반공포로로 석방되었으나 남과 북 모두를 떠나 중립국 인도로 떠났다. 1989년 당시 거주하던 미국에서 진행된 인터뷰 내용은 내가 반공 드라마나 영화에서 접했던 포로수용소의 생활, 포로들의 심경과는 많이 달랐다. 남도 북도 아닌 제3국을 선택할 수밖에 없었던 그의 슬픔이 전해졌다. 인터뷰 내용을 며칠째 듣던 어느 날 밤에는 거제도 포로수용소의 철책을 맨손으로 힘겹게 넘으려고 애쓰다 울면서 깼던 기억이 아직도 생생하다. 6.25 40주년 특집 다큐멘터리 10부작 제작 마지막 작업 당시 4, 5, 6편 영상자료를 담당했는데, 전쟁 경과를 보여주는 내용이라서 대부분 전투 장면과 시체들이 가득한 영상들이었다. 교과서나 드라마에서 만났던 전쟁보다 훨씬 처참하고 참혹한 모습이었다. 비처럼 내리는 폭탄들을 보며 매우 놀랐었는데 그것을 '융단폭격'이라고 했다. 세상을 포탄으로 뒤덮는 '융단폭격'을 맞은 사람들은 어떻게 되었을까? 폭격하는 조종사는 지상의 민간인들의 처참

함을 생각했을까? 전쟁의 참혹함과 질문만 가득한 날들이었다. 그렇게 생생한 영상으로 우리 현대사의 가장 슬픈 기억, 한국전쟁을 만났다.

KBS의 한국 현대사 영상자료 수집은 1980년 6.25 30주년 특집을 준비하면서 시작되었다. 1988년 구성된 '6.25 40주년 특집반'에서 3년 동안 한국전쟁 참전국들에서 1940년~1953년까지의 영상을 대규모로 수집, 정리하였다. 이 영상자료를 기초로 조직된 〈현대사발굴반〉이 '다큐멘터리 극장' 시리즈를 방송하면서 대한뉴스, 리버티뉴스 등 1980년까지의 뉴스영화, 문화영화 등 기록영상과 1960년대부터의 KBS 뉴스필름, TBC 뉴스필름을 확보하였다.

1992년 〈현대사발굴반〉이 구성되면서 영상리서처로 합류했다. 생생한 기록영상으로 현대사를 만나는 일은 매력적이었다. 영상은 책으로 만나는 것보다 훨씬 생생하게 그날 그 현장으로 우리를 데려간다. 그곳에서 현장을 느끼다 보면 당시를 살았던 사람들의 마음이 떠오르고, 때로는 그들의 현재 삶을 이해하게 되기도 한다. 책에서 읽었던 역사적 사건들을 영상으로 만났을 때 강렬한 인상으로 남은 장면들이 있다.

대한뉴스를 보면서 6.25전쟁 시기 전선에서는 사람들이 죽어가는 상황에서 치러지던 이승만 대통령의 생일잔치 소식은 북한 김일성 주석의 성대한 생일잔치처럼 이해되지 않았다. 박정희 대통령과 육영수 여사의 국장 당시 분향 온 사람들이 서럽게 우는 모습을 보면서 우리 안의 전근대성과 함께 민주주의 국가의 대통령이 아닌 국부와 국모를 모시는 마음으로 생일잔치와 국장을 치르고 있는 사람들의 마음을 읽을 수 있었다. 박근혜 전 대통령이 지방에 내려갔을 때 갓 쓴 노인들이 길가에서 큰절을 올리는 모습도 이해가 됐다.

해외에서 제작한 한국관련 다큐멘터리를 보다가 혼자 보면서도 얼굴이 화끈거릴 정도로 매우 부끄럽고 슬펐던 기억이 있다. 1985년 스웨덴 방송사가 제작한 'THE DIVIDED KOREA'는 제목처럼 '분단 한국'을 오가며 우리의 모습을 취재한 내용이다. 외국인 기자는 남과 북을 오가며 남북 학생들과 노동자들에게 상대 지역의 삶에 대해 질문한다. 남한의 학생들은 북의 학생들이 먹을 것이 없어서 굶어 죽어가고 있으므로 빨리 구해야 한다고 하고, 북한의 학생들은 남한의 동포를 미제의 압제에서 구출해야 한다고 말한다. 노동자들은 자신들은 잘살고 있는데 상대방은 어렵게 살아가고 있어서 빨리 통일해야 한다고 말한다. 하지만 그들의 인터뷰에 이어서 바로 보이는 상대방들은 인터뷰 내용이 무색하리만큼 해맑은 표정으로 잘 지내고 있다.

우리는 서로 오갈 수 없는 땅을 외국 기자는 자유롭게 넘나들며 남북 사람들이 철조망에 가로막혀 서로의 진실을 모른 채 헐뜯는 상황을 대비시켜 보여준 것이다. 1985년 당시나 지금이 다를까? 우리는 갈 수 없는 땅, 여러 가지 필터에 가려진 북한에 대해서 제3자의 시선으로 만들어진 다큐멘터리를 통해 나의 시선은 어떤지 돌아보게 되었다.

1998년 건국 50년 특집 다큐멘터리를 제작할 때 87년 6월 민주항쟁 영상자료를 찾으면서 며칠 동안 시위 영상을 보던 때다. 하루 종일 시위 영상을 보다 보니 화면 속 최루탄의 연기가 느껴져 코와 목이 아팠다. 내가 대학 시절 경험한 공간의 기억을 몸이 알아차리는 것을 경험하면서 6·25전쟁을 직접 겪은 어른들이 전쟁과 관련된 영상과 기억 공간을 만났을 때의 트라우마는 우리가 상상하는 그 이상이겠다는 생각이 들었다. 한편으로는 기록영상이 역사 공동체로서의 우리를 기억하게 해서 왜곡되거나 분절된 기억을 바로잡을 수도 있겠다는 생각도 들었다.

KBS에서는 역사다큐멘터리를 지속적으로 제작하고 있다. 나는 한국현대사 다큐멘터리 제작팀에서 영상자료만을 담당한다. 프로그램 기획과정에서는 이전에 제작된 프로그램이 무엇인지, 관련 영상자료는 무엇이 있는지 알리고, 구성안이 결정되면 구성안에 따라 관련 영상자료를 찾아 피디에게 제공하는 역할을 한다. 일하는 과정에서 많은 영상자료를 보고 관련 자료들을 읽으며 현대사를 공부할 수 있었다.

'20세기 한국사'의 화두를 논의하는 역사학자들의 세미

나에 참석해 회의 내용을 정리한 것은 특별한 기억으로 남아있다. 1년 반이라는 긴 시간동안 방송했던 '인물현대사' 제작팀에서 일할 때 그동안 방송되지 않은 새로운 영상자료들을 많이 찾았다. 왜곡되거나 조명되지 못했던 현대사를 인물을 통해 재조명하는 프로그램이라서 그동안 찾지 않았던 영상자료를 찾아야 했고, 인물들의 활동시기가 겹쳐 좀 더 다양한 영상들을 찾아야 했기 때문이었다. 촬영되었지만 정치적 상황으로 한국에서는 사라진 영상들도 있고, 카메라를 든 주체가 주로 방송사나 정부 기관들이라서 카메라의 시선에 한계가 드러난 영상들도 많았다. 또 2005년 'KBS영상실록' 제작에 참여하면서 현대사 영상자료들의 연도별 목록을 정리할 수 있었다. 2006년 'TV 구술사' 프로그램은 해방 시기를 살았던 분들의 구술로 구성되었는데, 구술을 뒷받침하는 영상을 극영화까지 확대해 찾았다. 일제시기와 해방정국에서 제작된 극영화 속에는 배우들의 연기만이 아니라 당시의 거리, 생활모습 등 사회상이 담겨 있어 흥미로웠다.

2008년 새로운 정부가 들어서면서 현대사 다큐멘터리 제작팀에서 하는 일을 줄였다. 정부의 성격에 따라 아이템이 달라지고, 프로그램에서 말하는 메시지도 조금씩 변화된다. 예를 들면 소위 보수 정부에서는 이승만 대통령 특집이나 박정희 대통령의 경제성장을 강조하는 다큐멘터리

를 제작하려고 하고, 소위 진보 정부에서는 대한민국임시
정부와 백범 김구, 숨겨졌거나 밝혀지지 못한 역사적 사건
을 중심에 두는 프로그램을 제작했다. 이명박 정부가 들어
서면서 이미 방향이 규정된 프로그램들이 기획되었고, 함
께 하자는 제안이 왔을 때 거절했다. 내가 제공한 영상자
료가 어떤 나레이션과 만나 어떤 메시지를 전달하는지는
PD가 결정하기 때문에 내가 원하지 않는 내용으로 활용되
기도 하기 때문이었다. 당시는 프리랜서로 일하고 있어서
거절하는 선택이 가능했다. 직원인 PD들은 주어진 프로
그램을 제작할 수 밖에 없는 상황에서 미안한 일이었지만,
내가 찾은 영상자료가 어떻게 활용될 지 그동안의 경험으
로 알기 때문에 어쩔 수가 없었다.

평화 교육에서
통일인문학으로

  방송국 일을 줄인 대신 '평화교육'과 관련된 일을 하게
되었다. 현대사 다큐멘터리 팀에서 일하면서 더욱 절실하
게 느낀 것은 우리 사회에서 분단의 해결 없이 진정한 평
화를 유지하는 것은 불가능하다는 것이었다. 특히 6.25전
쟁 40년 특집, 50년 특집 제작팀에서 영상으로 만난 전쟁
이 다시는 이 땅에서 일어나지 않기를 바랐고, 우리 사회

의 '빨갱이' 망령이 얼마나 휘몰아치고 있는지를 크게 느끼면서 남북의 장벽이 사라지기를 바라는 마음이 컸다.

'평화를만드는여성회'는 시민단체 후원 활동을 하고자 찾아낸 곳이다. 1997년 3월 28일 창립된 여성회는 1991년 서울, 평양, 동경에서 열린 '남북, 일본 여성들의 아세아의 평화와 여성의 역할 토론회' 한국 실행위원회 위원들이 주축이 되어 창립했다.

1991년 최초의 남북 민간교류로 기록된 남북여성들의 만남이 KBS 뉴스 영상으로 남아있다. '아세아의 평화와 여성의 역할 토론회'를 위해 판문점을 통해 내려온 북측 여성 대표들을 남측 대표단이 환영하며 서로 끌어안고, 토론회장에서 색동끈으로 연결하여 함께 아리랑을 합창할 때의 감동이 그대로 전해진다. 평화를 '만드는' 여성회라는 이름처럼 여성이 주체가 되어 아시아 평화와 남북여성의 교류를 이어가는데 함께 하고 싶어 회원 활동을 시작했다.

2007년에 여성회가 '여성 남북평화협상전문가 양성과정'을 개설했는데 교육 일정에 금강산 방문이 있어서 신청했다. 이후 후속 교육과정에서 '평화적 갈등해결'을 만나고, '조정전문가과정', '진행전문가과정' 등 협상과 갈등해결 관련 수업을 들었다. 개인에서 국가까지 여러 층위의 분쟁을 평화적으로 해결하는 평화학을 만나게 되었고, 평화적 갈등 해결, 회복적 정의, 사회적 대화 등으로 관심을 넓히며

물들이 싫어서

공부하면서, 교육 강사를 시작하게 되었다.

'평화적 갈등 해결' 교육의 핵심은 힘에 의한 분쟁 해결이 아니라 평화로운 대화로 문제의 핵심을 파악하고, 서로가 원하는 바를 밝혀, 당사자 모두가 만족하는 방식을 스스로 찾아 문제를 해결하는 것이다. 평화학에 기반한 갈등해결 교육은 교육 방법도 일방향의 강의식이 아니라 체험형, 참여형 수업으로 참여자가 수업과정에서 스스로 깨닫게 한다. 강의자는 해결방법을 가르치는 것이 아니라 과정을 안내하는 '퍼실리테이터'의 역할을 한다. 일방향의 강의식 수업에 길들여졌던 나는 평화적인 수단(방법)으로 갈등을 해결한다는 내용과 수업방식에 감동했다. 수업 과정에서 참여자들과의 활동을 통해 새롭게 깨달은 것을 다른 이들에게도 나누고 싶어 강사트레이닝 과정도 밟아 갈등해결 교육을 했다.

시민단체에서 '평화적 갈등해결' 교육을 하다가 심화 공부가 더 필요하다는 생각에 평화교육, 통일교육 수업이 개설되어 있는 건국대 교육대학원의 윤리교육 전공을 선택했다. 건국대에 '소통·치유·통합의 통일인문학'을 연구하는 통일인문학연구단이 있어서 연구원으로 일하면서 석사 과정을 마쳤다.

대학원 공부에 힘입어 2018년 갈등해결센터장을 맡았고, '서울시 청년들을 위한 평화통일교육 매뉴얼 제작' 사업을 책임 진행하였다. 아래는 프로그램 중 하나였던 〈20-30대 청년들의 한반도 평화/통일 써클대화〉 후 나눈 소감들이다.

"학교에서의 통일교육은 기억에 남는 것이 별로 없고, 졸업 이후에는 평화와 통일에 대한 교육을 받아 본 기회도, 대화를 나눠 본 경험도 없었다. 이런 기회가 더 많아졌으면 좋겠다."
"통일의 필요성에 대해 딱히 느끼고 있지 않았는데, 오늘 다른 분들과 얘기 나누면서 내 생각을 다시 돌아보게 되었다."

20-30대 청년들은 평화, 통일교육을 하는 우리가 다양한 세대의 생각과 경험에 맞는 맞춤형 교육형태와 방식을 더 고민해야함을 일깨웠다. 서로의 다름으로 처음은 불편하더라도 대화를 이어가야 함을, 소통을 통해 서로 치유됨을 다시 한 번 느끼는 자리였다.

기록영상으로
잇는 남과 북

우리 현대사와 남북의 평화통일에 주된 관심이 있던 나

는 '통일인문학연구단'에서 개설한 통일인문학과 박사과정에 입학했다. 그동안 내가 접했던 평화 통일교육과 연결되는 '소통·치유·통합의 통일인문학'이라는 아젠다가 매력적으로 다가왔기 때문이다.

정치·경제적 관점보다 남북의 사람들이 소통하고 치유하는 '사람의 통일', 한걸음씩 다가가는 '과정으로서의 통일'의 관점에 동의했다. 금강산에서 만난 북한사람들처럼, 연구단에서 만난 북한이주민 청년처럼 만나서 얘기를 나누면 금방 사라질 오해들이 쌓여있음을 알기에 북한의 정치적 상황보다 북한사람들의 삶과 마음, 그들의 생활 현실을 이해하는 공부를 할 수 있을 것이라는 기대로 박사과정에 들어갔다.

평화교육과 역사적 트라우마 치유에 다큐멘터리와 기록영상을 활용하는 것에 대해 고민하며 공부하게 되었다. 역사학계에서도 2000년대 들어서 사료적 가치가 있는 기록영상들과 다큐멘터리, 드라마, 영화 등 영상과 역사학을 연결한 '영상 역사학'이 연구되고 있으며, 역사 관련 국가기관에서도 문서와 사진 자료에 한정했던 사료 수집에서 기록영상 수집이 늘어나는 추세다. 내가 기록영상을 통해 우리 현대사에 대한 이해를 넓혔듯이 연구자들과 일반인들에게도 같은 경험을 갖게 하고 싶었다.

역사적 가치가 있는 기록영상들이 다큐멘터리에 부분

부분 편집된 채 보여지는 것이 아니라 제작 당시 영상 전체로 연구자들에게 알려지는 것이 필요하다는 생각이 들었다. 그래서 대한민국정부 수립시기 남한의 모습을 담은 뉴스영화 '전진조선보'와 '전진대한보'를 연구한 소논문을 발표했다. 소논문에는 뉴스영화의 목록과 함께 '서울시 5.10 총선거실황'과 1948년 제헌국회 개원식에서 대한민국이 기미년에 세워진 임시정부의 법통을 잇는다고 언명하는 이승만 국회의장의 연설을 자세히 설명했다. 문서자료에 적힌 내용보다 제헌의원들의 애국가 제창과 만세 삼창이 주는 감동은 기록영상만이 가능하다.

북한의 해방정국 시기를 촬영한 기록영상은 주로 미국립문서기록관리청(NARA)에 소장된 '북한노획필름'(MID, Military Intelligence Department: 군사정보부)에 담겨 있다. 6.25 전쟁 당시 미군이 북한지역에서 노획한 필름에는 1949년 평양 모란봉극장에서 열린 남북연석회의 기록영상이 있다. 김일성, 박헌영의 육성과 홍명희, 김두봉, 김원봉, 최용건 등 주요 인물들, 남에서 참석한 백범 김구의 연설 육성, 김규식의 모습이 담겨 있다. 북한 다큐멘터리에는 을밀대를 찾은 김구, 김규식의 모습도 담겨 있다. 책에 실린 사진 속 인물들이 살아 움직이는 영상은 역사 현장을 더 가깝게 느껴지게 한다.

전진보가 대한민국정부수립기를 담고 있다면, MID에는 북한정부 수립기를 담고 있다. 소련군 철군 환송대회, 제

1차 최고 인민회의, 민주청년동맹 대회, 인민위원회 선거, 조선인민군 창립식, 흥남인민공장, 화폐개혁, 평양혁명유가족학원 개원식 등 정치상황과 사회상이 담겨 있다. 남한 학교에서는 영어를 배우고, 북한 학교에서는 러시아어를 배운다. 북에서는 조-소친선의 밤이 펼쳐지고, 남에서는 한-미 친선행사가 촬영되었다.

당시를 담은 뉴스영화도 남북이 단절된 채 담겨 있지만 남북이 공유하는 기억의 기록도 함께 담겨 있다. 3.1절 기념대회, 8.15 기념식, 초등학교와 인민학교 입학식의 즐거운 모습 등 모두가 함께 기리는 기념식과 생활이 있다.

통일인문학 공부는 방송제작에서 나의 역할을 영상리서처에서 영상아키비스트로 발전시켰다. 제시된 프로그램 구성안에 맞는 영상자료를 찾는데 그치지 않고, 프로그램 기획과 메타데이터 제작으로 역량을 높일 수 있었다. 2021년 KBS제주에서 4.3 특집을 준비하는 피디의 요청을 받아 그동안 알려지지 않은 영상들과 그 의미를 제공했다. KBS제주에서는 이 영상들을 기초로 뉴스특집 〈4.3 단독영상〉 4부작을 방송했다. 1948년 제주 4.3 당시 소위 '초토화작전'의 중심에 있던 박진경 대령의 시신을 딘 미군정장관이 직접 제주에 내려가 서울로 운구해 와서 "성대한 장례식"을 치르고, 제주에 내려갔던 경찰부대가 1949년 5월 '제주도 파견 경찰 특별부대 귀환'이라는 대형 현수막을 앞세우고 거리를 행진한다. 이 기록영상들은 제주 4.3에서 미군정의 역할과 입장을 확인시켜주고, 한반도 분단상황에 대한 우리의 기억을 더욱 선명하게 보여줬다. 이 영상들은 오랜 기간 KBS에 소장돼 있었지만, 프로그램에서 활용되지 않고 있었던 것인데, 통일인문학 공부를 하면서 기록영상의 의미를 발견하게 된 것이다.

영상매체가 다양해지면서 역사 영상물의 제작과 서비스가 점점 많아지고 있다. KTV 국민방송에서는 대한뉴스와 문화영화를 e영상역사관에서 소개하고 있고, 국가기록원에서는 문화영화 해제 홈페이지를 운영하고 있다. 한국영상자료원에서는 극영화를 중심으로 영상물들을 수집하여 홈페이지와 영상자료실에서 서비스하고 있다. 2016년 고려대 한국사연구소에서 한국 현대사 관련 영상들을 '한국근현대영상아카이브' 홈페이지에서 온라인 서비스하고 있고, 해제된 영상은 책으로 출간하였다. 인터넷신문 뉴스타파에서는 포로수용소, 전쟁고아 등 주제별로 영상을 분류해 제공하고 있다.

기록영상과 역사영상물이 많아지고 있지만, 역사적 사건을 기록한 영상이 이미지로 소비되면서 내용이 왜곡되고, 전혀 다른 사실을 설명하는데 사용되어 역사를 왜곡하기도 한다. 현재 서비스되고 새롭게 수집되는 기록영상에 담긴 내용이 왜곡되지 않고, 정확하게 기록되기 위해서는 역사학자들과의 협업이 필요하다. 또한 인터넷에서조차 찾을 수 없는 인물들을 영상에서 확인하려면, 비슷한 사건처럼 보이는 기록영상을 분별하기 위해서는 기록영상 전문가도 필요하다. 역사를 공부한 기록영상 전문가를 육성하는 프로그램이 생겨나야 하는 이유다.

기록영상들이 분단으로 왜곡된 남북 현대사에 대한 기억을 바로잡아 남북민이 역사공동체로서 우리의 아픈 역사를 공감하고, 서로의 상처를 치유하는데 역할을 하기를 바란다. 그동안 축적된 경험을 통일인문학 연구와 연결하여 기록영상으로 분단된 역사를 잇는데 작은 디딤돌 역할을 하고자 한다.

Episode 04.

2016년 CCC NK스쿨 과정을 수료하고

10년이면 강산도 변한다더니: 통일을 꿈꾸는 기독 청년의 변화기

박종경

'이곳은 위험하다.'

2016년 대학원에 입학해 첫 학기 수업을 들으며 가졌던 생각이었다. 통일인문학을 전공으로 택한 사람 누구나 그렇듯, 나 역시도 통일에 대한 열망을 가지고 이 학과에 입학했다. 당시의 나는 강력한 '안보사상'에 젖어 있었다. 나에게 북한이란 존재는 신뢰할 수 없는 집단, 끊임없이 의심하고 경계해야 하는 집단, 불완전하고 비상식적인 집단, 그리고 통일을 시켜야 할 대상일 뿐이었다. 그때의 나는 헌법 정신에 따라, 대한민국의 영토는 한반도 전체이며 북한 정권은 한반도 이북을 불법 점거하고 있는 괴뢰 집단으로 여겼다.

그런데 이곳 통일인문학과는 북한을 하나의 주체로 인정했고, 그들과의 대화와 상생을 이야기하고 있었다. 심지어 여기에 모인 사람들은 연방제를 비롯한 다양한 통일방안에 대해서까지 논의했는데, 이것이 나를 굉장히 불편하게 만들었다. 게다가 그 누구도 이러한 상황에 반기를 들지 않음이 나를 더욱 불안하게 만들었다. 이곳은 나에게 '용공(容共) 단체' 그 자체였다.

나는 대학생 때 통일에 대한 꿈을 품었고, 관련 대학원에 입학해 공부하고 싶었다. 비록 과거보다는 세가 줄었지만, 우리나라에는 여전히 북한학을 가르치는 대학 기관들이 다양하게 존재하고 있다. 여러 대학원 중 건국대학교 통일인문학과를 선택했던 이유는 간단했다. 바로 '집에서 가까웠기 때문'이었다. 걸어서 10분 거리였다. 물론 여기에는 차비를 아끼고, 학교 도서관에 밤늦게까지 남아서 공부하겠다는 나름의 중요한 이유는 있었다. 그러나 '학과의 방향성'이라는, 더 중요한 요소는 놓친 채로 입학 지원을 하고야 만 것이었다.

애국심과 신앙이
함께 자라다

이렸을 때의 나는 이순신 장군의 위인전을 읽으며 그의

'애국심'을 동경했다. 나라를 위해 자신을 희생했던 그의 모습이 멋있게 느껴졌고, 나도 그처럼 우리나라를 사랑하는 것이 마땅하다고 생각했다. 학교 수업 시간에는 교과서에 태극기와 한반도 지도를 수시로 그렸고, 이유는 모르겠지만 한자로 大韓民國을 끊임없이 적어보기도 했다. 혼자 길을 걸을 때면 애국가 가사를 곱씹으며 4절까지 즐겨 불렀는데, 그중에서도 특히 '충성'과 '나라 사랑'을 강조하는 네 번째 절의 가사를 가장 좋아했다.

초등학교 1학년 때 학교에서는 '국기에 대한 맹세'를 외우게끔 했다. 이로 인해 나에게는 일찌감치 '사상'이라 게 형성되어 버렸다. 학교는 조회 시간마다 '국기에 대한 경례'를 빠뜨리지 않았다. 의례적인 그 시간에 많은 친구가 떠들고 장난쳤다. 하지만 나는 그들 사이에서도 진심으로 '몸과 마음을 바쳐 충성을 다할 것'을 굳게 다짐하며 태극기를 바라보았다. 그렇게 나는 공교육을 착실히 받아들이며 '바람직한 국민'으로 자라났다.

또한 나는 어린 시절부터 '기독교인'으로 자랐다. 모태신앙은 아니었지만 6살 때부터 교회를 다니기 시작했다. 감리교단에 소속된 건강한 교회였지만, 한 가지 독특한 점을 꼽자면 교회 목사님 부부가 과거 학생운동의 경험이 있으셨다는 점이다. 물론 지금은 돌이키셨지만, 학창 시절 두 분은 '김일성 주체사상'을 추종하며 공부하는 모임에도 참석하셨다고 한다. 그 모임에 속한 사람들은 소위 '주사파'

라고 불렸던 거 같다.

2010년 전후로 활동하던 정치인 중, 목사님 부부가 대학교에서 함께 운동하던 사람들이 즐비했다. 특히 목사님의 학과 선배였으며 함께 운동권에서 활동했던 이석기 前 통합진보당 의원은 2013년 내란음모 혐의로 구속되기까지 했다. 목사님은 이미 일찍부터 그에 대한 우려의 목소리를 내 오셨다. 때문에 나는 목사님과 사모님의 이야기를 기억할 때마다 새로운 경각심을 일깨우게 되었다. 우리나라에는 여전히 '종북 세력'이 활동하고 있으니, 대한민국을 북한에게 빼앗기지 않도록 늘 깨어 있어야겠다고 다짐했다.

이러한 경각심은 나의 첫 대선 투표에도 영향을 미쳤는데, 2012년 박근혜와 문재인 후보 간 박빙의 대결에서 나는 박근혜 후보에게 투표했다. 박근혜 후보가 마음에 든 것은 결코 아니었다. 다만 문재인 후보가 대통령이 되면 우리나라가 북한에 흡수통일을 당할 것만 같았기 때문이었다. 당시 문재인 후보는 '낮은 단계의 연방제' 통일방안을 내세웠으며, 이정희 후보의 지원사격도 받았다. 이정희 후보는 통합진보당의 후보였다. 그래서 나는 문재인을 '종북 세력'으로 여겼고, 나라를 지키기 위해 박근혜에게 표를 던졌다.

또 하나 고백하자면, 나는 태어날 때부터 심장질환을 안고 태어났다. 이로 인해 스무 살, 병역판정 신체검사에서 6급 판정을 받아 군 면제가 되었다. 검사를 받기 전, 나는 과거의 병력으로 인해 4급 공익 판정 정도는 받을 수도 있겠다고 생각했다. 그리고 만약 내가 4급을 받으면, 현역으로 자원입대를 하겠다고 마음먹고 있었다.

하지만 결과는 자원입대도, 재검사도 불가능한 6급 판정이었다. 나는 우리나라가 전쟁이 나더라도 소집되지 않아 민방위 훈련마저도 받지 않는다. '여성들도 자원입대가 가능한데, 나는 전시상황에서 여성들보다 불필요한 존재란 말인가?'라는 생각이 들어, 당시에는 이러한 결과가 매우 실망스러웠다. 앞서 말했듯이 나는 국가를 위해 나의 몸과 마음을 바쳐 충성하고 싶었는데, 국가는 나의 몸을 필요로 하지 않은 것이다. 만약 당시 내가 징병이 되어 군부대에서 더욱 강력한 안보 교육을 받았다면, 아마도 나는 직업 군인이 되어 여전히 군 생활을 하고 있었을지도 모르겠다.

대학 시절,
'통일 비전'을 품다

2010년 목원대학교에 입학한 나는 교회 목사님의 권유로 한국대학생선교회(이하 CCC)에 가입해서 활동했다. CCC는 전도·육성·파송이라는 목적 아래 설립되었고, 학원복음화, 민족복음화, 세계복음화를 이루기 위해 다양한 훈련 프로그램을 개발해 왔다. 나는 CCC라는 이름부터 마음에 들었다. CCC는 Campus Crusade for Christ의 약자였는데, 직역하면 그리스도를 위한 캠퍼스 군사가 된다. 나는 그리스도의 훌륭한 군사가 되고 싶었다.

가장 기억에 남는 활동은 '금요채플'이었다. 매주 금요일마다 대전지역에 속한 CCC 학생들이 전부 모여 채플(예배)을 드렸는데, 채플의 마지막 순서에는 '그리스도의 계절'이라는 찬송을 함께 불렀다. 이 찬송의 가사는 한국 CCC 창시자 故김준곤 목사의 시(詩) '민족복음화의 꿈'에서 따서 지어졌다. "어머니처럼 하나밖에 없는 내 조국, 어디를 찔러도 내 몸 같이 아픈 내 조국…"으로 시작하는 이 시는 오늘도 여전히 내 마음을 울리고 있다. 김준곤 목사는 우리 민족이 '민족의식'과 '예수 의식'이 하나가 된 지상 최초의 민족으로 변하기를 꿈꿨고, 그의 꿈은 나에게도 서서히 스며들었다.

2009년 9월 27일 김준곤 목사는 생을 마감했다. 그로부터 4년이 지난 2013년 그를 추모하는 한 영상이 유튜브에 올라왔는데, 이 영상이 나를 오랫동안 울렸다. 이 영상은 '민족복음화의 꿈'이라는 주제로, 김준곤 목사의 설교 영상을 엮어서 만들어졌다. 영상 속에는 한 백발의 노인이 우리에게 무언가를 부탁하고 있었다. 그는 우리 민족이 그만 가난하고 그만 싸워야 한다며 울먹였고, 남북이 하나 되고 통일을 이루는 일에 우리가 앞장서야 한다고 호소했다. 한국전생 중 그의 가족 대부분이 죽고, 그 역시도 죽음의 위기에서 수십 번 탈출했다는 배경까지 알고 있었기에 그의 말은 나에게 더욱 진정성 있게 다가왔다.

사실 당시의 나는 특별한 기도를 하고 있었다. 향후 10년을 투자해도 좋으니, 평생 내가 몰두할 수 있는 '비전'을 가르쳐 달라고 하나님께 기도하던 중이었다. 쉽게 말하자면, 대학교 졸업 이후 내가 어떤 진로로 가야 할지를 알고 싶었던 것이다. 1년여의 기간 동안 기도하던 중 2014년 CCC 여름수련회(평창)를 통해 '한반도 통일'을 위해 헌신하겠다고 결심할 수 있었다. 4박 5일이었던 해당 수련회는 저녁집회, 전체특강, 선택특강 등으로 프로그램이 다양하게 구성되어 있었는데, 나는 이상하리만치 통일 이야기만을 반복적으로 듣게 되었다.

결정적으로 故이관우 목사의 '전체특강'이 내 마음을 후벼 팠다. '북한 젖염소 보내기 운동' 등으로 50여 차례 방북을 했던 그의 경험담은 나에게 흥미롭게 다가왔다. 사실 전체특강은 야외 뜨거운 햇볕 아래서 듣는 강의였기에 강의 내용에 집중하기가 어렵다. 대부분의 학생들은 그 시간을 그저 힘겹게 버텨내기만 할 뿐이었다. 그래서 최근 CCC 여름수련회에서 전체특강이 없어지기도 했다.

그러나 당시, 하나님이 우리를 '평화의 사도', '통일 사도'로 부르고 계시다는 그의 절절한 외침은 나를 흔들어 깨웠다. 그 시간을 통해 나는 통일 사역에 뛰어들겠다고 결심하게 되었다. 수련회를 다녀온 후 나는 통일 사역자가 되기 위한 본격적인 준비를 시작했다. 대학교에서는 국가정보론, 국제관계론, 국가안보론 등 통일과 조금이라도 관련이 있어 보이는 교양과목들은 빠짐없이 수강했다.

아울러 통일은 전문성을 갖춰야 하는 영역이라고 판단하여 대학원 진학을 결심했다. 그래서 2016년 건국대학교 일반대학원 통일인문학과 석사과정에 입학했고, 여기에 만족하지 않은 채 북한인권아카데미, 통일외교아카데미, CCC NK스쿨 등 다양한 외부 강의들도 부지런히 수강하며 다녔다.

통일인문학에
스며들다

2016년 9월, 입학 후 두 번째 학기를 맞이했다. 첫 번째 학기와의 다른 점을 꼽는다면 '통일인문학연구단'에서 활동을 시작했다는 점이다. 통일인문학연구단은 사상이념팀, 정서문예팀, 생활문화팀으로 구분되어 있는데, 각 팀은 자체 세미나를 통해 구성원이 함께 공부한다. 그리고 나는 이 공부가 통일인문학과 정규수업 못지않게 큰 도움이 되었다. 연구단에 들어가서 처음 접했던 텍스트는 요한 갈퉁의 평화 텍스트였다. 갈퉁의 글을 통해 폭력에는 '물리적 폭력', '구조적 폭력', '문화적 폭력' 등이 있음을 깨달았는데, 종교 역시도 문화적 폭력의 수단으로 활용될 수 있음을 보며 나의 머릿속은 복잡해졌다.

역사를 돌아보니 실제가 그랬다. 서양 제국들의 타국 침략에는 언제나 기독교가 성실하게 동행했다. 그렇다면 우리나라의 기독교는 어떨까? 억압된 자들을 해방시키는 것이 기독교의 역할일 텐데, 오히려 억압된 사회구조를 정당화하지는 않았는가? 아니 어쩌면 우리나라 기독교가 은연중에 새로운 억압구조를 생성해 왔을지도 모르겠다.

이러한 고민들을 가진 채 맞이한 2017년은 나에게 중요한 전환기가 되었다. 우선 새롭게 합류하게 된 한 연구원 동료가 있었다. 그는 북한이탈주민이었으며 동시에 기독교인이었다. 그를 통해 그의 주변에 있는 북한이탈주민들의 이야기를 자연스레 접하게 되었는데, 그 사람들이 교회로부터 많은 상처를 받고 교회를 떠나고 있음을 듣게 되었다.

물론 한국교회는 북한이탈주민들을 위해 장학금 등 복지혜택을 제공하기 위해 많은 노력을 기울이고 있다. 그러나 그것이 정말 그들을 위한 것이었을까, 나는 연구원 동료와의 대화를 통해 그 문제에 대해 다시금 고민해보게 되었다. 오히려 교회는 그들을 '북한이탈주민'이라는 포지션에서 벗어나지 못하게끔 가두고, 그들을 이용해 교회와 대한민국이 가지고 있는 체제를 선전하고 강화해 온 것은 아니었을까?

그해 가을, 연구단 세미나를 통해 또 하나의 중요한 공부를 하게 되었는데, 바로 한국 기독교의 어두웠던 역사를 접하게 된 것이었다. 당시 다룬 자료는 『문화과학』 제91권 '한국 우익의 형성'이었다. 이 책은 우리나라 우익이 형성되어 온 과정을 추적했는데, 그 과정에서 한국 기독교가 중추적인 역할을 한 것으로 언급되고 있었다. 한국 기독교는 '반공'과 '자유'라는 맥락 안에서 군부정권과 결탁해 왔다. 물론 내가 속했던 CCC와 김준곤 목사에 관한 내용도 상당 부분 다뤄졌다.

　CCC를 사랑했고, CCC에 몸담았던 나로서 CCC와 김준곤 목사에 대한 그러한 부정적인 평가를 받아들이기가 어려웠다. 심지어 나는 김준곤 목사를 통해 민족복음화의 꿈을 꾸고 있었다. 그런 내가 그에 대한 부정적인 평가를 쉽게 받아들이기는 만무했다. 과연 김준곤 목사는 개인의 야욕을 위해 군부정권과 결탁했던 것일까? 적어도 내가 느꼈던 김준곤 목사는 결코 그렇지 않았다.

　얼마의 시간이 지난 후, 교회 목사님과 일대일 성경공부를 하던 중 나는 목사님께 김준곤 목사에 관해 질문하게 되었다. 당시 목사님의 답변은 나에게 큰 도움이 되었다. 김준곤 목사가 박정희를 축복하며 그와 긴밀하게 결탁한 것도 맞고, 그것이 어두운 역사인 것도 맞지만, 적어도 개인의 신앙 양심을 버리면서 취했던 '타협적인 행동'으로까지 보기에는 조금 무리일 수도 있다는 것이었다. 다시 말하면, 김준곤 목사를 비롯해 당시 보수적인 신앙 노선을

Episode 04. 10년이면 강산도 변한다더니: 통일을 꿈꾸는 기독 청년의 변화기

취했던 목회자들은 그것을 '바른 신앙', '정통신앙'이라고 진짜로 믿었다는 것이다.

과거 공산주의자들의 박해를 받았던 한국 기독교 내에서는 오랜 시간 동안 '반공신학'과 '번영신학'이라는 것이 존재했다. 공산주의는 기독교와 공존할 수 없다는 것이 한국교회의 굳건한 생각이었고, 공산주의자들로부터 자유대한민국을 지켜내는 일이 한국교회의 중요한 사명이었다. 한국교회의 보수적인 시각에서 박정희 정권은 반공과 번영을 충실하게 잘 수행해 낸, 하나님의 도구처럼 보이기도 했다.

실제로 한국 CCC가 발행한 『돈키호테와 산초들』이라는 책에는 이러한 대목이 잘 드러나고 있다. 이 책은 김준곤 목사의 1호 제자였던 故김안신 목사가 저술했다. 한국 CCC의 역사가 잘 기록된 이 책에는 김준곤 목사가 박정희 정권과 긴밀하게 협력했던 이야기까지 모두 담겨 있었다. 눈여겨볼 점은, 그것이 부끄러운 역사가 아닌 중대했던 사명으로 기록됐다는 점이다.

그 내용은 이러하다. 한국 CCC의 회관이 필요하다고 여긴 김준곤 목사는 대뜸 박정희를 찾아가 "학생들에게 반공교육을 잘할 수 있도록 지원해달라"고 요청했다. 구체적으로 그는 러시아 대사관이 있던 서울 정동의 부지를 요청했고, 대통령의 허락과 서울시장과의 조율 끝에 천 평의 땅을 하사받을 수 있었다. 사실 김현옥 당시 서울시장은 그곳을 재개발하기 위해 준비하고 있었다. 심지어 그 땅에서 판자촌을 형성해 삶을 꾸리던 주민들을 모두 성남으로 내쫓아 버리면서까지 재개발을 추진하고 있었는데, 김준곤 목사가 대통령의 허락을 받아내며 갑자기 끼어든 것이었다.

이 과정을 모두 목격한 김안신 목사는 박정희 정권을 가리켜 '하나님의 도구'였다고 회고했다. 이와 더불어 김준곤 목사가 박정희를 만났던 일, 김현옥 시장이 판자촌 주민들을 모두 성남으로 내쫓았던 일, 김준곤 목사와 김현옥 시장 사이에서 합의가 원만하게 이루어진 일 모두 하나님의 '은혜'였다고 자랑스럽게 기록하고 있었다. 그리고 널리 알려진 대로, 김준곤 목사는 유신정권을 "하나님의 손"이라 칭하며 여러 차례 축복했다.

만약 예수님이 당시 그 현장에 계셨더라면, 그분의 발길은 어디로 향하셨을까. 과연 예수님은 서울 정동에 서서 "반공"만을 힘차게 외치셨을까, 아니면 판자촌 주민들과 함께 성남으로 이동하셨을까? 어째서 한국교회는 당장 내 옆에서 힘겨워하는 사람들은 보지 못한 채, 눈에 보이지도 않는 '공산주의'만을 쫓아다녔던 걸까?

이러한 생각이 들자, 한국교회가 불쌍해 보이기 시작했다. 지금 내가 하는 일이 잘못된 것임을 알면서 타협하는 것도 안타깝지만, 그것이 잘못된 것인지조차 모르는 것은 더욱 서글픈 일이다. '열정 없음'보다 '잘못된 열정'이 더 위험한 법이다. 나는 연구단 세미나를 통해 한국교회가 가지고 있던 통일 담론을 다시금 냉정하게 바라볼 수 있었다.

재일조선인을
마주하다

2017년 10월 카자흐스탄국립대학교에서 '통일인문학세
계포럼'이 열렸다. 당시 포럼은 통일인문학연구단을 비롯
해 일본의 리츠메이칸대학교 코리아연구센터, 조선대학교
조선문제연구센터, 중국해양대학교 한국학과, 카자흐스탄
국립대학교 한국학과 및 한국학연구소가 공동 주최했다.
학술대회는 단 하루였지만, 그 전후로 며칠간 카자흐스탄
을 함께 누비며 고려인의 역사를 공부하고, 참석자 모두가
즐겁게 교제하는 시간으로 보냈다.

특히 조선대학교 교수들과의 만남은 나에게 매우 뜻깊
었다. 당시 포럼에 참석했던 조선대학교 교수 중 한 분의
노래 실력이 매우 뛰어났는데, 그분은 재일조선인들이 처
한 각종 차별과 경제적 어려움에 관해 소개하시며 그 내용
이 담긴 노래를 불러 주셨다. 그분의 노래에 모든 사람이
귀를 기울였고, 나에게도 그 노래들은 깊은 감명으로 다가
왔다.

무엇보다 내 마음에 가장 와닿았던 것은, 재일조선인의
역사 그 자체였다. 재일조선인들은 하나의 민족국가를 꿈

꾸며 일본에서 온갖 역경을 이겨내고 있었다. 오늘까지도 어떠한 국적을 선택하지 않은 채 '조선적(朝鮮籍)' 신분으로 남아있는 재일조선인들도 상당히 많다. 비록 몸은 고향에서 떠나있지만, 민족의 색채를 잃어버리지 않기 위해 민족학교를 세웠고, 그 학교를 통해 우리 말과 우리 역사를 대대로 물려주고 있다. 그들이 그렇게 일본의 공립학교 대신 조선학교를 다니는 일은 대학교 진학에도 불리하고, 경제적으로도 큰 손해를 보는 일이다. 그럼에도 불구하고 그들은 하나의 민족국가를 꿈꾸며 '좁은 길'을 선택하고 있다. 그리고 북한은 어려운 형편 속에서도 조선학교에 돈과 교과서 및 학용품을 꾸준히 보내왔다.

만약 예전의 나였다면, 조총련(재일본조선인총련합회) 계열이 대부분인 그들을 단순히 '빨갱이'로 치부하고 말았을 것이다. 심지어 조선학교에는 김일성과 김정일의 초상화도 걸려 있지 않은가. 오늘에도 재일조선인을 부정적으로 다루는 온라인 콘텐츠들은 여전히 즐비하기에 나도 이러한 콘텐츠를 접하면서 재일조선인들을 오해했을 것이다. 하지만 다행히도, 통일인문학에서 배운 '공통성 창출'의 개념 덕분에 재일조선인이라는 존재와 그들의 상황을 열린 자세로 수용할 수 있었다.

통일인문학은 '동질성 회복'이 아닌 '공통성 창출'로서의 통일을 추구한다. 통일 과정에서 동질성 회복만을 바란다면, 대한민국처럼 발전하지 못하거나 대한민국의 체제를 받아들이지 못하는 집단을 비정상적인 집단으로 여길 수밖에 없게 된다. 오직 한국이 가진 시스템만이 동질성 회복의 기준이 된다. 이에 반해 공통성을 창출한다는 것은, 서로가 가진 각각의 문화적 차이 등을 기반으로 상호 소통하며 새로운 가치를 창출해냄을 의미한다. 따라서 남한과 북한, 재일조선인이나 재중조선족 등 어느 한 곳만이 정답이 될 수 없고, 오히려 각각의 차이와 독특성을 서로에게 가르치고 배우며 통일을 만들어나가게 된다. 그렇게 되면 분단 이전에 공유했던 어떤 것이 아니라, 지금 서로 부딪치며 만들어지는 코리안 사이의 공통성이 분단을 넘어선 코리아의 공유 가치가 되는 것이다. 앞서 이야기한 대로 오로지 대한민국만을 정통으로 여기고 있던 나에게 '공통성 창출'이라는 개념은, 생각의 변화에 큰 도움이 되었다.

한국으로 돌아온 후에도, 내 머릿속에서 재일조선인의 애환이 담긴 노래가 지워지지 않았다. 유튜브와 각종 음원 프로그램을 통해 해당 노래들을 찾아 들었는데, 그중에서도 가장 즐겨 들었던 노래는 '아이들아 이것이 우리 학교다'라는 노래였다. 이 노랫말은 1948년 조선학교 허남기 교장이 지은 시(詩)로 만들어졌다. 학교 건물이 낡아 비가 오면 비가, 눈이 내리면 눈이 그대로 교실 안으로 들이치고 교과서까지도 적시는 교실, 아이들이 놀 만한 그네나시소도 없는 운동장… 선생님들은 아이들에게 미안한 마음을 표하지만, 아이들은 되려 우리 학교가 좋다며 선생님들을 위로한다. 비록 그들의 모습을 내 눈으로 직접 보지는 못했지만, 이 노랫말은 그 장면을 내 머릿속에서 충분히 그려내 주었다.

그렇게 내가 재일조선인에 빠져 있을 때쯤 연구단은 기획도서를 계획했다. 기획도서는 두 권으로 구성되었는데, '영화'와 '가요'를 통해 우리 민족의 식민·분단·전쟁·이산·통일의 문제를 다루는 내용이었다. 나는 재일조선인의 노래를 통해 그들이 꿈꾸는 통일을 적어내었다. 그리고 그렇게 글을 쓰는 과정에서 '조선학교와 함께하는 사람들, 몽당연필'이라는 비영리단체를 알게 되었고, 그곳에 가입해서 재일조선인과의 거리감을 한층 줄일 수 있게 되었다.

기독교인과의 통일 대화, 가로막히다

이처럼 다양한 공부와 만남은 나의 통일 스펙트럼을 더욱 넓히는 요소들로 작용했다. 그럼에도 나는 여전히 '기독교인'이라는 정체성 속에서 한반도 통일을 꿈꾸고 있었다. 그러다 보니 2018년에 접어들며 준비하게 된 학위논문 역시도 최대한 기독교와 관련이 있는 내용으로 다루고 싶었다. 역사적으로 한국교회 내에서 통일 문제를 적극적으로 다루었던 목회자들이 여럿 있었는데, 그중에서 나는 '늦봄

문익환 목사'에 관해 석사학위논문을 쓰게 되었다.

사실 이전에는 문익환 목사에 대해 별다른 관심이 없었다. 그에 대한 나의 평가를 굳이 말하자면, 그가 과거에 방북했던 사실로 인해 나는 그를 지독한 '빨갱이'로 여겼을 뿐이었다. 그런데 어찌 된 일인지, 문익환 목사에 관한 학위논문을 써보자는 제안을 들었을 때 그에 대한 적개심이 생기지 않았다. 오히려 그를 더 알아보고 싶다는 마음이 들었다.

문익환 목사에 관한 기존 연구자료들을 살펴보니, 목회자로서의 문익환과 사회운동가로서의 문익환이 구분돼 다뤄지고 있었다. 그러나 내가 바라본 문익환은 조금 달랐다. 그가 사회운동에 참여하게 된 근간은 분명 그가 가지고 있던 '기독교 신앙'이었다. 기독교 신앙이 곧 사회참여로 이어진 것이었고, 1989년 방북 사건 역시도 자기의 온몸으로 분단을 거부한 '신앙적 표출'이었다.

개인적으로 문익환 목사에게 큰 감명을 받았지만, 이와 별개로 그에 대한 이야기를 교회 내에서는 좀처럼 꺼내기가 어려웠다. 논문 주제를 정한 날로부터 얼마 지나지 않아, 한 장로님과 내 논문에 대해 대화를 나눈 일이 있었다. 내가 문익환 목사에 관한 논문을 준비하고 있다고 말씀드리니, 장로님은 살짝 놀란 눈치였다.

"그분은 좀 좌측에 계신 분이 아니신가?"

장로님은 나름 부드럽고 매너 있게 말씀하셨지만, 그럼에도 불구하고 그날의 대화는 나에게 위축되는 계기가 되었다. 혹시나 했던 염려가 실제로 드러났기 때문이었다. 이 일로 인해 나는 나의 학위논문 제본판조차 주변 기독교인들에게 거의 나누지 못했다. 더 나아가, 다른 기독교인들과 웬만하면 통일 이야기를 주고받지 않게 되었다. 서로 공감할 수 있는 내용이 한정적일 거라는 생각이 들었기 때문이었다.

　　그러다가 어쩔 수 없이 다른 기독교인과 통일 이야기를 나누게 된 적이 있었는데, 바로 소개팅 자리에서였다. 올해 봄, 솔로였던 나는 우연히 소개팅의 자리를 갖게 되었다. 상대는 어느 교회의 현직 전도사였고, 대학원에서 구약학을 전공했다고 한다. 아무래도 서로 나이가 있다 보니 각자가 꿈꾸고 있는 진로에 대해서도 대화를 나누게 되었다. 한국 기독교 내 통일연구자가 되기를 꿈꿨던 나는 불가피하게 '통일'에 관한 이야기를 꺼낼 수밖에 없었는데, 이것이 상대방을 꽤 불편하게 만든 듯했다.

　　"그런데 북한이랑 통일을 하는 게 정말 옳다고 생각하세요? 제가 구약학을 전공해서 그런지 몰라도, 우리가 상종하지 않고 도리어 끊어내야 할 대상은 있다고 생각해요. 북한도 그렇지 않을까요?"

듣는 내내 속이 부글부글 끓어올랐다. 아무리 내 이야기가 당장 자신에게 납득되지 않는다 하더라도, 어떻게 상대방의 꿈에 대해 무참히 공격할 수 있단 말인가? "그쪽은 아직 구약시대에 살고 계신가 봐요. 2천 년 전에 예수님이 오셔서 막힌 담을 허무셨는데…"라고 상대방에게 쏘아붙이고 싶었지만, 겨우 참아내며 억지웃음만을 유지했다.

통일에 대한 의견의 차이는 얼마든지 존재할 수 있다. 한국사람들에게 통일에 대한 자신의 생각을 묻는다면, 그 대답의 종류는 정말 다양할 것이다. 그러나 교회 내에서는 북한이나 통일 문제도 결국 '성경'과 연결되어 있다. 북한에 자유를 선포하고, 북한의 인민들이 자유를 누리도록 하는 것이 바로 한국교회가 내린 '성경적인 결론'이다. 그리고 어떠한 개념이나 주제든지 목사님의 입을 통해 '성경적인 것'이라는 결론이 내려지면, 그 누구도 그것에 반대되는 이야기를 하기가 쉽지 않다. 그러나 감히 나는 한국교회가 말하는 통일 이야기에 이의를 제기하려 준비하고 있다.

한 마디의 말을
꺼내고자

나는 남한만이 남북 관계의 기준점이 되고, 북한은 우리에게서 가르침을 받아야 한다는 틀에서 벗어나고 싶었다.

물론 기독교의 복음은, 그것을 가진 자로부터 가지지 않은 자에게 전해지는 것은 맞다. 그러나 그 과정까지 무례한 것은 결코 아니다. 기독교인은 비기독교인을 무시해서도 안 된다. 복음을 먼저 가진 자일지라도 끊임없이 자신을 돌아보고, 사랑과 인내와 배려로 상대방에게 다가가야 한다. 즉 복음을 전할 자가 올바르게 준비되는 것이 더욱 중요한 요소다. 교인이라면 누구나 수긍할 만한 상식적인 이야기인데, 과연 이 상식이 남북 관계에서도 동일하게 적용되고 있는지를 생각해 보았다.

한국교회가 통일 문제를 다룰 때면 유독 '자유'라는 키워드를 자주 사용한다. 앞서 말한 대로, 북한에 자유를 선포하고, 그들이 자유를 수용하는 것이 통일 사역의 중요한 덕목이다. 그러나 내가 이해하는 성경 속의 자유 개념은, 진리를 알게 된 자가 먼저 누리는 것이다. 여기에서의 자유는 이전에 얽매었던 모든 것으로부터 해방되는 것이며, 복음을 위해 내가 기꺼이 손해 볼 수 있게 되는 것이다. 예수님이 그러셨고, 그의 제자들이 그랬다.

한국교회는 북한의 우상화와 반인권적인 행태를 꼬집고 있지만, AD 1~4세기의 로마제국은 과연 달랐을까? 초대교회 기독교인들은 더욱 혹독한 환경 속에서도 자신을 희생하며 '사랑의 의무'를 다했다. 그렇다. 성경이 말하는 진짜 자유는 결국 '사랑'과 이어진다. 오늘날 한국교회가 통일 문제를 다루며 '자유'를 선포한다면, 그것은 북한에게 향할 것이 아니라 우리 자신을 점검하는 것으로써 먼저 사용되어야 할 것이다.

만약 한국교회가 가지고 있던 기존의 통일 담론을 '보수'에 위치시킨다면, 나의 통일 이야기는 자연스럽게 '진보'로 구분될 것이다. 그러나 내 마음 한구석에는, 한국교회 내에서 '진보주의자'로 낙인찍히고 싶지 않다는 마음 역시도 공존하고 있다. 왜냐하면 내가 바라본 한국교회는 분명 '진보'에 민감하기 때문이다. 교회 내에서 진보적인 목소리가 나온다면, 그 내용에 집중하기보다는 그 말을 꺼낸 사람의 정체를 먼저 살피는 것이 내가 경험한 한국 기독교의 문화였다.

처음 통일을 꿈꿨던 2014년, 그로부터 10년이 지난 오늘. 다소 뜬금없지만 나는 신학대학원에 다니고 있다. 사실 상식적인 선택이라면, 일반대학원 박사과정으로 지원하는 편이 더 맞았을 것이다. 아무래도 신학대학원 3년을 다니며 다시 석사학위를 받는 것보다 일반대학원 2년을 다니며 박사과정을 수료하는 편이 훨씬 더 효율적일 테니 말이다. 그럼에도 불구하고 신학대학원 진학이라는 '비효율적인 선택'을 내린 이유는 나름대로 있었다. 여기에는 순수하게 신학을 배우고 교회에 도움이 되고자 하는 마음도 있었지만, 통일 사역을 위한 선택이기도 했다. 나의 통일 이야기가 한국교회 내에서 철없는 소리로 치부돼 맥없이 사라지지 않기를 바라는 몸부림이었다. 나는 그저 말할 수 있는 자격이라도 얻고 싶은 것이었다.

한국교회 내에서 진보주의자로 낙인찍히고 싶지는 않지만, 내가 사랑하는 한국교회에 새로운 통일운동이 일어나길 바라는 마음이 내 안에 더 크게 자리 잡고 있다. 북한보다 우리 자신을 먼저 돌아보고, 이데올로기적인 자유보다 사랑이 더욱 강조되는 '상식적인 통일 담론'이 한국교회 가운데 널리 퍼지기를 바랄 뿐이다. 그 한마디의 말을 꺼내기 위해, 오늘도 나는 두려운 마음으로 공부에 임하고 있다.

분단이 싫어서

Episode 05.

파주 임진각

'탈북' 정체성: 환대와 냉대 사이

조경일

존재에
대한 고민

"나는 누구인가"라는 존재론적 고민을 멈추지 않는다. 만약 내가 한국에서 태어나서 자랐다면, 북한에서 계속 살았다면 아마 없었을 고민이다. 나는 금지된 선, 북에서 남으로의 경계를 넘었다. 그래서 나의 정체성에 대한 고민을 할 수밖에 없다. 새로운 정착지인 대한민국에서 평범한 '한국사람'처럼 살아갈 수 있었다면 없었을 고민이다. 내가 스스로 나의 '탈북' 정체성을 숨기기 위해 피나는 노력을 하지 않는 한, 한국사회는 끊임없이 나를 '탈북'이라는 정체성으로 불러낸다. 완벽한 서울말을 구사하지 않는다면 사람들은 내게 고향이 어디냐고 묻는다. 이력서에 출신 고등학교 항목 란을 비워두면 사람들은 다시 묻는다. 어느 학교를 나왔냐고. 굳이 거짓말로 둘러대지 않는 한 내 정체성은 곧바로 드러난다. 나의 말투와 출신학교를 숨길 수 없다면 나는 늘 북한 출신, '탈북자'일 뿐이다. 물론 이제는 이런 게 하나도 어색하지 않다. 오히려 나는 먼저 이야기한다. 사람들이 질문하기 전에 나를 밝히는 게 오히려 마음이 더 편하다. "북한 출신이 뭐 어때서?"라는 생각이 20년 전부터 나를 단단하게 만들었다.

"나도 약자였으니, 그들의 편에 서자"

나는 성균관대학교 정치외교학과에 07학번으로 입학했다. 정치에 뜻을 두기로 했다. 한국에 정착한지 3년째 만에 대학생이 됐다. 대학교 동아리는 '율동패'였다. '몸짓패'라고도 하는데, 민중가요에 맞춰 율동을 하는 진보적인 사회운동을 하는 동아리다. 집회 현장에서 무대 위에 올라 안무에 맞춰 율동을 한다. 그러다 보니 나는 집회에 자주 참여했다. 2007년 당시에는 반값 등록금 집회, 한미FTA 반대 집회, 비정규직 차별 철폐 집회, 부당해고 반대 집회 등 다양한 집회가 광화문 거리를 가득 채웠다. 비정규직이라는 이유로 하루아침에 일자리를 잃은 사람들, 출근길에 부당해고 문자를 통보 받은 사람들, 어쨌든 작은 목소리라도 내기위해 거리로 나온 이들은 대부분은 억울한 사람들이었다. 정치력이 있었다면 굳이 거리에 나서지 않았을 것이다. 나는 이들이 아무도 들어주지 않기 때문에 거리에 나온 것이라 생각했다. 그래서 나는 거리에 나선 사람들에게 공감이 됐다. 나도 불과 얼마 전까지 목소리 없는 존재였다. 배고파서 구걸할 때, 억울해서 울분에 찼을 때, 죽을 만큼 아팠을 때 나를 위해 목소리를 내어준 이 하나 없었다. 한국에 오기 전까지 나는 거리를 배회하고 구걸하며 버려진 삶을 살았다. 나는 거리에 나선 이들이야 말로 아픈 자, 배고픈 자, 억눌린 자, 목소리가 없는 자라고 생각했다. 나는 성실하지는 못했지만 교회를 다니며 성경공부도 했던 터라 "예수님이라면 사회공동체에 어떻게 참여했을까?"에 대해 가급적 생각하고자 애썼다. 세상을 바라보는 나름의 내 기준이다. 거리의 집회를 바라보며 귀족노조라고 비판하는 사람들도 있지만, 이것은 본질도 전부도 아니라고 생각한다. 어쨌든 나는 약자들의 편에 서는 것이 자연스럽다고 생각했다. 나도 약자였고, 어떤 면에서는 여전히 '탈북'이라는 소수자로 약자의 그룹에 속하기 때문이다. 탈북 출신들 중에서 아마 나와 같은 이력을 소유한 사람이 또 없을 것이다. 문제는 여기서 시작된다. 돌아보니 내가 활동한 세대가 학생운동권 끝물이었다.

한국사회에서 학생운동을 했던 사람들, 노동집회에 참여하는 사람들은 쉽게 '빨갱이'로 '종북 좌파'로 취급된다는 걸 나중에야 알았다. 광화문 집회현장에서 살수차 물대포에 맞으면서도 나는 그 곳에 서 있는 내 자신에게 당당했다. 억울한 사람들과 함께 섰을 뿐 나는 '빨갱이'와 '종북'과는 하등에 상관이 없다고 생각했다. 나는 한 사람의 시민으로 집회에 참여했고, 나의 주권을 행사한다고 생각했다. 그때 까지도 나는 나 스스로 '동등한' 대한민국 사람이라고 생각했다. 나는 집회현장에 나가는 것이 '걱정거리라'는 생각을 해본 적이 없었다. 오히려 선배들이 집회에 나가도 괜찮겠냐며 나를 걱정해줬다. 내가 이런 활동을 하고 집회현장에 참여하는 걸 알게 된 주변 사람들이 조금씩 걱정하는 말을 내게 하곤 했다. 왜 하필 이런 활동을 하냐고.

어쨌든 내 목소리는 자연스레 진보적이었다. 나는 민주주의를 정치학 수업이 아닌 거리에서 배웠다. 선진국 반열에 오른 한국사회의 명과 암도 거리에서 배웠다. '한강의 기적'이라고 부르는 대한민국의 경이롭고 자랑스러운 성장의 이면에 대해서도 거리에서 부딪히며 느꼈다. 내가 바라 본 한국 사회는 압축 성장만큼 고통도 압축되어 있었다. 거리의 목소리는 성장에 가려진 고통들이었다. 한국이 매년 OECD 자살률 1위를 거의 내어주지 않는 것은 상징적인 고통의 지표다. 초등학생이 성적을 비관해서 자살하는 나라는 아마 한국이 거의 유일할 것이다. 세계 최고의 교육열, 가장 낮은 문맹률 그 이면에는 학생들의 자살을 부추기는 야수 같은 경쟁 교육이 자리하고 있었다. 어쨌든 나는 거리에 섰던 나의 시간들을 후회하지 않는다.

"문제는 제도에 있구나"

2013년 가을 학부과정을 마치고 나서 정치외교학과 석사과정에 진학했다. 주요 연구주제는 제도정치, 의회정치였다. 학부 때 고민했던 사회적 문제들이 결국은 제도정치의 문제라고 생각했다. 소개로 만난 교수님의 이야기를 듣고 한림국제대학원대학교 입학을 결정했다. 나는 2년 간 석사과정을 공부하며 다시 광화문 광장으로 나갔다. 물론 이때는 조금 다른 성격이었다. 의회정치를 공부하며 현재 한국의 선거제도가 우리 사회 불평등을 어떻게 심화시켰는지 제도주의 관점에서 바라 볼 수 있었다. 실제로 현재 한국의 양극화 지수는 정치·경제·사회·교육 등 모든 부문에서 심각한 경고단계에 있다는 걸 부정하기 어렵다. 양극화와 불평등 심화의 원인에는 여러 원인이 있겠지만, 특히 제도적 요소 즉 거대양당제 고착화를 심화시키는 선거제도에 있음을 알게 됐다. 그래서 나는 학과 선배 동료들과 함께 국민공감대 확산을 위해 테이블과 피켓을 들고 광화문 광장에 섰다. "비례대표제로 선거제도를 개혁하자"고 목소리를 높였다. 여야 할 것 없이 정치인들은 모두 현행 거대양당제 문제점이 선거제도에 있다는 걸 알면서도, 변화가 필요하다는 것에 동의하면서도, 정작 제도개혁에는 나서질 않는다. 어차피 아무리 못해도 2등이고, 4년 뒤엔 정권 재창출이 가능하다고 생각하도록 만드는 게 현재 선거제도이기 때문이다. 따라서 거대 양당에서는 굳이 자기 밥그릇 차버리는 일에 발 벗고 나설 필요가 없다는 판단을 하는 것이다. 선거제도는 좁게 보면 의석 배분의 문제로 보이지만, 넓게 보면 향후 통일을 대비했을 때 사회통합의 기반을 만드는 아주 중요한 제도적 과제임에 분명하다고 생각한다. 분명 북한식으로 통일될 리는 없으니 남한의 제도를 따를 것인데, 여기에서 북한 주민들이 배제되어서는 안 되기 때문이다.

나는 통일을 생각한다. 적어도 자유롭게 여행이 가능한 그런 관계를 생각한다. 이걸 가능케 하는 책임이 정치에 있다. 그래서 나는 진로와 직업선택에서 늘 정치를 고민했다. 나는 석사과정을 마치고 정치컨설턴트로 일했다. 선출직 정치인으로 출마하는 사람들을 컨설팅 하는 일이다. 국회의원 선거, 전국동시지방선거, 대통령선거, 재·보궐선거까지 하면 거의 해마다 또는 2년에 한 번은 선거가 있다. 나는 총선과 대선 출마 후보자들을 컨설팅 하면서 정치인은 만들어지는 것이라는 걸 배웠다. 정치인도 이슈도 만들어진다. 그리고 정치인은 이슈 메이커다. 비전을 제시할 수 있는 효과적인 도구를 갖고 있다.

나는 2년 간 정치컨설턴트 일을 마무리 하고 2017년 말 국회의원실 비서관으로 직장을 옮겼다. 현실 정치에 한 발 더 다가갔다. 잦은 선거가 있은 탓에 국회 비서관 일을 하면서도 컨설턴트로, 선거캠프 담당자로 수차례의 선거를 치렀다. 국회사무총장 비서로, 국회비서관으로 일을 하면서 여의도 정치의 가능성과 한계를 동시에 목격했다. 통일이 생각보다 쉽게 오지 않겠다는 생각을 했다. 국회에서 정치권에서 통일에 대한 어떤 비전도 토론도 들어보질 못했다. 통일 이전에 한국 사회에서 선결되어야 할 과제가 생각보다 많았다. 나는 현재 제도정치에서 남과 북이 통일 또는 통합이 된다고 했을 때 과연 북한 주민들이 한국의 제도 속으로 포용 될 수 있을지 의문이다. 아마 북한 주민들은 주도적 위치에 서지 못하게 될 가능성이 크다. 지금 같은 양당제 구조에서는 더욱이.

"내가 빨갱이라고요?"
타자를 공격하는 제2의 본성들

나는 민주당 국회의원실에서 비서관으로 일했다. 언론

인터뷰도 자주했고 나의 생각과 주장을 공개적으로 밝히고 칼럼을 쓰기도 했다. 나는 대학교 시절부터 여러 진보정당들의 정책도 지지했다. 나는 다양한 정당이 의석을 갖고 원내에 진입해서 다양한 정책으로 의회에서 경쟁하는 것이 유권자들에게 이익이라고 생각했다. 다양한 정당이 의석을 골고루 확보하는 것이 더 나은 민주주의 토론과 그런 정치문화를 만들 수 있다고 생각한다. 한국이 북한과 달라야만 하는 점이 있어야 한다면 바로 다양성을 보장하는 다원주의인 민주주의 체제를 더욱 발전시키는 것이어야 한다. 의회정치의 발전은 향후 통일을 위해서도 중요하다. 북한 주민들이 주체성을 갖고 한국의 제도 속에서 목소리를 내고 정치력을 확보하려면 다당제가 되는 것이 선결 조건이라는 생각이다.

　내가 이런 생각을 하고 공개적으로 발언하고 진보정당을 지지하니 어느 순간부터 나를 비난하는 사람들이 생겼다. 탈북 했으면서 어떻게 민주당을 지지하냐며, 북한을 추종한다고, 심지어 나를 간첩이 아니냐며 "북으로 다시 돌아가라"고 비난하기도 한다. 모두 보수정당을 지지하는 사람들이 이런 비난을 한다. 심지어 같은 탈북 출신들도 나를 '좌파'로, 때론 '종북'으로 지목하고 "그럴 거면 왜 탈북했냐고" 비난하는 경우도 있다. 대응할 가치가 없는 비난이라고 생각하지만, 그래도 이런 감정 또한 엄연하게 한국 사회에 존재하는 한 모습이기에 나는 가급적 토론에 응답

해주고자 한다.

한국사회는 생각보다 '다름'에 대한 배타성이 강하게 내재되어 있음을 느낀다. 이건 분단체제가 만들어 낸 제2의 본성이다. 즉 '다름'과 '틀림'을 구분하지 못하게 하며, 타인에 대해 검열하고 딱지를 붙이고 무의식적으로 자기 자신까지도 검열하며 상처를 내는 분단의 파편이다. 이를 학문 용어로는 '분단의 아비투스(habitus)'라고 한다. 문제는 이런 시각으로 바라보는 관점이 한국사회 주류 보수의 관점과 대부분 일치한다는 점이다. 실제로 탈북한 사람들에게 어떤 이유든 관심을 갖고 있는 사람들이 대부분 이들이고, 현실적인 도움의 손길을 내미는 사람들도 이들이다. 물론 가시적 현상만을 놓고 보면 더욱 뚜렷하다.

'소수자'일수록
대표성이 필요하다

지금까지 탈북 출신 국회의원이 총 4명이 나왔다. 모두 보수정당에서 공천을 줬다. 조명철 전 의원은 차관급인 이북5도청 평안남도지사로, 지성호 전 국민의힘 의원은 함경북도지사로 임명됐다. 태영호 전 의원은 역시 차관급인 대통령직속 민주평화통일자문회의 사무처장으로 임명됐고, 현재 22대 국회에는 국민의힘에 탈북출신 박충권 의원이

의정활동을 하고 있다. 2023년 말 기준 북향민의 한국사회 입국현황을 보면 3만4천명이 조금 넘는다. 한국사회에 정착 후 결혼을 하거나 2세가 태어난 숫자까지 고려하면 '탈북' 정체성을 공유하는 인구가 훨씬 더 많다. 북향민은 여전히 한국사회에서 소수자 집단임을 감안할 때, 현재까지 네 명의 국회의원이 등장하고, 고위직 정치인으로 임명된 것은 이들의 업무와 정책역량과는 별개로 대표성 하나만으로도 의미 있는 큰 변화라고 생각한다.

　탈북 출신 정치인의 존재 자체가 주는 정치적 통합의 메시지가 크다. 북한 당국과 관료들에게는 탈남에 대한 유인을 주게 되며, 북한 주민들에게도 한국사회에 대한 긍정적 이미지와 탈북 이후 신분상승에 대한 기대를 줄 수 있다. 한국사회에도 사회통합의 메시지를 충분히 주며 다양성을 포용하고 사회통합의 역할을 기대할 수 있다. 물론 특정 정당에서만 정치적 계산에 따라 '시혜적'으로 공천을 준 것이라는 비판과 한계는 있다. 하지만 북향민에게 정치적 대표성을 줬다는 것 하나만으로도 정치적 효과는 충분히 거두었다. 북향민들의 반응도 이와 일치한다. 결국 "우리에게 대표성을 준 정당이 보수당이 아니냐"는 대답이다. 현재 민주당을 포함한 진보정당의 한계이자 실패는 여기에 있다. 보수정당에서 북향민들을 정치적으로 이용한다는 비판을 제기할 수는 있지만, 그보다 더 중요한 건 이들에게 필요한 건 정작 '정치적 대표성'이기 때문이다.

이런 현실적인 이유로 민주당과 진보정당들을 지지해왔던 나도 아쉬움이 크다. '탈북'이라는 정체성을 공유하는 이들을 기준으로 보자면, 진보와 보수는 기울어진 운동장이다. 북향민 대부분이 보수정당에서 자신의 목소리를 내는 이유도 이와 무관하지 않다. 북향민들이 북한에 대한 적개심 때문에 대북정책에서 강경대응으로 일관하는 보수정당을 지지하는 것도 있지만, 자신들을 계속 호명(呼名)하는 집단이 보수정당이기 때문이기도 하다. 물론 보수 정당의 북향민 호명은 정치적 타산이 있기 때문이다. 보수정당은 북향민을 정치적으로 앞세워 대북 강경정책의 명분과 정당성 확보한다. 이는 결국 이데올로기 체제대결에서 자신들이 승자임을 끊임없이 확인하는 작업의 일환으로 작동된다. 북향민들 또한 보수정당의 이런 수요에 부응하는 것이 현실적으로 이익이 크다는 판단을 한다. 진보의 무관심 속에서 보수와 손을 잡는 것이 북향민들에게는 한국사회에서 안전하게 정착하는 길이라는 인식이 보편화 되어 있다.

이런 상황 속에서 나처럼 민주당 정책과 후보를 지지하면 현실적 손해는 물론 인격적 비난까지 받게 되는 형국이다. 그래서 북향민들은 차라리 정치적 표현을 하지 않는 것이 유리하다고 판단한다. 진보정당을 지지하더라도 투표장에서 자신의 표를 행사할 뿐 일상에서는 정치적 표현은 하지 않는다. 현재 북향민들 중에 보수당을 지지하는 목소리 이외에 공개적인 다른 목소리를 찾아보기 어려운 것도 이런 이유 때문이다. 하지만 나는 이게 북향민들의 문제라고 보기보다는 한국사회의 기울어진 이념적 지형과 분단 이데올로기의 폭력성 때문이라고 생각한다. 그리고 북향민들은 여기에 철저히 희생되고 이용당하는 존재들이다. 분단체제의 폭력성은 다양한 얼굴로 나타난다.

호칭,
존재를 사유하는 방식

"조경일 저 친구 비전향 탈북자야" 내가 출연한 유튜브 영상에 달린 댓글이다. 비전향 탈북자라니. 상당히 흥미로운 표현이다. 나의 한국생활은 올해로 20년차다. 그동안 정치학을 공부하고 통일관련 다양한 활동을 하면서 북한 출신이라는 이유로 불필요하게 여러 호칭을 들어 보기는 했지만 '비전향 탈북자'라는 표현은 처음 들었다. 북한에서 온 사람들을 지칭하는 용어가 하도 다양해서 사람들은 저마다 자기에게 익숙한 용어로 부른다. 탈북자, 새터민, 탈북민, 자유민, 북한이탈주민, 북향민, 통일민, 경계인… 저마다 의미가 조금씩 다르지만 모두 당사자들조차 불리기를 원하는 용어로 합의된 적은 없다. 정책입안자들의 편의에 따라 만들어진 호칭이다. 최근에는 국민통합위원회에서 '북배경주민'이라는 새로운 용어를 제안하면서 북한에서 온 당사자들조차 당혹스럽다는 반응이다.

'북한이탈주민'을 호칭하는 용어를 바꾸기 위한 노력들이 그동안 몇 번 있었다. 과거에는 귀순용사, 귀순동포 등으로 호칭을 붙였지만 1997년 '북한이탈주민 보호법'이 제정되면서 법률용어로 북한이탈주민으로 결정됐다. 그래서 줄여서 '탈북민, 탈북자'로 호명해왔다. 여기서 '자'는 한자로 '놈 자(者)'이므로 당사자들의 불만이 컸다. 우리가 제3국에서 이민 온 다문화인들에게 이름 앞에 '이민자 ○○○'이라고 부르지 않듯이 말이다. 몇 해 전부터는 '북향민'이라는 용어가 쓰이기 시작됐다. 이 용어는 당사자들의 선호에 따라 나온 용어이다. 내가 이 글에서 북향민이라고 호칭을 쓰는 이유다.

나는 기존의 '탈북자, 탈북민' 호칭 대신 '북향민' 호칭을 쓰자고 언론 기고를 비롯해 여러 글에서 주장해왔다. 북향민 호칭에 대해서는 2023년 12월 말에 출간된 나의 책『리얼리티와 유니티: 북한이탈주민의 이슈와 비전에 관한 보고서』에 자세히 썼다. 북향민(北鄕民)은 고향을 북쪽에 둔 사람들을 지칭하는 의미다. 이와 비슷하게 고향을 잃은 사람들을 지칭하는 실향민(失鄕民)이 있다. 둘 다 고향이 북쪽이지만 실향민은 다시 그곳으로 돌아가도 그들의 터전과 고향은 더 이상 없다. 분단 이후 지금까지 강산이 일곱 번 변하고도 남았다. 이제는 이미 '조선(朝鮮)'이라는 나라에

터를 잡은 사람들이 살아갈 뿐이다. 반면 북향민들은 그곳에 여전히 가족들이 남아있고 심지어 실시간으로 연락을 주고받기도 한다.

북향민이라는 용어를 굳이 고집하는 이유는 존재의 정체성과 정당성 때문이다. 탈북한 당사자들은 '탈북'이라는 정체성으로 호명되기를 거부하지만 한국사회는 우리를 가만히 내버려두질 않는다. 북향민, 탈북민, 탈북자, 새터민 등 어떤 호칭으로 부르던 우리는 한국사회에서 늘 타자화(他者化) 된 존재들, 즉 이방인이다. 이 호칭들은 모두 직업이나 기술을 서술하는 것이 아니라 존재의 정체성을 호명하는 용어들이다. 아마 어떤 방식이 됐든 통일이 되기 전까지는 정체성으로 호명되는 일이 멈추지는 않을 것 같다. 이왕 그렇다면 차라리 북향민으로 부르자는 게 나의 주장이다. 어쨌든 나는 앞으로 북향민으로 호칭을 통일해서 쓰고자 한다. 다시 돌아가서, '비전향 탈북자' 용어로 가보자.

나더러 비전향 탈북자라고 지칭한 사람은 댓글을 단 사람 한 명이다. 그는 내가 다른 채널에 출연한 영상에서도 나를 언급했다. "조경일 저 친구 좌파니까 섭외하지 말라"고. 내가 민주당 후보를 지지했다는 이유 때문이었다. 나를 두고 비난하는 댓글들을 보면 대개 이유가 하나로 모아진다. 탈북한 사람이 민주당 정책과 후보를 지지하고, 진보적 목소리를 내고, 정부 정책을 비판했기 때문이다. 민주주의 시민이라면 누구나 할 수 있는 자연스럽고 당연한 권리지만, 북에서 온 사람들에게는 예외적으로, 차별적으로 적용되는 권리다. 댓글 하나를 예로 들어 설명했지만, 사실 북향민들의 정치적 표현에서 보수당의 주장과 다른 목소리를 내는 북향민들에 대한 한국사람들의 비판은 위에서 설명한 이유와 동일하다. 북한에서 탈출한 걸 한국에서 받아주었으니 불평 말고 감사하며 입 닫고 조용히 살라는 말이다. 그런데 이는 북향민들에게서 정치적 시민자격을 박탈하는 차별이자 폭력이다.

비전향 탈북자라는 표현이 나온 건 우연이 아니다. 우선 '비전향'이라는 표현은 비전향 장기수들을 수식하는 용어이다. 비전향(非轉向)은 사상이나 생각을 바꾸지 않은 사람을 의미한다. 그러니 나 더러 '비전향 탈북자'라고 한 사람은 아마도 내가 민주당 후보를 지지했다는 이유로 사상을 포기하지 않았다고 본 것이다. 북향민이 민주당을 지지하면 벌어지는 일이다. 이게 비단 나만을 두고 하는 비난이 아니다. 북향민들 중에 공개적으로 민주당이나 진보정당을 지지하면 똑같은 비난 댓글이 도배된다. 비난과 악의적 댓글이야 워낙 일반 기사도에 많으니 댓글은 그저 무시하면 된다. 하지만 이런 비난이 북향민들의 정치적 표현의 자유를 억압하는 기제로 작동할 때는 이야기가 달라진다. 이런 이유로 내 주변의 북향민 청년들은 진보정당 후보와 그 정책들을 지지하면서도 공개적으로는 발언을 하지 않는다. 나처럼 영리하지 못한 괴짜가 아닌 이상 굳이 빨갱이로 낙인찍힐 일을 하지 않는 건 어쩌면 자연스러운 일이다.

분단이 낳은 피해:
피해자이자 가해자가 되는 우리

지난 2020년 7월 이인영 통일부 장관 후보자 인사청문회의 한 장면이 인상 깊다. 당시 인사청문회 위원이었던 탈북 외교관 출신 태영호 국민의힘 의원이 이인영 후보자에게 사상전향을 했냐는 질문을 했다. 이인영 후보자는 소위 운동권으로 전대협(전국대학생대표자협의회) 초대 의장을 지낸 정치인이다. 그동안 보수정당 인사들에게 운동권은 소위 빨갱이로 취급돼 왔던 게 그리 오래 전의 일도 아니다. 여전히 운동권 정치인들은 빨갱이 취급을 받고 있다. 태영호 의원은 질의에서 자신은 지금도 사상전향을 했는지 질문을 받는다면서 자신은 공개적으로 대한민국 만세를 외쳤다며 이인영 후보자에게 공개적으로 사상전향을 한 적이 있냐고 물었다. 때 아닌 사상검증 논란에 혀를 내두른 사람이 많았다. 태영호 의원은 자신의 '탈북' 정체성에 대해 한국사회에 간첩이 아니라고 끊임없이 증명해야 하는 '피해자'이면서, 동시에 다른 이들에게 사상전향을 했냐고 공격하는 '가해자'로 앞장서야 하는 상황에 직면했던 것이다. 물론 보수당에서 적극적인 정치인으로 활동하지 않았더라면 사상검증의 가해자로 나설 일은 없었을 것이다. 하지만 '탈북'이라는 정체성을 갖고 한국사회에서 주목을 받는 정치를 하려면, 게다가 보수정당에서 정치를 하려면 공천권자들에게 어필해야 하는 필수 과정이다. 정치인 조명철, 지성호, 박충권 모두 민주당을 향해 "북한의 이익을 대변한다"는 비판을 쏟아내야 했던 것도 이런 이유 때문이기도 하다. 자신에게 공천을 준 보수당에게 자신의 존재의 가치를 증명 해야만 할 테니까. 좌파 공격 최전선에 앞장서야 하는 처지다. 한국사회에서 '탈북자' 신분은 북한체제를 목청 돋우며 공격하고 좌파를 공격할 때에만 진짜 대한민국 국민이 될 자격과 존재의 정당성을 증명 받게 되는 셈이다. 환대와 냉대의 갈림길에 선 존재들의 몸부림이기도 하다.

나에게 '비전향 탈북자'라고 지칭한 사람도 이때의 사건이 아마 그를 '전향과 비전향'으로 구분하도록 만들었을 가능성이 크다. 어쩌면 북에서 온 사람들은 모두 공개적인 사상전향을 해야 한다고 생각했는지도 모르겠다. 실제로 한국에서 적지 않은 사람들이 북향민들의 사상을 의심한다. 더 노골적으로는 간첩이 아닌지 의심하는 사람도 많다. 그래서 북향민들이 이런 의심을 피하려면 공개적인 반북(反北) 활동이나 독재체제를 비난하는 발언을 하거나, 아니면 아예 입을 닫고 정치적 시민의 권리를 포기하는 경우가 많다. 미디어에서 진보적인 목소리를 내는 북향민을 찾아보기 어려운 것도 이런 이유 때문이다. 이런 처지이다 보니 어느새 나는 대표적인 '좌파 탈북자'로 낙인이 찍힌 지 오래다.

　이 사안을 조금 더 깊숙이 들어가서 보면 태영호 의원도 사실은 피해자다. 그가 대한민국 만세를 부르며 전국을 돌아다니고 인사청문회에서 "나는 사상전향을 했는데, 당신도 했습니까?"라는 질문을 하기 까지 정치인 태영호가 내몰리는 심리적인 투쟁이 있었다고 생각한다.

'인정투쟁'을 넘어
'신뢰투쟁'으로

　한국사회에서 북향민들은 온전한 '시민'이 되기 위해서는 인정투쟁(recognition struggle) 외에도 신뢰투쟁(Trust struggle)을 거쳐야만 한다. 인정투쟁은 독일의 철학자 악셀 호네트(Axel Honneth)가 소개한 이론으로, 자신의 존재를 인정받는 과정은 타인과의 상호 인정, 즉 타인과의 투쟁을 통해 확인한다는 내용이다. 신뢰투쟁 개념은 인정투쟁에 빗대어 내가 만든 개념이다. 인정투쟁을 존재의 가치와 사회적 인정의 범주로 본대면, 신뢰투쟁은 존재의 정체성 증명 그 자체로 해석할 수 있다. 그렇다. 자신의 역량을 인정받기 위한 투생이야 모는 사람이 할 것이다. 하지만 한국사회에는 '탈북'이라는 정체성을 일종의 비(非)시민으로 바라보는 비뚤어진 시선이 존재한다. 아직까지는 비(非)정치적 시민으로는 환대를 받겠지만, 정치적 시민으로는 환대를 받기가 어렵다는 말이다. 전쟁이 끝나지 않은, 여전히 적대국으로 대결 중에 있는 분단체제이기 때문이다.

다양한 여론 조사에서 북향민에 대한 호감도가 조선족보다 낮은 이유도 이와 관련이 있다. 우선 북향민들은 동포이기 전에 서로 총부리를 겨누었던 적대국에서 왔기 때문에 사상과 신분에 대한 검증 절차를 거쳐야만 한다. 아무리 국정원에서 간첩이 아니라는 신분확인절차를 거쳐서 대한민국 국민이 됐다고 하더라도 많은 한국사람들에게는 여전히 심리적 경계가 존재한다는 것을 부정할 수는 없다. "혹시 간첩이 아닐까?"하는 의심이 그래서 나오는 것이다. 따라서 북향민들은 인정투쟁과 더불어 "북한에서 왔지만 간첩도 아닌, 믿어도 안전한 사람"이라는 신뢰를 끊임없이 줘야 한다. 이것이 신뢰투쟁이다. 북향민들이 유독 보수적인 목소리만 내거나 북한정권을 강하게 비판하는 이유도 이와 무관하지 않다. 북향민들에게는 북한체제를 공개적으로 비판 또는 비난하는 것이야 말로 한국사람들에게 강력한 신뢰를 주는 정치적 행위이기 때문이다. 태영호 의원이 전당대회로 전국을 돌며 '대한민국 만세'를 외쳤던 것도 바로 이 때문이다. 건강한 민주주의 사회라면 불필요했을 사상검증이자 자기검열이다. 나는 태영호 의원을 비롯한 강경한 보수적 목소리를 내는 북향민들의 심리적 부담이 어느 정도는 이것 때문이라고 이해한다. 물론 나는 그들의 주장에 공감하지는 않는다. 그들의 정치적 동기에 대해서만 이해 할 뿐이다. 그럴수록 더욱 이데올로기 체제경쟁의 증표로 끊임없이 호명되고 이용당할 수밖에 없다. 이런 상황에 있다 보니 보수에 선 북향민들은 한국사회에서 정치적으로 환영을 받지만 그 반대편 즉, 진보에 선 북향민들은 냉대를 넘어 '종북'으로, 다시 '간첩' 취급을 받기도 한다. 나를 비전향 탈북자라고 댓글을 단 사람의 심리적 경계심도 바로 이와 비슷하다. 한국사회도 여전히 사상의 자유, 표현의 자유가 한참 부족하다는 생각이다. 이러니 통일은 멀고도 험한 길이 될 수밖에 없다.

　나는 한국생활 20년 동안 정치적 시민으로 살면서 통일을 사유할수록 통일은 요원하다는 답을 얻었다. 아직까지는 말이다. 현재 한국사회에서 통일에 대한 논쟁은 지식인들의 담론으로만 머물러 있다는 생각이다. 오늘 날 통일담론에는 '국가'만 있고 '개인'은 없다. 분단이 만든 폭력은 각 개인들의 '다름'에 대한 끊임없는 타자화에서 발현되고 있다. '사람의 통일'이라는 말도 있잖은가. 그런데 우리가 이토록 외치는 통일에 사람이, 주체적 개인들의 서사가 없다. 사상검증과 자기검열만이 있을 뿐이다. 사유(思惟)가 없는 통일은 일방적 약탈의 모습으로 나타날 수도 있다. 내가 제도정치를 넘어 사람의 통일을 위한 통일인문학을 공부하는 이유다.

분단이 싫어서

Episode 06.

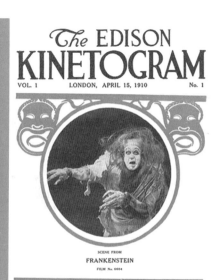

1910년 『프랑켄슈타인』이 16분짜리
공포영화로 제작되었다.

예, 저는 여기서부터
페미니즘을 시작하겠습니다

이태준

"다른 건 몰라도 부지런히 공부할 자신이 있습니다."

며칠 전 건국대학교 통일인문학과 박사과정 지원 면접에서 선생님들께 드린 약속이었다. 그리고 6월 11일 합격 소식이 전해졌다. 올해 상반기 공모전마다 낙방의 고배를 마신 터라 오랜만에 들려온 합격 소식이 반가울 법도 했지만, 태생 자체가 걱정부터 앞서는 성격이라 그런지 마음이 어수선했다. 마치 캄캄한 저녁에 힘없는 소리와 함께 지리멸렬한 폭죽이 터지는 공허함이랄까. 그것은 답이 없기보다, 다시 대학원으로 돌아오기까지의 질문이 부족한 탓이었다.

정신없이 아는 지식을 동원해 연구계획서를 쓰는 데에

만 몰두했지, '어떤 연구를 하고 싶은지', 아니, '어떤 연구자가 되고 싶은지'에 대한 질문을 잊고 있었다. 그렇다고 질문 자체가 없던 것은 아니었다. '과연 박사학위를 획득할 수 있을까?', '학위를 받으면 밥은 먹고 살 수 있을까?', '여기에서 실패하면 어쩌지?' 등의 암울한 물음들이 축하의 시간을 채우고 있었다. 정치적 근본주의자에게는 거부감이 들지만, 원래 불안할 때는 근본을 돌이켜보는 게 꽤 도움이 된다. 이제야 에세이의 지면을 빌려 내가 다시 대학원으로 걸음하고 있는 이유에 대해 적어보고자 한다.

낯선 서른,
당신의 '접힌 시간'을 듣다

나의 서른은 두려움으로 시작되었다. 20대 전부를 대학에서 보내다가 마땅한 자격증 하나 마련하지 못한 채 졸업했다. 그래도 하늘 높이 학사모는 던지리라 기대했던 졸업식마저 세계를 강타한 코로나19 팬데믹(Pandemic)으로 어름어름 넘어가 버렸다. 현재도 나의 학사 학위증은 행방불명 상태다. 해를 넘겼을 뿐인데, 사회는 '서른이면 나잇값을 해야 한다'며 더 이상 나를 어린애로 취급하지 않았다. 어른은 무엇이 되고 싶다가 아닌, '무엇'을 통해 내가 누구인지를 증명해야 했다. 10년을 꾸역꾸역 채운 대학생활을 한 단어로 규정하자면 '학생운동'이었다. 나의 미래보다 날이 갈수록 심각해지는 사회적 불평등에 아낌없이 마음을 쏟았던 때였다.

혹자는 2010년대에도 운동권이 존재했다는 사실에 복잡함과 미묘한 감정을 가질지는 몰라도, 세계의 절망이 계속되는 한 변혁의 꿈이란 쉬이 사라지지 않는 것이다. 대학에서 내가 만난 선배들은 한미FTA 추진과 비정규직 개악을 통해 신자유주의 신호탄을 쏘아 올렸던 민주 정부 하에서도 민중과 투쟁을 함께한 사람들이었다. 나 또한 용산참사, 쌍용차 정리해고, 남북합의 무력화, 제주해군기지 건설, 세월호참사, 2015한일위안부합의, 한미일 군사협력과 사드(THAAD)배치 등 매달도 아닌 매주가 투쟁의 연속이었던 시국에 대학을 다녔었다.

이 중에서도 일본군'위안부' 문제해결 운동은 나에게 특별한 경험을 남겼다. 이는 영하23도 혹한에서 일본군'위안부' 기억의 상징물인 평화비를 지키는 투쟁이 잊지 못할 경험이었다는 점과 오만방자하게도 한·일 양국이 화해와 치유를 들먹이며 일본군'위안부' 역사를 부정했던 그 겨울에 수요시위 내 마련되었던 피해생존자의 자리가 비어있었다는 점이다. 더하여 일본군'위안부' 문제가 민족/민중적 입장으로만 설명할 수 없는 (여)성 억압에 대한 고민을 안겨주면서, 대학생 때 경험했던 일본군'위안부' 운동을 주제로 대학원에 진학하여 공부해보면 어떨까 싶었다.

내가 잉여 탈출을 목표로 통일인문학과 석사과정 입학 원서를 제출했던 때, 일본군'위안부'운동은 위기를 맞이했다. 2020년 5월 일본군'위안부' 피해생존자이자 문제해결에 앞장섰던 이용수 선생님[2]이 활동가의 국회 진출과 단체의 운영 방식 등을 비판하는 기자회견을 열었다. 혐오세력은 피해자의 말을 짜깁기하여 인권과 평화를 지향해 온 30년 운동의 세월을 파렴치로 폄훼했다. 다른 한쪽에선 지역 비하(대구할매), 일본 군인과의 결혼설(토착왜구), 활동가에 대한 질투(노망) 등을 설파하며, 이용수 선생님을 겨눈 2차 가해를 전개했다. 이는 피해생존자가 증언과 투쟁으로 쌓아온 일본군'위안부'의 성원권을 박탈하려는 시도였다.

혐오와 갈등의 언어가 걷잡을 수 없이 쏟아졌고, 담론의 장은 진영논리로 지배되었다. 한국 사회는 피해자와 활동가의 극심한 갈등, 거기에 더해진 '친일vs반일'이라는 퇴행적 인식으로밖에 이 문제를 해석하지 못했다. 기자회견장에서 이용수 할머님은 국제사법재판소 제소를 통한 문제해결과 한·일 미래세대를 위한 역사교육을 운동의 방향으로 제시하였다. 하지만 아흔을 넘긴 할머님이 힘겹게 꺼낸 운동에 대한 방향은 사회적 성찰로 영글어지기는커녕 철저하게 망각되었다. 한국 사회는 할머님이 내쉰 거친 한

---

2 이 글에서는 일본군'위안부' 피해생존자이자 문제해결에 적극적으로 나섰던 이용수님의 호칭에 대해 '선생님', 또는 '할머님'으로 부르고자 한다.

숨과 그 안에 담긴 대중에게 전달하고 싶었던 당부에 대해 관심 두지 않았다. 지난 30년 일본군'위안부' 피해생존자의 목소리를 듣고 기억하겠다던 사회적 약속이 무색하게 느껴질 정도였다.

　나의 공부는 일본군'위안부' 피해생존자의 목소리를 듣는 데에서부터 출발했다. 운동과 함께 시작되었던 증언기록을 읽었고, 이용수 할머님의 이야기를 듣기 위해 수차례 대구를 방문했다. '희움일본군위안부역사관'에서 할머님과의 어색한 첫 만남이 이뤄졌다. 나에게는 할머님의 마음을 사로잡기 위한 비장의 카드가 하나 있었는데, 그것은 김복동 할머님 장례식장에서 이용수 할머님께 인사드렸을 때 누군가 찍어준 사진 한 장이었다. 그 사진을 보자 할머님은 반색하며, 다음 만남부터 할머님의 거주 공간으로 초대해주셨다.

　이용수 할머님은 구술이 시작되면 꽤나 분명하게 자신이 겪었던 피해를 증언했고, 국제사법재판소나 유엔고문방지위원회와 같은 국제기구에 일본군'위안부' 문제해결을 촉구하는 운동을 펼쳐야 한다고 주장했다. 90년대에 본인의 얼굴을 가린 채 때로는 친구의 얘기라면서 자신이 겪은 군 '위안부' 경험을 꺼냈던 모습과는 전혀 달랐다. 이용수 할머님이 방송에 출연하여 자신의 피해사실을 대중에게 적극적으로 밝혔던 때는 2000년대 이후였다. 일본군'위안부' 문제에 공감하는 청중이 등장했던 시기였다. 수요시위가 관련단체만이 아니라 각계각층 시민사회의 참여로 이뤄졌고, 시위장소도 서울을 넘어 세계로까지 확산되던 때였다. 운동이 대중성을 확보하면서 이용수 할머님은 일본군'위안부' 문제를 해결하는 운동가로 성장하셨다. 하지만 이는 한국 사회가 요구해 온 피해자상의 전형이었고, 이를 피해생존자가 인식하며 수행한 결과이기도 했다. 나는 종종 할머님께 귀국 이후의 생활에 관해 물어보았는데, 그때마다 할머님은 불편함을 피력했다.

"뭘 진하게는 물어싸. … 덮어놓고 자꾸 묻지 마, 얼마나 내가 힘들었는 줄 아나."

이용수 할머님은 한창 이야기하시다가도 귀국 후의 생활에 대해서는 기억이 나지 않는다며 회피하거나, '끌려간 게 중요한 거'라며 버럭 화를 내시기도 했다. 할머님은 20~50대의 젊었던 시절이자, 인생의 절반이기도 했던 그 시간에 대해 말을 아끼셨다. 할머님의 침묵이 방 안을 무겁게 만들었다. 그 침묵은 나에게 긴장과 막막함으로 다가왔다. 하지만 그 짧은 침묵은, 90년대 이전 여성에게만 정조의 책임을 지우며 성폭력 사실을 숨길 수밖에 없었던 금기의 세월에 비하면, 찰나에 불과했다.

한국 사회는 제국에게 당한 성폭력과 이에 대한 가해국의 사죄를 촉구하는 피해생존자의 목소리에 주목했다. 한국 사회는 '피해자'와 '운동가'라는 모습에 만족한 채, 피해생존자가 지울 수 없는 상처를 안고 거쳐 온 생애 전반을 접어버렸다. 피해생존자가 접힌 시간 깊숙이 놓여있는 자신의 또 다른 시간에 대해 발화할 경우, 한국 사회는 이를 외면하거나 급기야 일본군'위안부'의 성원권을 회수하려 했다. 한국 사회는 일본군'위안부' 문제해결 운동에 나선 피해생존자에 열광하였지만, 운동의 방식을 비판하고 자신 나름의 고민을 털어놓았던 이용수 할머님에 대해선 냉담했다.

그래도 할머님이 조금씩 나를 편하게 여겨서인지 간간이 할머님의 젊었을 때 이야기를 들을 수 있었다. 물건도 그렇듯, 자주 꺼내 보지 않은 이야기에는 녹이 슬어 있었다. 할머님의 이야기는 매끄럽게 전달되기보다 알아듣기 어려웠다. 나는 피해생존자의 목소리를 듣는 작업에는 온전히 전달되지 못하는 듣기의 (불)가능이 존재한다는 것을 이해했다. 그것은 대구 사투리를 해석하지 못하는 서울 촌놈의 한계도 있거니와, 일본군'위안부' 피해생존자의 경험과 나의 경험이 다르다는 점에서 서로에게 필연적으로 발생하는 거리가 실재하기 때문이었다. 이 거리는 타자의 목소리를 이해했다고 완결지어서는 안 된다는 겸손함을 촉구했다.

한편, 이 거리가 타자의 이야기를 듣는 데 있어 포기의 명분이 되지 않기 위해, 나는 피해생존자의 말하기를 성공과 실패로 규정하기에 앞서 우리의 구겨진 인식을 성찰할 것을 주문했다. 듣기의 (불)가능이 가져오는 불안에 침잠할 때만이, 우리가 지닌 인식의 한계를 마주하고 나아가 타자와의 거리를 좁혀가기 위한 상상력을 동원할 수 있기 때문이었다.

흔히들 '석사학위 논문이 세상을 바꿀 수 없다'라고 말한다. 나는 이 말을 수긍한다. '그렇지, 석논이 세상을 바꿀 수 없지.' 하지만 석논은 세상은 아니더라도 충분히 나를 바꿀 수 있다. 나는 석사학위 논문을 준비하면서, 나와는 다른 존재들이지만 나와 비슷한 취약성을 지닌 타자의 목소리를 듣기 위한 윤리를 배웠다. 그리고 그 이야기의 흔적을 찾아 나서는데 실천도 주저하지 않겠다고 약속했다. 그런 의미에서 타자란 역사에 희생자로만 기록되어서는 안 되는, 오히려 우리가 도달하고 싶은 미래가 존재함을 일러주기 위해 비탄으로 가득 찬 세계까지 마중 나온 주인공들이었다.

애정과 욕망
그 사이의 글쓰기

일본군 '위안부' 운동을 주제로 석사학위 논문을 완성하고 나는 대학원을 졸업했다. 그리고 내가 다시 찾은 곳은 시민사회단체였다. 일본군 '위안부' 관련 기록물을 유네스코 세계기록유산으로 등재하기 위한 국제연대위원회(이하

'ICJN')의 활동가가 되었다. 한·일을 포함한 8개국 15개 시민단체는 일본군 '위안부' 기록물 2,700여 건을 수집하여 세계기록유산 등재를 위해 활동하였다. 국가마다 사정은 달랐지만 대개 이들은 일본군 '위안부' 기록 등재를 방해하는 일본 정부만이 아니라 이 문제에 소극적으로 대처하는 자국 정부와도 힘겨루기해야 했다. 다만 한국에서는 일본군 '위안부' 문제가 시민사회를 통해 성원권을 마련했다는 점에서 ICJN의 사무를 담당할 역량이 되었다. 대학원을 나와 역사적 상처를 마주하고 인권의 미래를 싹틔우는 활동을 초국적 연대의 공간에서 하게 된 것에 감사했다.

젊은 연구자가 일본군'위안부' 운동을 주제로 석사학위 논문을 작성한 것을 어여삐 여겨주신 선배 연구자들 덕분에 학교를 떠났어도 연구자라는 위치에서 일본군'위안부' 관련 학술 발표도 할 수 있었다. 나름 연구자의 사명을 다하고자 퇴근 후 감기는 눈에 매몰차게 활자를 집어넣었고, 해당 논문이 참고했던 다른 논문을 찾아 읽어댔다. 섬세한 시선으로 내 고민을 초월해 통찰력을 제공하는 논지를 읽을 때면 부러우면서도, 연구자 바깥의 생활이 나를 뒤처지게 만드는 건 아닌지 내심 걱정도 들었다.

한 가지 고백하자면, 석사학위 논문을 마치고 시민사회로 진로를 결정한 이유 중 하나는 '연구자'로 지칭되는 것에 대한 부담이었다. 연구자에게 요구되는 전문성은 유독 나와는 걸맞지 않다고 생각했었다. 애초 운동의 경험이 연구로 정리되는 과정은 다시금 운동의 진로를 모색하기 위함이었다. 또한 나의 관심은 연구주제인 일본군'위안부' 운동만이 아니라 식민주의, 페미니즘, 군사주의, 재난참사, 소수자인권, 시민권/성원권, 애도 등 사회 전반에 대한 문제로 평퍼짐하게 퍼져있었다. 그러다 보니 하나의 주제를 깊이 파고드는 연구, 특히 사료를 제시하며 촘촘하게 논의를 전개하는 연구를 읽을 때면 감탄이 입 밖으로 새어 나올 수밖에 없었다.

반면, 매번 연구를 시작해놓고 고민의 빈약함과 결국에는 감정적 푸닥거리로 마치는 나의 연구와 비교되면서 열등감에 휩싸였다. 구체적인 경험과 자료 분석을 통해 개념 논쟁을 넘어서려는 노력보다 기존 연구에 대한 '억까(억지로 까기-비난,)'를 시전함으로써 나의 부족함을 감추고자 했다. 겁쟁이라서 지면에 굿판도 제대로 벌이지 못하는 나를 보며 과연 나에게 연구자란 어울릴까 하는 고민도 들었고, 그럼에도 연구자와 활동가 둘 중 하나도 포기하지 않으려는 자신에게 욕심도 많다며 비아냥댔다.

활동가면 활동가이고 연구자면 연구자이지 왜 계속 둘을 엮으려고 하는지, 활동이 왜 글이 되어야 하는지, 연구와 활동이 경합을 치르고 있을 때, 나는 내 안에 꿈틀대는 글에 대한 욕망을 마주했다. 그것도 '싸우는 글을 쓰고 싶다'라는 욕망이었다. 그 욕망은 좀처럼 포개지지 않는 활동가와 연구자라는 두 정체성을 서로 끌어당기는 인력(引力)

과도 같은 것이었다.

글을 읽는 것이 좋았다. 작가가 글로 전달하고 싶었던 감각과 감정이 내 안으로 들어올 때 느껴지는 미묘하고도 짜릿한 그 순간이 위대했다. 논문은 우리가 살아가는 이 세계에 절망이 무엇인지를 날카롭게 분석해주었다면, 소설은 다양한 삶을 통해 내가 경험하지 못했던 세계의 이면을 거닐게 해주었다. 소설은 세계를 사유하는 나의 인식이 얼마나 가난한지를 일러주었고, 가슴 저릿한 이야기를 찾아 나설 상상력을 제공해주었다. 긴 호흡으로 읽을 시간이 부족할 때면 시집을 펴곤 했는데, 시는 단 한 줄의 문장으로 셀 수 없는 감정을 끄집어내 주었다. 무엇이든 읽는 순간, 세계는 글과 나 그리고 둘의 간극을 메꾸는 대화로 채워졌다. 그야말로 자기만의 방이 펼쳐졌다.

글쓰기도 좋았다. 권력에 의해 잊히고 지워진 존재에게 눈길을 거둘 수 없었다. 그들의 이야기를 듣고 있지면 내 안에 솟구치는 애정을 느꼈고, 이 세상에 반드시 그들의 존재 이유를 기입하겠다는 욕심도 부풀었다. 가냘픈 글자들을 모아 문장을 조직하고, 다시 문장들을 문단으로 엮어 침착하게 꾹꾹 감춘 세계의 야만성을 고발하고, 끝내 기고만장함에 취한 권력을 무너뜨리는 그러한 글쓰기를 욕망했다. 감당하지 못할 애정과 욕심일까 근심하면서도, 그리고 능력 밖의 일이 될 수 있음에도, 나는 '글투(글鬪)'를 실천하는 사람이 되고 싶었다.

욕망은 부끄러움을 동반한다. 욕망은 나의 결핍을 드러내고, 그것이 채워져도 채워지는지도 모른 채 재차 요구하는 탐욕으로 변질되기도 쉽다. 대학원 박사과정을 결심한 후, 한 줄을 쓰더라도 정성스럽게 쓰자며, 세상이 그어놓은 테두리 밖에 놓인 목소리를 글로 기입하겠다고 약속했건만, 잘 지켜지지 않았다. 누군가를 지적하고 비판하는 글은 쉽게 써내려 졌으면서도 나를 되돌아보고 반성하는 글에는 무척이나 인색했다. 또한 사람에 대한 섬세한 관심으로 직조된 글보다, 감정에 앞서 갈겨버린 문장이 허다했다. 묵음으로 비어버린 채, 때로는 젠체한 문장들이 지면을 어지럽혔다. 무미건조한 지식을 나열함으로써 존재의 목소리를 미궁 속에서 잃어버린 적도 있었다. 그래서 쓰기를 마칠 때면 부끄러웠고, 소중한 이들의 목소리를 잘라낸 것은 아닌지 송구했다. 그럴 때마다 부족한 글쓰기는 곧 사랑의 부재라는 따끔한 진언을 되새기곤 했다.

페미니즘과
괴물

쓰겠다는 결심을 내려놓지 않는 데는 사랑에 있었다. 철학자 알랭 바디우는 '사랑은 두 사람이 이루는 최소한의 코뮤니즘'이라 말했다. 그러나 사랑에서 그 최소함을 얻기 위해서라도 페미니즘은 가부장제 권력과의 계속되는 사투와 협상을 벌여야 한다고 강조한다. 실제 사랑은 그리 낭만적이지 않다. 사랑으로 명명된 친밀한 관계에서 학대, 폭행, 협박, 상해, 공갈 등이 상습적으로 발생한다. 그것을 데이트폭력, 가정폭력이라 규정하기까지 오랜 투쟁이 필요했다. 또한 이성애-정상가족의 규범에 벗어난 사랑은 더럽고 타락한 것으로 치부되거나 아직도 범죄로 규정되기도 한다. 사랑은 사랑 그 자체이기보다 폭력으로 등장한다.

어디 그뿐이랴. 사랑을 국가적 차원으로 가져오면 머리가 찌근거린다. '민족=국가'에 대한 열망이 통일전쟁을 촉발했던 역사도 그러거니와 한국의 경우 국가(國歌)에도 사랑(愛)을 결합하여 국가(國家)에 대한 변함없는 사랑을 수행토록 한다. 진보적 자유주의를 자처하는 지식인조차 애국가를 부르지 않는 것에 대해 문제를 제기할 정도였으니, 이 땅에서 애국은 전제이자 선결과도 같은 것이다. 애국(愛國)이라는 그 단어 하나에 형장의 이슬로 사라져버린 존재, 즉결처분되어 아무도 모르는 곳에 묻힌 존재들이 대한민국에만 수십만 명에 이른다.

타자를 점유하는 데에서 폭력이 사랑으로 대체되는 착시가 발생한다. 사랑을 폭력으로부터 구출하기 위한 작업은 나와 타자의 자리를 구성하고 서로의 부분성을 인지하며 겹치는 공간을 창출하는 일이었다. '나는 너'가 아닌 '너와 나'를 구성하는 과정이었다. 그리고 나는 이 과정에서

'페미니즘(Feminism)'을 만났다. 누군가에게 페미니즘이라 하면 '여성의 지위 향상' 정도로서 (양)성평등의 실천으로 이해된다. 솔직히 한국에서는 이 정도의 해석도 양반에 속한다.

한국 사회에서 페미니즘을 꺼내면 자동반사적으로 '까탈스러운' 또는 '예민한' 사람으로 인식되거나, 급기야는 '메갈이냐?'라는 사상검열에 부딪히기도 한다. 불과 몇 년 전 혐오세력이 입에 거품 물고 외쳤던 단어가 '종북게이' 아니었나. 20세기 분단(식민)의 아비투스(Habitus)로 빨갱이가 활용되었다면, 오늘날은 분단(식민)+젠더를 결합한 아비투스가 창출된 듯하다.[3] 빨갱이가 그랬듯이 페미니스트 또한 탄생의 전모는 소거된 채 극단에 위치되고, 이들에 대한 혐오가 정당화됨으로써 분단/가부장제 권력은 강화된다. 즉 종북과 페미니즘/퀴어를 한통속으로 엮어낸 권력은 이들을 통해 사회에 공포를 심어두고, 이러한 공포가 두려운 소문으로 옮겨지면서 이들은 맥락이 소거된 불온한 괴물로 세상에 출현한다.

생뚱맞게 읽힐 수는 있어도, 나에게 페미니즘이란 괴물

---

3 통일인문학과는 프랑스의 사회학자 피에르 부르디외의 아비투스 개념을 한반도 분단에 접목하여 분단의 아비투스를 설명한다. 분단의 아비투스는 역사적 트라우마가 구조화하고 구조화된 신체로서 (재)생산된다. 즉 북에 대한 즉각적인 적대, 반공을 기반을 둔 자기 검열 등 분단의 메커니즘은 우리의 신체 안에서 작동된다.

과의 동맹을 맺는 방법론과도 같은 것이었다. 여기서 괴물
이란 현실세계의 언어로는 설명할 수 없는 존재라는 의미
에서 타자로 지칭된다. 나는 페미니즘을 통해 우리가 타자
와 어떻게 연결되었고, 나아가 타자의 목소리에 내포된 현
실의 한계를 극복할 미래성을 탐색하기 위한 방법을 사유
했다. 그중 메리 셸리의『프랑켄슈타인(Frankenstein or the
Modern Prometheus)』(1818)은 나에게는 페미니즘의 안내서와
도 같았다.

대개 사람들은 프랑켄슈타인을 괴물로 알고 있지만, 이
는 괴물을 창조한 박사의 이름이다. 그는 과학의 힘을 빌
려 새로운 종의 인간을 창조하는 조물주가 되고자 했다.
하지만 그는 괴성을 지르는 괴물을 탄생시켰다. 괴물은 인
간에 의해 창조되었지만, 인간에게 부정당하고 박해받았
다. 두려움을 안고 태어난 괴물은 오직 해괴하게 울부짖는
것밖에 할 수 있는 것이 없었다. 괴물은 자신의 존재 이유
를 알기 위해 조물주인 박사와 대화를 나누고자 했다. 비
명과 신음으로 박사와 대화할 수 없음을 직감한 괴물은 스
스로 언어를 터득했다. 하지만 괴물에게 돌아온 것은 '악
마!', '벌레!', '사탄!'과 같은 멸시와 분노였다. 박사를 찾아
나섰던 괴물의 추적은 결말에서 박사가 괴물을 역(逆)추적
하는 것으로 전환되었다. 박사는 괴물을 죽이겠다며 복수
심을 불태웠지만 끝내 이성을 상실한 박사가 죽음을 맞이
하였다. 여기서 흥미로운 점은 대중에게 프랑켄슈타인으

로 각인된 존재는 바로 괴물이라는 점이다.

『프랑켄슈타인』의 작가 메리 셸리의 모친이 근대 영국의 대표적인 페미니스트 메리 울스턴크래프트였다는 점은 괴물을 페미니즘으로 끌어들인다. 울스턴크래프트는 바다 건너 프랑스에서 혁명 이후 시민권을 독점한 부르주아 남성에 맞섰던 페미니스트인 올랭프 드 구주의 투쟁에 감명을 받아『여성의 권리 옹호(A Vindication of the Rights of Woman)』(1792)를 저술하였다. 울스턴크래프트는 셸리를 출산하면서 패혈증으로 사망했기에, 실제 두 모녀는 서로 만난 적이 없다. 나 또한 두 여성이 페미니즘으로 연결된 이유를 혈육 또는 핏줄로 설명하고 싶지 않다. 이는 남성이 합리이자, 권력인 가부장제에서 소외되고 버림받았던 여성들의 닮은 경험이 페미니즘과 괴물을 불러온 것이기 때문이다. 두 모녀는 악녀든, 괴물이든 애초에 존재하지 않으며, 이는 권력에 의해 지목되고 탄생한 것임을 알고 있었다.

페미니즘은 추방당한 존재에 숨을 불어넣음으로써 사랑을 실천하였다. 이들의 실천은 차별과 낙인을 통해 추방을 정당화했던 권력에 균열을 일으켰다. 섬뜩한 교란으로부터 세계는 자신의 한계를 깨달았고, 또 다른 세계로 진입하기 위한 문지방을 넘어설 수 있었다. 그 세계에선 금기시되었던 기억이 증언으로 기록되었고, 좌절로 범벅된 시간에서 하위주체(Subaltern), 권리, 그리고 자긍심을 건져 올렸다. 언제나 페미니즘은 세계의 진입에서 또 다른 도전을 준비했다. 페미니즘은 이를 '물결'이라 명명했다. 자유주의, 사회주의, (포스트)식민주의, 섹슈얼리티·인종, 생태 등의 주제와 휘말리기를 겁먹지 않았으며, 백래시(Backlash)에 맞서 페미니즘 내부를 비판하는 일도 서슴지 않았다. 불평등하고 부정의(不正義)한 세계는 물론이고 역사의 진보 아래 선(善)으로 구축되었던 민주주의와 시민권마저 페미니즘의 파도에 의해 밀려나고 부서졌다.

페미니즘은 우정, 공동체 등 고운 단어를 판타지로 전시하기보다, 부박한 현실을 바꾸기 위한 부단한 실천으로써 연대의 근력을 키웠다. 차별 없는 세상에 대한 갈망만큼 차별 없는 세상을 만들기 위해 싸웠던 삶들을 애정했다. 미투운동(#MeToo)에 나섰던 주체들이 각자 다른 차별과 피해를 경험했음에도 불구하고 일본군'위안부' 피해생존자들의 투쟁을 미투운동의 시작으로 두었으며, 일본군'위안부' 피해생존자들은 베트남 전쟁 성폭력 문제를 비롯한 전시 성폭력 문제를 해결하기 위해 연대를 아끼지 않았다. 나를 억압하면서 반대로 세상을 구원하겠다는 것이 얼마나 모순적인지를 일러주면서도, 때로는 낯선 타자의 생애에 나를 겹침으로써 시·공간의 벽을 넘어 해방의 목소리로 공명했다.

이 세계에서의
결심

학교로 향하는 길에 세계에서 벌어졌던 포악한 소식들이 들려온다. 역사책에나 고이 머물기를 바랐던 전쟁과 학살이 곳곳에서 벌어진다. 누구는 생사의 갈림길에서 하루하루를 연명하고 있는데, 고작 내가 하는 일이라곤 서명운동에 이름 석 자를 올리는 것뿐이다.

세계 밖 소식이 TV화면에 송출되는 것과 다르게, 한국 내의 어떤 전쟁은 알려지지 않는다. 경북 구미의 한국옵티컬 노동자들이 부당해고에 맞서 고공에 오른 지 200일을 넘겼고, 경기 파주 용주골의 성노동자들 또한 시도 때도 없이 달려드는 공권력과 남성 용역에 맞서 해를 넘기는 투쟁을 거듭하고 있다. 여성들 모두 '해고통보' 또는 '집결지 폐쇄'라는 한마디에 생존의 위기에 놓였다. 목숨을 내건 위태로운 싸움이 계속되지만, 뉴스를 틀면 국민, 민주, 개혁을 앞세운 정치인들의 고성만 들릴 뿐이다. 증오와 혐오는 부끄럼도 모른 채 범람하는데, 하늘에 매달린 절규는 세상에 내려앉기도 전에 흩어진다.

나와 소중한 사람 곁에 재난이 배회한다. 우리는 매해 예견된 참사와 그래서 감당하기조차 버거운 죽음을 목격하고 있다. 2022년 10.29이태원참사, 2023년 오송 지하차도 참사, 그리고 올해 화성 아리셀 공장 화재까지. 언젠가부터 참사는 비극의 순간만 번쩍이다 달력 넘기듯 잊혀졌다. 당연한 죽음은 없는데도 불구하고 죽음의 이유를 밝히는 작업은 어김없이 거부된다. 진상규명 운동을 전개할시, 곧장 보상금이 대두되면서 유가족은 한순간에 장사꾼으로 매도(罵倒)된다. 익숙하지만 매번 납득되지 않는 참사 이후의 대응을 바라보자면 이것이 대한민국이 말하는 안전관리 매뉴얼인가 혼란스럽다. 잊지 않겠다며 추모해도, 또다시 비극을 맞이할 것 같은 불길함에 때때로 애도가 덧없이 느껴지기도 한다. 그럼에도 할 수 있는 일이라곤 살아남은 자로서 상실과 고통을 짊어진 이들을 위해 기도하는 것뿐이다.

나는 '지금 이 세계'에서 공부하기로 결심했다. 매일이 멸망하는 세계에서 온몸으로 버텨온 존재의 이야기를 주워 담는 것, 비명과 죽음으로 종결된 그 이야기를 기꺼이 풀어내어 미래를 촉진하는 한 줄 문장으로 빚어내는 것을 학문의 실천으로 결심하고 싶다. 나의 공부가 절망을 거두지 못하더라도 상처를 껴안는 사랑의 근육을 키우는 일이기를, 함부로 삶을 결말짓지 않기 위해 권리를 더하는 작업이기를, 그리고 소외된 존재의 목소리에 분명 녹여있을 그들의 꿈을 발견하길 바란다. 무엇보다도 사랑과 투쟁을 멈추지 말자는 결심에서부터 연구를 시작하고자 한다.

Episode 07.

2인칭 시각으로 보는 통일

박국빈

국가와의
대면

　나의 조부세대는 일제식민시대, 조선전쟁(한국전쟁)과 현재까지 이어지는 남북분단을 몸소 경험하였다. 광복을 기점으로 그들은 한반도와 중국에 걸쳐있는 존재가 되었다. 적어도 그들에게 북조선은 낯선 존재가 아니었다. 이데올로기적으로 가까웠고, 많은 사람들이 북에 혈연을 두고 있으며 잦은 왕래를 진행했다.

　반대로 86년생인 필자가 경험한 것은 개혁개방이후의 중국이다. 더 정확히 말하자면 계획경제시대에서 시장경

제시대로 전환하는 시대의 중국이다. 확고하다고 믿었던 노동자와 농민의 연맹마저 분열되는 와중에 거대명제들은 서서히 그 신성스러움이 퇴색하고 있었다.

조부세대들이 생각하는 통일은 당연히 북조선에서 주도하는 조국해방통일이었다. 조부세대들은 자본주의 남조선의 인민들은 생활고에 시달리고 우리가 해방해야 할 대상이라는 교육을 받아왔다. 많은 이들은 북조선에 친척이 있었고 밀접한 관계를 유지하였다. '남조선괴뢰정권'은 대만의 '국민당반동파'와 동일시되었다.

반대로 대부분 우리세대들에게 남조선과의 첫 대면은 물건을 통해서였다. 그 당시 중국의 공산품들과 비교했을 때 남조선의 물건들은 모든 방면에서 압도적이었다. 북조선의 투박한 도자기와 건조 생선보다 남조선 공산품이 나에게 주는 유혹은 훨씬 더 강했고 한국이라는 곳에 대해 점차 좋은 이미지가 형성되었다.

우리세대들이 경험한 북조선은 몰래 카메라속에 등장하는 냉전 이후 식량난에 시달리는 가난한 곳이었다. 항간에는 북조선에서 굶주림에 찬 주민들이 서로 잡아먹는다는 전설이 자자하였다. 소학교에 다니던 어린 나이였지만 친구들 사이에서 하는 우스개에서도 북조선은 가난의 대명사로 전락했다. 나처럼 통통한 체형을 가진 사람들은 종종 〈북조선에 가면 잡아먹힌다〉고 조롱받은 기억이 난다. 지금 생각하면 우습기도 한 일이다.

그 당시 어두운 밤길에는 종종 표준적인 평안도 말투로 말을 걸어오는 '탈북자'들이 있었다.

"학생동무, 어차피 이렇게 된 것치고 숨기지 않겠습니다. 사실 저는 조선에서 왔습니다. 밥 먹을 돈도 없어 그러는데 혹시 돈이라도 있으면 좀 줄 수 있나요?"

함경도 말투가 주류인 지방에서 듣는 평안도 표준말은 남한뉴스나 다큐에서 보여주는 장면을 현실로 소환하는 느낌이 들었다. 나에게서는 멀다고 느끼는 존재가 갑자기 나타나니 당황스럽기도 하고 불쌍한 느낌이 들기도 했다.

가장 문제가 되는 점은 일반인들은 판단할 수 없다는 것이다. 이들이 진짜 탈북자인지? 탈북자를 위장한 사기꾼인지? 누구나 이들이 존재한다는 것을 알고 있지만 말해질 수 없는 사람들이었다. 뉴스에도, 신문에도, 공식적인 모든 곳에서 이들은 존재하지 않는 사람으로 치부된다. 다만 입소문에만 등장하고 사라지기를 반복한다.

내가 탈북자와 공식적으로 접촉하게 된 것은 한국에 유학을 온 다음이다. 대학원 동료도 있었고, 세미나를 통해 만난 분들도 있었다. 한 번은 논문 인터뷰 때문에 탈북한 젊은 여학생을 만나게 되었다. 함경북도 억양이 섞인 서울말을 구사했고, 연변을 경유하여 남한에 건너온 케이스였다. 물질적으로 연유되지 않았고 신변이 보장된 상황이라서 나름 솔직한 대화를 나눌 수 있었다. 그녀의 시각에서 보는 연변의 모습은 내가 알고 있는 것과 좀 달랐다.

"신분이 없어서 현지 한국 목사의 도움을 많이 받았슴다. 연길에 있는 동안 중국어를 배우고, 최대한 조선족으로 위장했슴다. 연변사람들 참 안 좋은 것 같슴다. 교회에 있는 조선족아저씨가 신분을 만들어줄 수 있다고 해서 제가 모은 돈을 줬는데 저에게 가짜 신분증을 만들어 줬지 뭡니다. 같은 민족으로서 어찌 그리할 수 있슴까?"

조선족으로서 내가 할 수 있는 유일한 일은 그녀에게 설명하는 것뿐이었다. 우리들의 대부분은 탈북자를 발견하면 신고하지 않지만 같은 민족이라도 우리는 중국의 공민이라서 국가의 법규 밖의 도움을 주는 것은 상상할 수 없는 일이다.

민족이라는 감성으로 접근할 수 있지만 금시 한계에 부딪치기 마련이다. 묵인은 가능하지만 더 이상의 공조 또한 일반인으로서는 불가능한 것이다. 같은 민족이라는 상상은 곧 국가라는 거대한 실체가 부설한 거미줄 같은 행정력과 정면으로 부딪치게 된다.

안타까운 현실이었다. 그녀는 절실한 도움이 필요하지만 '연변'이라는 장(場) 속에서 그녀의 존재를 최대한 몰라줘야 하는 것이 일반인으로서 돕는 일이었다. 중국의 행정력은 나를 보호해주지만 그녀에게는 두려움의 대상이 된다.

국가의 보호밖에 있는 이탈자가 기대하는 민족은 과연 어떤 모습일까? 민족은 사실 믿음의 대상이 되지 못한다는 점을 느끼는 바이다. 현재 시점에서 우리는 민족이라는 개념보다는 한 나라의 공민이라는 신분에 훨씬 더 익숙한 것 같다. 내가 과연 통일에 있어서 내가 사는 국가와 신분을 포기하고 민족이라는 일인칭[4]의 시점에서 사고하는 능력이 존재하는지를 의심하게 된다.

한반도와
나

나에게 북조선은 물리적으로 가까운 곳이고 집안의 혈육이 살고 있는 곳이다. 하지만 너무 생소한 곳이다. 한 번도 가본 적이 없고 친척만 보았을 뿐이다. 잡아 먹힌다는 농담이 나에게 주는 충격이 컸던지 좀 성장하고도 한 번도 가볼 엄두가 나지 않았다. 그냥 강 너머에서 보이는 민둥산과 정렬된 마을건물이 전부였다.

또한 인터넷이나 전자기기에 익숙 (심지어 현재는 완전히 에

---

4 X인칭이라는 표현자체는 정확한 표현은 아니고 추상적일 수가 있다. 통일 민족국가건립이라는 상상에 기초하여 현재의 역할을 숙명(宿命)인 듯, 주관인인 의지가 강렬하게 투영된 명사임을 우선 천명하는 바이다. -필자 주

속되었다)해지던 당시 북조선에 간다는 것은 '인터넷이 없는 원시사회'로 다시 돌아가자는 것과 같았다. 그 당시 나에게 북이라는 존재에 접근하는 가장 큰 장애는 전자기기를 사용할 수 없는 것에 대한 불편함이었다.

여담이지만 1932년 이후 식민지 조선당국에 의해 한반도 남부에서 당시의 만주로 이주되던 사람들은 열차가 두만강을 지날 때 그렇게 슬펐다고 한다. 이 강을 지나면 다시는 조선에 돌아오지 못할 것 같다는 생각에 오열하면서 자신이 가진 얼마 안 되는 소지품을 열차 틈사이로 그 강을 향해 마구 버렸다고 한다.

아이러니 한 것은 그 사람들의 후예인 나에게 이젠 이 강 너머의 땅이 너무나 낯설다는 것이다.

2015년 나는 한국으로 유학을 가게(오게) 된다.[5] 나는 코로나 시기까지 이곳에서 생활했었다. 통일인문학과에서 공부하게 되었고, 많은 사람을 만나고, 즐거움과 고통도 똑같이 많이 겪었던 것 같다. 일단 가장 큰 문제는 외로웠다. 혼자 지내는 시간이 많았고 이 사회에 관해 좀 더 사유하는 시간이 많았던 것은 인생에서 유익한 경험이었다. 이 사회는 모든 것이 달랐다. 나는 언어만 아는 바보이다. 한국 드라마에서는 남산타워는 보여주지만 지하철에서 승차하는 법은 배워주지 않는다.

——————————

5 여기서 유학을 가게 인가 오게 인가를 한참 고민했었다.

이 곳에 북의 흔적은 너무나 많았다. 중국에서 느꼈던 북은 물리적으로 나를 불쾌하게 하는 존재였다면, 이 곳에서의 북은 사회전체에 깔려있는 적대적인 '분위기'와 같았다. 이 곳에 있으면 자연스레 북을 싫어할 수밖에 없다. 현재에 와서 비로소 느꼈지만 한국은 거대한 역사적 트라우마를 겪고 있는 사회였고 식민과 내전이 남긴 상처는 고스란히 남겨져 있었다.

한국에서 북조선을 병영국가라고 하지만 한국도 사실 마찬가지였다. 수시로 싸울 준비가 되어있는 곳이었다. 최근에 핀란드에 관한 틱톡을 본 기억이 난다. 간단히 말하자면 핀란드는 제정러시아의 일부였지만 1차대전 이후 독립했고, 독립이후 내부에서 좌우의 극심한 대립을 겪었으며 결국 내전 및 소련과의 전쟁으로 이어지게 된다. 이러한 전쟁의 결과로 현재에도 모든 청년들이 병역에 동원되어야 한다. 또한 러시아와 인접한 곳의 교량에는 기폭장치가 설치되어 있다고 한다.

이것은 내가 알고 있는 한국과 너무 흡사했다. 통일인문학에서 공부하던 시절 DMZ의 동쪽 끝으로 가본 적이 있다. 남에서 보는 북조선은 좀 달랐다. 철조망, 조망시설, 각종 주의게시판, 상대적으로 온화한 (자연수역에 의해 갈라진) 조·중 경계보다는 전쟁에 의해 형성된 휴전선은 긴장이 감돌고 있었다. 하지만 이러한 모든 것보다 나에게 깊은 인상을 심어준 것은 민통선주변의 교량이나 터널에 설

치되어 있는 자폭 혹은 자아회손 장치들이었다. 휴전선이 나의 일반적인 상상에 부합되었다면 자폭장치는 상상 밖의 사물이었다.

"얼마나 혐오하면 저런 물건들을 만들었을까? 그 정도로 싫었는가? 자신을 파괴할 수 있을 만큼 미운 상대인가?"

전쟁과 거리가 먼 지방에서 살았던 나로서는 충격이 되는 일이었다. 한국은 풍요로운 고장이지만 다모클레스의 검[6]은 항상 머리위에서 맴돌고 있었다. 나도 북과의 전쟁이 혹시 발생하지 않을까 걱정했었지만 곧 이러한 분위기에 익숙해졌다.

"어차피 다 같이 죽는데 뭐"

2016년 진행한 5차 핵실험 이후 연변에 있는 어머니가 나한테 연락이 왔었다.

---

6 다모클레스의 칼은 로마 시대 정치가이자 철학자였던 키케로가 자주 인용하면서 유명해졌고 서양에서는 위태로운 상황을 뜻하는 말로 자주 사용됐다. 현대에 들어서는 존 F. 케네디 전 미국 대통령이 1961년 9월 유엔총회 연설에서 핵전쟁의 위험을 강조할 때 언급하면서 더욱 유명해졌다. 특히 그로부터 1년 후 쿠바 핵위기로 미·소 간의 냉전이 핵전쟁 직전까지 치달으면서 다모클레스 칼은 전쟁의 위험을 강조하는 말로 굳어졌다. [네이버 지식백과] 다모클레스의 칼 (시사상식사전, pmg 지식엔진연구소)

"한국에서 전쟁이 일어나면 당장 여기로 돌아오지 말고 다른 데로 가라"

"네?"

"여기도 북조선이랑 가까워서 핵이 떨어질 것 같다."

나는 창밖을 내다보았다. 건대 캠퍼스는 여느 때와 다름 없었고 외부인이 생각하는 전쟁 전의 말세는 아닌 듯하였다. 내가 한국에서 보낸 해마다 남북위기는 항시 있었던 것 같다.

한국에서의 생활은 나에게 일인칭의 시각으로 통일을 바라볼 수 있는 체험이었다. 통일에 대한 열망을 느낄 수 있었지만, 상호절멸이라는 그림자 또한 깊이 드리워져 있었다.

나에게 '한반도'는 평생의 '숙제'인 듯하다.

국가와 민족의
어긋남

국가와 민족의 어긋남에 따라 조선족은 국가단위의 주류 문화에 결코 쉽게 환원될 수 없다. 그 말인즉 나는 중국이나 조선, 한국 중 어느 하나에도 쉽게 융합되지 못했었다. 의도치 않게 이러한 상황 때문에 한반도와 중국에서 2인칭

의 관점으로 사물을 보는데 익숙했다. 하지만 이러한 2인칭
의 시점마저도 점차 사라지고 있다는 점을 강조하고 싶다.

우선, 2006년 핵이 영변 지하에서 폭발하면서부터 한반
도의 통일을 담론하는 것은 조선족사회 내지 중국사회에
서 이상한 행위가 되어버렸다. 위에서도 말했듯이 개혁개
방을 거치면서 중국사회는 많이 변화했다. 더 이상 세계혁
명을 지향하던 마오의 시대가 아니었다. 자연스레 지역긴
장감을 조성하는 조선의 핵실험은 반갑게 보일리가 없었
다. 영변은 연변과 가까운 탓에 핵실험의 진동은 내가 사
는 지역에서도 생생하게 전해졌다. 얼마 지나 잊혀졌지만
솔직히 당시 그러한 진동에 나는 버럭 화가 났었다. 처음
으로 나의 생명이 위협되고 있음을 느꼈었다. 그 후에 이
어진 핵실험 때마다 모든 초중고 학생들은 시간에 맞춰 운
동장에서 핵실험의 진동이 지나가기를 기다렸다. 지진과
같은 지질재해가 드문 지역이라서 연변지역 대부분의 옛
건물들은 방진시설을 갖추지 않고 있었다.

중국에서 자주 하는 말이 있다. 〈발 벗은 자는 신발 있
는 자를 두려워하지 않는다〉[7]. 어느때부터인가 우리도 발

---

7 원문은 "赤脚不怕穿鞋的", 이 상용구에서 신발을 신은 자는 부유한 자를 의
  미하고, 발벗은 자는 신발이 없는 사람, 즉 가난한 사람을 의미한다. 가난한
  사람은 잃을게 없는데 반하여 가진 게 많은 자는 잃기를 두려워 한다는 상
  황을 의미한다. -필자 주

벗은 자가 아니었고 잃을게 많았다. 혁명을 수출하는 시대를 지낸 윗세대들은 북조선이 핵무기를 보유했다고 좋아했다. 나도 머리로는 동의하지만 몸으로는 접수하기 힘들었다.

다음은 국가정책의 변화이다. 그동안 연변에 있던 우리 세대는 중국의 소수민족정책에 의해 우리말로 교육받고 생활할 수 있었다. 하지만 그것마저 이제는 변화가 발생하고 있다.

위의 사진은 2024년 중국 연길시에 있는 상가간판의 모습이다. 자세히 보면 조선말로 표기되어 있던 부분이 최근

에 제거된 흔적이 보인다. 과거 연변조선족자치주 행정구역내부의 간판은 조선말과 중국어가 공동으로 표기될 것으로 요구되었지만 근래에 들어 중국어가 반드시 민족언어 앞에 있어야 한다는 지침에 의해 수정되었다. 사실 이러한 간판의 대대적인 수정이 없었다면 나도 의식하지 못했을 것이다. 그동안 중국어가 앞에 있는지 조선말이 앞에 있는지에 관해 신경 써본 적이 없었다. 따라서 어떤 업주들은 번거롭게 간판을 리모델링하는 대신 아예 조선말을 제거한 채로 영업을 지속한다.

연변이라는 지역이 관광지로서 각광받는 이유는 소수민족이 지니는 '이질감' 때문이다. 관광산업의 수요에 의해 한편으로는 조선민족이라는 문화적 요소를 강조하면서도 다른 한편으로는 그 실체가 오히려 부단히 약화되고 있는 현실은 아이러니할 수 밖에 없다.

중국의 일부 소수민족지역의 분리적인 경향을 겨냥해 실행한 거시적 행정수단이라고 이해할 수 있지만 소수민족교육에서의 민족언어 사용을 대폭 감소시키는 정책과 같이 이해한다면 개인적으로 안타깝기 그지없다.

솔직히 나는 민족주의자는 아니다. 민족은 획득한 신분에 가깝고 거기에 큰 의미를 두고 싶지 않다. 하지만 더 이상 나의 뒷사람들이 나의 글에 공감할 수 없고 현재의 우리가 사는 모습을 세세히 상상할 수 없다는 것이 괴로울 뿐이다. 중국의 정책은 특정민족이나 집단을 겨냥하지 않는다. 여느 세계의 정권과 다를 바 없이 이성적으로 움직이고 자신을 복제할 뿐이다. 회색지대를 점차 줄이고 국민을 복제하는 것이다. 진시황이 춘추전국을 통일한 후 모든 글자와 계량을 똑같이 하기에 힘썼듯이, 이 땅에서 반복되고 또 반복되는 과정의 하나이다.

마지막으로 망언을 하자면 우유부단한 사람은 조선족으로 태어나지 않았으면 좋겠다. 여러 인간에 공감하는 것은 심적으로 힘든 일이다. 나는 중국인들의 행위에도 공감이 되고, 한국인, 조선인들의 행위에도 공감이 된다. 하지만 이들 언어 속에는 스스로도 의식하기 어렵게 국가와 민족이 가지는 편협이라는 낙인이 깊이 새겨져 있다. 나는 때론 이런 생각이 든다. 내가 오직 하나의 언어만 알고 있다면 나의 삶은 훨씬 단순하고 행복할 것이다.

대부분의 사람들에게 진리는 별로 중요하지 않다. 자신의 말이 진리로 들릴 것만이 중요하다. 우유부단한 사람은 그 말속의 진리만을 고집하다가 오히려 정신이 분열될 수 있다. 이렇게 본다면 우유부단한 나에게 두 가지 언어는 축복이기도 하고 저주이기도 하다.

하지만 현재의 시대는 사람이 자신의 울타리에만 전념하고 울타리 너머의 일은 '민족과 국가'라는 '권위'에 따를 것을 '권장'하고 있다. 하지만 나는 민족과 국가가 태어나서부터 하나가 아니므로 '권장'사항을 쉽게 따를 수 없다.

내가 오직 순수한 중국사람, 한반도 사람으로 둔갑하기보다 내가 자란 곳과 느끼고 배운 바에 충실하는 것이야말로 나 자신으로서도 자연스러운 것이다. 불가피하게 절대적인 '민족과 국가'에서 한발자국 멀어져야만 내 마음에 비로소 안녕이 찾아온다.

소수민족언어의 사라짐에 대해 내가 우려하는 것은 언어와 소수(민족)이라는 신분이 현재까지 가져다 준 '기득권력'의 상실[8]보다는 소수민족이라는 신분으로 태어난 어느 누군가가 자신에 대해 궁금할 때 동일한 고민을 했던 사람들과 교류할 수 없고, 언어와 국가라는 장벽에 막혀 한 발짝 너머 '도피'할 공간마저 사라지는 것이다.

_____

8 소수민족과 기득권력은 언뜻 보기에는 상충되게 보일 수 있지만, 1949년 이후의 중국에서는 흔히 보이는 현상이다. 간단한 예를 들자면 소수민족은 대학입시에서 민족언어로 시험을 치를수 있고 가산점을 받는다. 소수민족 자치지역의 행정부 수뇌자는 보통 소수민족 출신이다. 하지만 이러한 기득권력은 한정된 특정지역에만 부여되는 제한성을 지니고 있어 따옴표로 표시한다.

Episode 08.

탈북청년의 만남, 우연인가? 필연인가?

김기연

만남, 우연인가?

지난밤에 어린왕자를 보았다. 50년 전 대학 1학년 시절 생텍쥐페리의 어린왕자를 만났을 때의 감동은 내 나이 70이 되어도 여전히 가슴을 떨리게 한다. 어린왕자는 인생의 시작과 끝을 보여주었고 살아온 날보다 살아 갈 날을 계수하는 나이가 되면 가슴은 더 저미게 된다. 우주 끝자락에서 떨어져 바오밥 나무가 있고, 사막과 여우가 있고, 장미꽃이 피고, 방울뱀이 있는 푸른 소행성에 정착한 어린왕자는 너무 외로워 살아있는 존재들과 길들이고 길들여지면서 함께 살았다. 그러다가 때가 이르매 껍질을 벗고 본향으로 돌아간다. 아마 지금쯤은 푸른 지구를 비추는 별이 되었으리라. 어린왕자와 마찬가지로 우리 모두는 때가 되면 하늘의 별이 된다. 나도 그 때가 되면 어린왕자와 하나가 되어 하늘에서 빛나리라.

우리 모두는 이 땅에 사는 동안은 관계의 법칙에서 벗어날 수 없다. 하나님과 믿음 관계, 사회적 관계, 가족과의 관계, 더 나아가 우주적 관계 등 관계 속에서 살아간다. 이러한 관계의 관성 속에서 사람은 누구를 만나는 가에 따라 삶의 방향이 바뀐다. 특히 어떤 특정한 사회적 관계형성은 그 사람의 삶에 지대한 영향을 미친다. 우리 각자의 삶의 방향은 자신의 계획대로 나아가지 않는다. 전혀 예기치 못한 삶의 전환에는 특별한 계기가 있다. 나의 삶에 통일이 들어온 것도 탈북청년들과의 만남이 계기가 되었다. 어린왕자가 여우와 친구가 되고 장미 꽃밭을 관리하고 물 주듯이 탈북청년들과 친구가 되고 그들의 멘토가 되고, 때로는 그들의 보호자가 되는 삶의 관계는 이제 8년째 접어든다.

오늘날 대다수의 대한민국 사람들은 휴전 중인 분단국가라는 현실을 망각한 채 일상의 분주한 삶을 살아간다. 한반도 통일, 우리와 반대 항에 있는 북한체제, 억압된 북한주민의 해방 등 우리의 역사적 소명을 잊어버리고 살아간다. 일상의 삶속에서 탈북민을 만날 기회는 거의 없다. 현재 탈북민이 약 35,000명, 그 중에서 탈북청년이 약

10,000명 정도이다. 대한민국전체인구의 약0.06%, 청년들은 0.02% 수준이다. 이러한 탈북민과 만남은 우연인가? 탈북청년 공동체의 멘토가 되어 그들과 함께 호흡하고, 함께 울고, 함께 웃고 하는 공동체 관계형성이 우연인가? 지난 세월을 뒤돌아보면 탈북청년과의 호흡은 보이지 않는 힘에 이끌려서 여기까지 온 것 같다.

통일의
첫 걸음

2017년 봄, 탈북청년들과 만남은 우연이었다. 본 교회 고등부 교사로 봉사하는 교실의 옆방에 봉사가 끝나는 11시쯤이면 매주 많은 남녀 청년들이 모여 과자와 차를 마시면서 웃고 떠들면서 이야기를 하고 있었다. 무엇을 하는 공동체인지 무척 궁금했다. 하루는 용기를 내어 방문하여 왜 청년들이 매주 이 시간에 모이는지를 물어보았다. "너나들이"라는 신앙공동체로 남북한 청년들이 함께 예배드리고 나눔을 갖는 모임이라고 했다. 윗동네의 탈북청년과 아랫동네의 남한청년이 함께하는 장(field)이며, "너"와 "나"가 하나 되는 공동체 활동이었다. 북한주민을 처음 만나는 순간이었다. 살아오면서 북한주민을 본 적도 없고 만난 적도 없고, 그렇게 만날 기회도 없었다. 더더욱 북한에는 아무 연고도 없는 내가 탈북청년들을 보게 되었다. 처음에는 신기했고, 그들이 어떻게 남한에 왔는지, 북한에서는 어떻게 살았는지가 너무 알고 싶었다. 호기심과 알고 싶은 마음이 너나들 예배공간으로 나를 이끌었고, 그렇게 되어 서서히 너나들 공동체의 일원으로 참여하게 되었다. 무엇보다도 부담 없이 참여할 수 있는 시간적, 공간적 여건이 주어졌다. 고등부 봉사가 10시 50분에 끝나면 바로 옆방으로 이동이 가능했고 오후 1시 예배까지는 시간이 충분했기 때문이다. 이것이 탈북청년 만남의 첫 걸음이었다.

　매주 90분 정도 예배, 준비된 다과, 만남 등 대화와 소통의 시간을 가졌다. 매주 40-50명 정도 참석하고, 4개조로 편성하여 각조는 멘토 두 분을 포함하여 약 12명이 한 주간의 삶의 이야기, 남한 생활의 어려운 점, 학교생활 이야기 등 주로 탈북청년 중심으로 대화의 시간을 갖는다. 만남의 장에서 처음 6개월 동안은 남한청년들과는 친밀한 대화가 가능했지만, 탈북청년과는 대화가 단편적이고 깊이 있는 대화가 이루어지지 않았다. 북한의 삶에서 몸에 배인 낯선 자에 대한 경계심, 탈북과정에서 인신매매를 당한 트라우마, 한국생활에서 편견. 차별 등에 의한 마음의 상처, 마음의 장벽이 대화와 소통의 경계선을 만들고 있었다. 남북한 청년들의 대화, 접촉, 관계형성 역시 더 깊은 내면의 관계로 들어가지 못하고 일상적인 대화의 수준을 넘지 못하고 있었다. 흩뿌려진 존재이기 때문에 사회적, 물질적, 정서적 자산이 없는 현실에서 오직 자신의 힘으로만 살아야 하는 윗동네 청년과 가족에 의해 삶의 기반이 구축된 아랫동네 청년은 삶의 조건의 차이, 문화적인 차이, 사고의 차이로 인해 서로가 관계형성의 한계를 느끼고 있었다. 한 탈북청년이 말하기를 "우리는 이 땅에 10년을 살아도 문화적 차이를 극복할수 없다"고 한다. 그러나 젊기 때문에 한류 등 공통의 화제가 있고, 공통의 화제에 따른 남북한의 차이점을 서로 이야기하고 비교하면서 조금씩 다가가는 지속적 만남은 상호 연대의 가능성을 보여 주었다. 17c 네덜란드 철학자 스피노자는 "common"은 상이한 신체와 신체가 부닥침을 통해 서로를 변용시키고 변용되면서 '공통'의 것을 형성하는 것이라고 한다. 이 점에서 지속적인 만남과 관계의 형성은 그들만의 소통이 가능한 새로운 공통점을 창출하고 있었다. 그 결과 5-6년 후의 이야기지만 남북한 청년들이 결혼하여 가성을 이루기도 하였다.

탈북청년들에게 질문해서는 안 되는 금기사항 두 가지가 있다. 하나는 왜 탈북을 했느냐? 고 물어보는 것이고, 또 하나는 그들의 탈북과정을 물어보는 것이다. 이 질문은 그들이 가장 이야기하기 싫어하는 부분이고, 그들의 가슴에 묻어놓은 상처를 건들리는 것이다. 이것은 우리가 궁금한 것이지만 스스로 마음의 문을 열고 이야기하기 전에는 기다려야 하고, 이 선을 넘으면 이들은 마음의 문을 닫고 만남의 장에 잘 나오지 않는다. 이들이 마음의 문을 열고 다가오기까지는 무려 4년의 시간이 필요했다. 북한에 있는 가족이야기, 학교이야기, 경제적 빈곤, 장마당 장사 경험, 탈북동기, 압록강 도강, 인신매매의 과정과 상처, 메콩강과 라오스 산악을 넘는 탈북행로, 한국에서의 정착의 어려움 등 탈북의 전 과정을 이야기하기 시작했다. 탈북을 할 수밖에 없는 그들의 절망적 상황, 탈북과정에서 겪는 인신매매의 상처 등 이러한 비인간적 행태는 우리의 상상을 초월한다.

탈북과정에서 이들의 삶은 어두운 터널 속에서 한 가닥 희미한 빛만 바라보고 전진할 수밖에 없는 직진의 행로이다. 압록강을 도강할 때 뒤돌아 갈수 없었고, 중국에서 인신매매의 장에서도 직진할 수밖에 없었고, 중국의 서쪽 국경인 곤명에서 메콩강을 건널 산을 넘을 때도 직진만이 생존의 길이었다.

한국사회 정착 역시 이들에게 타원을 그릴 수 있는 여유보다 먹고 살아야하는 현실적인 생존의 문제가 또 다시 직진의 삶으로 몰아갔다. 이런 그들에게 우리는 먼저 온 통일, 통일의 선도자, 미래의 통일주역이라는 "옷"을 입혀 통일의 전위대로 앞세운다. 이들은 살기위해서 이 땅을 선택했지, 한반도의 통일을 위하여 이 땅에 온 것은 아니다. 통일에 대한 의식은 이 땅에 정착하여 최소한의 안정적인 삶이 확보되었을 때 그들이 선택할 문제이다. 우리는 우리식으로 이들을 대하고 이것이 이들을 위한 것이라고 우리식으로 생각한다. 탈북청년들은 미래를 설계할 수없는 상황이다. 삶의 모든 문제를 스스로 해결해야한다. 경제적 문제, 선택과 결정의 문제, 정서적 외로움, 사회적 관계의 고립, 건강의 악화 등으로 이들은 위축되고, 남의 눈치를 보고, 그래서 단단한 껍질 안으로 들어가 또 하나의 '섬'으로 자리잡는다. 무엇보다도 미래에 대한 불확실성이 이들을 초초하게 만든다. 이들에게 소망과 평안을 보장하는 사회, 환대하는 공동체의 형성의 없다면 이들은 한국사회의 또 다른 편 가름과 분열의 씨앗이 될 것이다. 우리는 이들과 공존하고 상생하는 사회를 만들어가는 것이 진정한 통일의 시작이라고 본다.

"너나들" 신앙공동체는 2012년 통일선교의 차원에서 5명의 탈북청년으로 출발하였다. 2018년 후반 코로나 전염병이 우리사회를 강타하기 전 까지는 공동체 활동이 활성화 되었으나 코로나 기간동인은 활동이 중단되었다. 코로나 방역해제로 2022년 1월부터 공동체 활동이 재개되었으나 인원은 절반으로 줄었다. 코로나 기간 동안에도 함께한 멘토들은 그들에게 긴급생활비, 탈북구출비, 병원비, 취업비, 정기장학금 등을 지원하였다. 교회재정과 멘토의 후원금으로 최소한의 기초생활이 보장될 수 있도록 물질적 후원을 하였다. 현실적으로 그들에게 신앙보다는 생활의 안정과 정착이 우선적이었다. 사막에 끊임없이 물을 주면 언젠가는 꽃이 피어나듯이 때를 기다리면서 그들이 우리사회의 일원으로 정착할 수 있도록 그들과 함께한 세월은 10년이 넘었다. 10년 이상의 헌신과 후원의 열매가 하나씩 맺어지기 시작했다. 믿음이 전혀 없던 친구들이 믿음을 갖게 되었고, 2명의 친구는 미국에 가서 박사학위를 받아 한명은 모 대학 교수, 한명은 삼성전자에 다니고 있다. 간호사로 취업한 친구(3명), 결혼한 다섯 가정은 한국사회에 뿌리를 내리고 어느 정도 안정된 생활을 하고 있다. 그러나 대다수의 탈북청년들은 졸업 후 취업을 못해 알바를 하면서 최소한 생계를 유지하고 있다. 국가의 재정적 지원(기초생활수급비 등)은 졸업하면 중단되기 때문에 그들의 내일은 여전히 불안한 상황에 놓여진다. 그들이 취업이 될 때가지 최소한의 생계비 지원을 하고 있으나 장기간 지원할 수 없는 재정적 한계가 있다.

이들은 매년 2차례씩 북한에 있는 가족들에게 정기적으로 최소한 100만 원 이상을 송금한다. 초국경 루트를 통한 대북송금은 남북한의 교류가 단절된 상황에서 비공식적인 남북교류의 역할을 하고 있다. 이 루트를 통해 북한의 가족들에게 남한에 대한 정보, 최신유행, 현금이 자연스럽게 흘러들어간다. 이 점에서 이들은 자연스럽게 남한주민과 북한주민의 메신저 역할을 하고 있다. 또한 이들은 이방인이자 통일의 잠재적 자원이라는 이중적 위상을 가진다. 탈북청년들과 한국사회의 공존이 이 땅의 일상에서의 통일이라고 한다면, 이들과 함께하는 통일과 선교는 향후 20년 후 한반도 통일의 향방을 가늠하는 잣대가 된다고 본다. 탈북청년들과 함께하는 사랑과 헌신, 후원의 길이 진정한 통일의 길이고, 이 길이 인생 3막의 출발점이라는 내면의 소리를 듣는다.

우연에서
필연으로

양평에서 전원생활이 3년째 접어든다. 이곳에서 자연의 위대함을 새삼 깨닫는다. 튜립은 땅속에서 겨울을 이겨야 다음해 꽃이 피고, 수국은 물을 많이 주어야 풍성한 꽃이 핀다. 마찬가지로 꽃씨도 조건이 갖추어져야 싹이 튼다. 40년 전 대학원을 졸업하고 동료들보다 아주 늦게 29세에 공군학사장교로 입대하였다. 친구들은 대부분 진역하였고 나보다 5년 늦은 후배들과 함께 훈련을 받고 김해 공군부대에서 복무 후 32세에 중위로 전역하였다. 대학 동기들은 대부분 2학년을 마치고 입대하여, 내가 대학을 졸업하고 대학원 진학시점에 복학하였다. 대학 2학년 때 시작한 행정고시는 내 발목을 잡아 대학원을 졸업하고 1년 더 거의 5년 동안 공부 외에는 아무것도 할 수 없었다. 연기에 연기를 거듭한 군 입대는 그 해 12월 영장이 나와 육군 쫄병으로 갈 수밖에 없었다. once more! 마지막으로 한 번만 더 공부하기 위하여 대구 병무청에서 신체검사를 다시 받았다. 그러나 결과는 이상 더 입영연기를 할 수 없었고, "그래 입대하자, 다 포기하자"는 심정으로 택시를 타고 동대구 기차역으로 가고 있었다. 그러나 운명은 나를 가만두지 않았다.

택시 기사가 옆 차선에 사고 난 차량을 보다가 바로 앞차와 충돌하는 교통사고를 내었다. 어쩔 수 없이 3주간을 입원하였고, 그 때가 입영 한 달 전 11월이었고, 교통사고로 입영연기를 하였다. 이왕 늦은 인생, 장교로 가자! 다음해 2월에 공군장교 시험을 거쳐 대전 교육사령부에서 6개월 훈련을 받고 김해 공군부대로 배치되었다. 이 교통사고는 내 인생의 우연적인 사건인지? 이 사건이 내 인생의 첫 번째 터닝 포인트(turning point)였고, 장교로 복무했기 때문에 아내와 결혼이 가능하게 되었다. 장교로써 군 복무는 내성적인 성격을 외향적으로 변화시켰고, 리더쉽이 자연스럽게 몸에 배었다. 사회에 진출했을 때 전체를 볼 수 있었고, 훗날 조직에 소속되어 움직이는 수동적 존재가 아니라 능동적으로 독자적인 사업체를 갖게 되었다.

중위로 진급하자마자 결혼을 하였고 3년 군 복무를 마치고 전역하였을 때 취업이 급선무였다. 당시 공기업은 연령 제한이 없어서 한국도로공사에 입사하여 사회생활을 시작함으로써 학문의 길은 시간의 흐름에 비례하여 멀어져 갔다. 아이들이 태어나서 먹고사는 문제에 집중할 수밖에 없

었고 학문의 열정은 가슴 깊은 곳에 그냥 씨앗으로 남아
있었다. "너나들" 신앙공동체의 탈북청년 중에 건국대 통
일인문학과 대학원 석사과정에 다니고 있는 청년이 있었
다. 학교이야기를 하다가 통일인문학과 이야기가 나와서
관심을 갖게 되었고, 그 후 남한청년 중 한 학생이 통일인
문학과 대학원에 재학 중이라는 사실을 알게 되어, 연구
교수진, 공부하는 학문의 영역, 장학제도 등을 구체적으로
소개 받았다. 그즈음 생활여건이 안정되고 새로운 변화를
꿈꾸고 있었다. '공부를 다시 시작할까'하는 생각이 들었
다. 이때 나이가 65세였다.

　대학원 지원하여 받아주면 공부를 하고 떨어지면 어쩔
수 없지 하는 심정으로, 2017년 10월 건국대학교 통일인
문학과 대학원에 원서접수를 하였다. 다행히 기회가 주어
져서 2018년 3월부터 대학원 박사과정공부를 시작하였다.
석, 박사 학생 10명 정도 함께 수업을 듣는데, 예진의 수업
방식과 전혀 달랐다. 논문을 읽고 발제하여 발표를 하고
질문에 답하는 창의식 수업이었다. 주입식이고 피동적 수
업방식에 익숙한 나는 무척 당황했다. 학생들은 20대, 30
대, 40대, 50대, 60대 등 세대가 다양했고, 교수님들은 40
대, 50대로, 이 다양한 연령층에서 어떻게 처신해야할지
난감했다. 하나 감사한 것은 나이에 관계없이 모두 "선생
님"으로 호칭한다는 것이 마음이 들었다. 다시 대학캠퍼스
에서 공부하는 젊은 친구들과 어울릴 수 있다는 것이 무척

이나 신선했다.

　그러나 4월에 접어들면서 나와는 사고가 반대 항에 있는 학생들, 세대 차이로 인한 인식의 차이 등으로 갈등이 생겨 학교를 계속 다녀야 하나? 하는 회의가 들었다. 다음 학기에는 그만두어야 한다는 생각이 나를 사로잡았다. 많이 생각하고 생각했다. 하루는 묵상하는 가운데 "애야, 이 사람들도 나의 백성인데, 이 사람들을 포용하지 못한다면 장차 무엇을 하겠나?" 하는 음성이 들렸다. 이 과정도 나의 훈련이구나 하는 생각이 나를 갈등에서 벗어나게 하였다. 그 후 편안한 마음으로, 적극적인 자세로 수업에 임하게 되었고 생각이 다른 원우들과도 어울릴 수 있었다. 박사학위논문 작성에 대비하여 1주간에 10편의 소논문을 읽고 발제 준비하면서, 2년 동안 매일 한국의 대표적인 일간지와 경제신문의 논설과 칼럼을 빠짐없이 읽었다. 논리성을 갖추고 가독성을 높이기 위한 훈련이었다. 남북한 근대사 수업, 통일인문학의 "사람의 통일", 구술사 연구방법, 국제정세 역학관계 등 수업을 통해 한반도의 현 정세를 알게 되었고 통일에 대한 나름대로의 방향성을 설정하게 되었다. 발제문을 작성할 때도 학위논문을 염두에 두었고, 통일인문학의 '기본 틀'을 어떻게 논문에 적용할지를 고심하면서 논문준비를 하였다. 4학기에 들어와서 학위논문의 주제를 잠정적으로 정하고 자료를 수집하기 시작했다. 탈북청년들의 정체성의 변화에 중점을 두고 김정은 집권

시기에 탈북한 너나들 신앙공동체의 탈북청년 10명을 선정하여 구술조사를 하였다. 구술조사는 2019년 10월부터 2020년 3월까지 6개월간 집단토의 방식으로 진행되었다. 그들과 함께한 시간들이 없었다면, 상호간에 신뢰가 형성되지 않았다면, 이 작업은 불가능하였다. 또한 시기적으로 조금 늦게 구술조사를 시작하였다면 코로나 방역차원에서 모임이 금지되어 구술조사는 불가능한 상황이 되었을 것이다. 학위논문의 텍스트로 선택한 주제별 구술조사 자료는 학위논문작업을 가능하게 하였다. 2019년 12월 박사학위과정을 수료하고 2021년 상반기에 논문청구을 하였다. 이렇게 하여 2021년 8월에 논문이 통과되어 박사학위를 받게 되었다.

2020년 3월 코로나의 확산으로 국제간의 교류가 중단되고 국내적으로 산업이 위축되고 많은 사람들이 죽어 나갔다. 생명의 위험을 느끼는 코로나 기간이 나에게는 2년간의 수업, 1년 동안 학위논문집필에 집중할 기회를 주었다. 지난 시간을 되돌아보면, 탈북청년의 만남, 그들과 함께한 공동체 활동, 우연히 알게 된 통일인문학, 통일인문학과 박사과정의 입학, 탈북청년들을 주제로 한 학위논문, 공부할 시간이 주어졌던 코로나 기간, 박사학위 취득, 통일에 대한 소명의식 등 4년의 시간이 내 인생의 방향을 바꾸었다. 개인중심주의 삶에서 공동체 중심주의 삶으로, 무엇보다도 먹고사는 문제만을 의식하는 보통의 사람이 국가의

식, 역사의식, 통일의식을 갖는 사람으로 변화되었다. 내 인생의 두 번째 터닝 포인트(turning point)였다. 탈북청년의 만남에서 시작된 내 삶의 변화와 삶의 방향전환은 우연이 아니고 우연을 가장한 필연의 만남과 예정된 변화였다고 생각한다. 살아갈 날을 계수하는 나이가 되면 지금까지 살아온 삶의 여정은 나의 힘으로 된 것이 아니라 보이지 않는 힘에 의하여 이끌려 왔다는 것을 느끼게 된다. 믿음의 시각에서 우연의 현상에 숨겨진 필연의 진리를 깨달을 때 내 존재의 가치는 더 분명해진다고 본다.

인생 3막, 통일선교의 길

우리는 현재라는 시공간에 뿌리를 내리고 살아가는 존재이다. 과거의 삶의 그물에 얽혀 있으면서 미래를 꿈꾸는 자이다. 각자의 인생의 끝이 보일 때면, 삶의 진정한 가치가 무엇인가를 생각하고, 무분별한 과거의 삶을 후회하면서, 앞으로 남은 삶의 가치지향 점을 찾는다. 나 또한 남은 인생 3막을 어떻게 살아야하는가 고뇌하는 사람 중 하나이다.

삶의 여정에서 사람의 생애는 전혀 예상치 못한 방향으로 삶의 전환을 겪기도 한다. 나의 인생 후반기가 그러하였다. 내 운명은 내가 개척하며, 노력과 열정은 성공의 길로 이어진다는 자신에 대한 확신으로 인생 50년을 살아왔다. 자신에 찬 열정으로 1996년 직장을 그만두고 사업을 시작하였다. 회사가 자리를 잡으려고 하는 그 시점, 1997년 IMF 경제위기를 맞게 되었다. IMF 경제위기란 우리나라가 1955년 IMF(국제통화기금)가입한 이후 한국경제의 최대위기, 즉 국가부도사태, 국가파산을 말한다. IMF는 돈(외환)을 빌려주어 국가부도사태를 막아주는 대신 경제구조개선, 경제개혁 등 한국경제에 개입하였다. 이 과정에서 알짜기업은 다국적기업에 헐값에 팔렸고, 재무구조가 취약한 대부분 중소기업, 자영업 등은 파산하였다. IMF 위기를 벗어나 간신히 재기했을 때, 다시 2008년 국제통화위기가 닥쳐 사업은 실패하고 삶의 기반이 흩어졌다. 이러한 삶의 크고 작은 위기는 자유분방한 나를 신앙의 길로 이끌었다. 아니 믿음에 매달릴 수밖에 없는 상황이 되었다.

신앙의 길은 탈북청년의 만남을 통하여 통일선교의 길로 이어졌고, 이 길은 통일인문학이라는 학문의 길로 이어졌다. 통일에 대한 전문성 확보, 통일에 대한 확고한 비전은 대내외적으로 통일전문가로서의 위상을 갖게 하였다. 교회 내에서 이루어지는 탈북청년들에 대한 헌신과 봉사를 넘어 사회공동체 차원에서 통일운동의 지경을 넓힐 수 있었다. 2021년 10월 미국 LA 새벽별 교회에서 통일선교 특강을 하였고, 2022년 청년부 수련회에서 통일과 관련하여 청년들의 미래에 대한 특강을 하였다. 그리고 2023년 푸른 대학에서 실버세대를 대상으로 북한의 실상에 대한 특강을 하였고, 2024년 5월에는 통일부 통일교육위원으로 선정되었다. 무엇보다도 2022년-2023년 2년 동안 "너나들 신앙공동체"의 리더 부장으로 봉직하면서 탈북청년들과 한국사회와의 공존에 대한 이론적 대안(박사학위논문의 내용)을 실천적인 대안으로 적용해 보았다. 우선, 너나들 신앙 공동체의 위상을 단순히 만남과 교제 모임의 차원을 넘어 공적 예배공동체로 승인받으려고 노력하여 2022년 5월 정식 예배공동체로 승인 받았다. 코로나 해제 직후 청년들의 신앙기반이 흔들려 그들에게 신앙교육이 필요하다고 생각하였다. 특히 가족도, 사회적 자산도 없는 탈북청년들에게는 세상의 유혹을 이기고 바른 생활을 하기 위해선 어떠한 상황에서도 자신을 지킬 수 있는 신앙이 필요하였다. 예배공동체는 그들에게 가족공동체의 역할을 대신함으로써 정서적 소외감, 아웃사이드의 불안감 등을 해소하여 예배공동체를 통한 사회공동체와 화합과 공존이 가능하였다. 둘째, 그들이 이 땅에서 뿌리 내리고 정상적인 삶을 이루기 위해선 어떤 분야의 전문가가 되는 것, 즉 향후 통일시대를 대비한 인재양성을 위하여 석, 박사 등록금지원제도를 시도하였다. 단순한 생활지원을 넘어 미래의 인재양성 측면에서, 장기적으로는 통일선교의 측면에서, 탈북청년(석사 1명, 박사 1명)에게 2022년 가을학기부터 대학원 등록금을

2년간 지원하여 2024년 상반기 수료하게 되었다. 2023년 12월에 대학원 등록금 지원을 제도화하기 위해 본 교회의 장학금지원 규정개정을 청원하였고, 2024년 5월에 청원이 반영되어 탈북민 대학원 장학금 지원규정이 명문화 되었다. 이로써 너나들 공동체의 탈북청년들의 석, 박사 공부의 길이 실질적으로 열리게 되었다. 이들이 한국사회에서 정착하여 한국사회의 일원으로 기여하기 위해서는 먼저 그들의 생활이 안정되어야하고, 그들의 미래가 보장되어야 한다. 이것이 탈북청년들과 한국사회의 공존과 화합의 출발이고 통일의 시작이라고 본다. 일시적인 관심과 후원이 아니라 그들이 정착할 때 까지 지속적인 지원이 필요한 것이다. 그들은 대한민국 역사의 희생자이고, 우리 사회공동체는 그들이 살아갈 삶의 터전을 마련해 주어야하는 민족공동체적, 사회적 연대책임이 있다고 본다.

오늘날 우리가 사는 시대는 신 냉전, 과학과 기술의 가속화, 자국우선주의, 개인중심주의, 그러면서도 모든 관계가 네트워크로 이어지는 연결사회이다. 시대(THE TIMES)의 특징을 알고(understand), 시대를 해석하고 (interpret), 그 시대에 봉사(serve)할 때 그 삶은 가치가 있다. 시대를 섬기는 것은 이 시대에 내가 무엇을 해야 하고, 이 시대에 나의 사명은 무엇인가? 에 대한 것이다. 이 점에서 시대에 대한 나의 봉사는 자연스럽게 한반도의 통일과 북한지역 선교로 이어졌고, 이러한 통일선교의 일환으로 탈북청년들의 생활의 안정과 그들의 미래가 열리도록 함께하는 것이 나에게 주어진 소명이라 생각한다. 이 길은 나의 인생을 마무리하는, 내 나라와 나의 손녀, 손자를 위한, 이 땅에 내 삶의 흔적을 남기는 길이다.

한반도 통일에 대하여 한반도의 전략적 가치를 연구하는 전문가들은 현 국제정세에서 한반도 통일은 불가능하다고 한다. 한반도 주변의 강대국들, 미국, 일본, 중국, 러시아는 현상변경을 원하지 않으며, 중국은 특히 한반도 통일을 원하지 않는다고 한다. 한반도의 현상변경은 강대국들의 힘의 균형을 깨뜨리기 때문이다. 또한 북한은 강력한 주민통제로 기층에 의한 사회변화를 허용하지 않는다. 이미 핵 보유국가가 된 북한은 남북한 통일보다 독자적인 정상국가의 길로 나아가고 있다. 현상적 시각에서 보면 통일은 불가능한 것으로 보이지만 역사적 시각에서 보면 통일은 이미 시작되었고 통일의 길로 나아가고 있다. 만물 안에는 틈(crack)이 있고, 그 틈을 통하여 빛(light)이 들어간다. 북한통치체제가 견고하고 아무리 주민통제가 강화되어도 북한사회는 고난의 행군이후 장마당 세대에 의한 변화(crack)가 기층으로부터 일어나고 있다. 북한인구의 약 30%를 차지하는 이들 세대가 향후 20-30년 후 북한사회의 중심이 될 때 남북한 주민이 DMZ를 자유롭게 왕래하는 통일시대가 올 것이라 확신한다. 이스라엘 민족이 2000년 이상을 디아스포라의 삶을 살았지만 그들은 나라를 회복하였다. 서독은 동독에 대한 끊임없는 지원으로 독일통일의 역사를 우리에게 보여주었다. 이러한 역사의 흐름이 우리에게 느린 것 같지만 어느 날 역사의 가속화로 갑자기 통일이 이루어질 수 있다. 또한 우리는 자연의 법칙에서 통일을 본다. 소낙비가 흙을 휩쓸고 지나가는 일시적 현상이라면 처마서 떨어지는 물방울은 바위를 뚫는다. 이 때를 위하여 통일을 준비하는 자로서, 통일선교의 인재를 양성해고 통일을 준비하는 것, 이것이 이 땅에 태어난 자의 역사적 소명이라고 본다. 내 나라의 통일을 위한 첫 걸음이 어린아이 같이 연약하지만 이 땅에 통일의 초석을 놓는 그루터기가 되기를 원한다.

오늘날 대다수 청년들은 통일에 대해 회의적이고 현실에 안주하지만, 통일의식을 가진 소수의 청년들과 함께 남은 자가 되기를 원한다. 한반도 분단 상황에서 통일과 선교는 뫼비우스의 띠와 같으며 동전의 양면이다. 기깝고도 먼 훗날, 하늘의 별이 되기 전에 DMZ을 관통하는 고속도로, 부산에서 신의주까지 연결되는 High way를 달리는 나를 바라본다. 오늘도 내일도 일상의 삶속에서 내게 주어진 통일선교의 길, 우연이 아닌 필연의 길을 걸어간다.

Episode 9.

1959년 중국 길림성에서 찍은 할머니의
가족사진(왼쪽으로부터 두 번째)

나는 소수 '민족'이야,
그래, 나는 조선족이야!

이문형

조선 사람에서
조선족으로

"평창! 우리 엄매 고향인데?"

할머니는 2018년 평창 동계 올림픽 개막식을 보면서 자랑스럽게 얘기했다. 나는 증조할머니가 신의주 사람인 것을 전부터 알고 있었지만, 고향이 평창인 줄은 몰랐다. 증조할머니의 이야기를 더 많이 듣고 싶어서 다시 할머니에게 물어봤다.

"할매, 우리 노커마니(증조할머니)에 대해 좀 더 얘기해줘. 너무 알구 싶어."

"우리 엄매 태여난 곳이 평창이야, 엄매레 평창 리씨…. 그기서 태여나 가족 따라 신의주로 피난 가가 거기서 컸디. 커서 17살 차이 난 우리 아버지하고 신의주에서 만나 결혼했디. 시집하고 우리 아버지 따라 중국으로 넘어왔고. 우리 아버지는 형제 둘만 남아 너무 못살아서 중국으로 넘어와 살았어. 장가가야 해서 북조선에 다시 들어가 우리 엄매 만났어, 장가가도 조선 녀자 찾아야디. 글고 우리 남매는 다 중국에서 태여났어."

"그럼 노커마니 한어(중국어) 할 줄 알아? 한어 못하면 생활하기 힘들겠다."

"당연히 못했디. 중국 와서도 동네 다 조선 사람이니까 배울 궁낭(생각) 못했디. 조선말 해도 일없어. 동네 다 조선 사람이니까."

"할매 북조선에 친척은 있어? 왜냐면 학교 조선족 동무들의 호구부(중국의 가족관계증명서)의 호적이 '조선민주주의인민공화국'이라서 우리 집에두 북조선에 친척이 있는디 해서…."

"우리 아버지 형제 둘이라고 했잖녀? 내 큰 아버지 북조선에 있어. 내 어릴 적에, 그때 말이야. 많은 조선족 북조선에 다시 넘어갔디. 갔는데 그 후 소식이 없더라. 그때 북조선 잘 살았잖녀? 그래서 다들 많이 갔어. 북조선에서 잘

해준다며. 그 당시 우리 가족도 갈뻔했디. 우리 형(언니)이 어뜩해 생각했는디. 죽어도 안 가겠다고 해서, 우리 가족 여기 중국에 남았고, 큰 아버지 가족들은 북조선에 들어갔어. 갔으면 너네도 없겠다. 안 갔는 게 얼마나 다행인디 몰라. 중국 동닳아(좋잖아?)"

"할매 가족에서 한국에 있는 사람은 없고?"

"우리 가족은 없디. 안 그랬으면 내레 90년대 초반 니가 태어나기 전에 남조선 갔을걸? 내 동무 ○○ 일찍 초창기에 남조선 가가 돈 많이 벌어서 부자됐잖녀. 조선 사람 사이에 소문났는디. 글고 다들 얼마나 부러운디. 남조선에 못 가니까 너네 고무(고모)따라 청도(칭다오) 갔디"

나는 흥미진진하게 할머니의 가족사 얘기를 들어서 조선족 2세대인 할머니가 어떻게 한반도를 생각하는지 궁금했다.

"그럼 할매는 남북한 어떻게 생각해?"

"하나였잖아. 싸우지 말았으면 둏겠다."

"할매 지금도 한국에 가고 싶어?"

"평창은 가고프다. 엄매 고향이니까. 평창에서 올림픽 하니까 얼마나 반가운디. 너 지금 한국에 있으니까 내 대신 가봐."

할머니는 1953년생, 신중국(중화인민공화국)이 성립한 후 태어난 중국 조선족이다. 중국에서 태어났지만, 서른 전에는 중국어를 한마디도 할 줄 몰랐다. 그것은 그 당시 조선족들이 함께 마을 공동체를 꾸리면서 중국의 농촌 건설 활동에 동참했지만, 한족을 따로 만날 일은 없었기 때문이다. 조선족끼리 어울리면서 생활했기 때문에 한반도에서의 식생활을 그대로 유지했다. 조선족 마을마다 민족학교가 있었고, 조선족들은 아무리 못살아도 가족마다 자식을 초등학교까지 보내 한글 공부를 시켰다. 조선족은 중국에서 정착하면서 높은 교육열을 가지고 있으므로 문맹율이 중국의 소수민족에서도 제일 낮았다. 할머니는 조선족 마을에서 생활했고, 조선족 소학교(초등학교)에서 공부했으며 조선족 합작사(合作社, 협동조합)에서 일을 했다. 할머니는 정말로 신중국과 함께 태어난 조선족이다.

그러나 할머니는 조선족보다 '조선 사람'이라는 말을 즐겨 사용했다. 예를 들어 "우리 조선 사람은 어떻고", "한족(漢族) 사람하고 조선 사람은 달라." 등을 입에 달고 살아왔다. 할머니가 자주 '조선 사람'이라는 말을 사용했고 스스로 '조선 사람'이라 하면서 정체성을 밝힌 것 같았다. 그리고 할머니는 손녀인 내가 이런 '조선 사람'이라는 정체성을 이어받았으면 좋겠다고 생각했기 때문에 나를 '조선 사람'으로 만들겠다는 신념으로 조선족학교에 보냈다. 학교에서는 '조선 사람'이라는 명칭을 사용하지 않았고 공식적인 용어 '조선족'을 사용했다. 나는 할머니가 얘기한 '조선 사람'에서 학교 교육을 받으면서 점차 '조선족'이 되어갔다.

조선족인
나를 싫어했다.

나는 중국의 조선족학교에서 조선족식 교육을 받았기 때문에 당연히 '중국 조선족'이라는 정체성을 가졌다. 게다가 주변에 가족, 친구, 선생들을 포함해 조선족이 아닌 사람이 별로 없었다. 길림성에서 태어나고 자랐기 때문에 동북 사람들은 조선족을 잘 알고 있었다. 그래서 '내가 조선족이다'는 것에 관해 정체성 혼란을 느껴본 적이 없었다. 하지만 내가 조선족이라는 것에 대한 당당함은 대학교 입학할 때까지만 유지됐다.

수능이 끝나고 대학교 전공을 선택할 때 조선어(한국어), 일본어, 독일어 세 가지 언어 중에서도 나는 제일 어려운 독일어를 선택했고 운이 좋게 칭다오에 있는 중국해양대학교 독일어 학과에 입학하게 되었다. 독일어과에 입학한 친구는 60여 명이었고, 그중에서 나만 유일한 소수민족-조선족이었다. 우리는 모두 중국의 다른 지역에서 왔고, 나를 제외한 다른 친구들은 비록 같은 한족이지만 서로 다른 지역문화를 가지고 있었다. 우리는 모두 대학교 생활에 대한 동경(憧憬), 서로에 대한 호기심이 많았다. 그래도 선생님과 친구들은 유일한 소수민족, 그것도 '조선(朝鮮)'족인 나에 대해 너무나 알고 싶어했다.

"조선? 조선(북한)에서 오는 것인가?"
"너 조선말 할 줄 알아?"
"한국말도 좀 할 수 있네? 그럼 한국 드라마도 자막 없이 볼 수 있겠네. 부럽네"
"조선말 좀 해줘, 한국 노래도 불러줘!"

이어 선생님도 웃으면서 한마디 얘기했다.

"여기 독일어를 새로 배우는 친구인데, 너는 조선어 중국어 이중 언어 할 수 있어서 정말 좋네! 친구들이 너를 부러워하겠다. 다들 너한테 궁금하니까, 다시 한 번 조선어로 자기소개하고 노래 한 곡도 해봐~ 나도 조선어가 궁금하네?"

많은 학생 중 나만 소수민족이니까 친구들뿐만 아니라 선생님도 나에 대한 호기심이 많았다. 처음에는 이런 '어이없는' 질문에 대해 많이 당황했지만, 그래도 용기를 내어 처음으로 밖에서 조선말로 자기소개를 해봤다. 나는 중국인이면서도 민족교육을 받고 생활하는 조선족 문화에서

183

자랐기 때문에 중국어와 조선어를 혼합해 사용해 왔다. 그러니까 한어(漢語)로 말하든 조선어로 말하든 다 알아듣는 환경에서 자라온 것이다 그래서 역설적으로 온전히 조선어로만 얘기한 적이 없었다. 그래서 사실 그날, 조선어로 한 내 자기소개는 어떤 의미에서 좀 서툴렀다.

나는 중국사람 모두가 조선족에 대해 잘 알고 있다고, 아니면 어느 정도 알고 있다고 생각하고 있었기 때문에 그들의 질문이 조금 어이없다고 생각했다. 그렇지만 사실은 동북 3성[9]을 벗어난 다른 지역의 중국사람들은 조선족에 대해 잘 모르고 있다는 것이었다. 왜 나한테 알고 싶은 것이 많을까 가만히 생각해보니, 소수민족의 이름 '조선'이 들어가 있기 때문이었다. 중국인들도 북한을 잘 모르기 때문에 친구들이 나에 대해 궁금증이 있다기보다 북한에 대해 알고 싶었던 거였다. 하지만 나도 북한에 가보지 않았기 때문에 정작 그들의 궁금증을 해결해 줄 수 없었다. 나는 이렇게 조선말로 자기소개를 하는 것을 계기로 나의 정체성에 대해 고민하게 되었다.

나는 민족학교를 다녔기 때문에 조선어와 한어(중국어)를 동시에 배워야 했고 필수과목으로 영어도 공부했다. 그리고 평상시에 나는 친구들과 조선어, 중국어 섞으면서 말

---

9 조선족은 한반도와 인접한 중국 동북 3성(흑룡강, 길림, 료녕성)에 거주하고 있고 특히 길림성에 위치하는 연변조선족자치주에 많이 생활하고 있다.

하는 것을 좋아했다. 그런데 대학교에 들어오니까 조선어를 쓰고 싶은데 정작 주변에는 조선어를 알아들을 수 있는 사람이 없었다. 언어뿐만 아니라 식생활 등 여러모로 많이 달랐다. 그 외에도 여러 가지 차이를 느끼게 되었다. 나는 한국 드라마를 많이 보고 친구들은 미국 드라마를 많이 보았다. 나는 점차 내가 주변의 중국인 친구들과 다르다는 것을 느꼈다. 대학교 생활을 하면서 오직 중국어로만 소통을 해야 하는 환경에서 공부하고 생활하는 것이 나에게 어려웠다. 마치 '외국'으로 유학하는 느낌이 들었다.

특히 대학교 입학 후, 한 달 동안 독일어를 공부하면서 스스로 언어적인 혼란을 느끼게 되었다. 예를 들어 '신문, newspaper, 報紙, die Zeitung' 이처럼 하나의 물건인데 다국어로 함께 다가오니까 너무나 힘들어서 감당하기 어려웠다. 예를 들면 이런 거였다. 완전 새롭고 다른 언어를 배우면서 내 머릿속에는 독일어, 중국어, 조선어, 영어 단어들이 서로 '다투고' 있었다. 이처럼 나는 대학교에서 모든 것을 새로 적응해야 했다.

중국해양대학교에는 한국인 유학생들도 많았다. 나는 알바로 한국인 유학생의 중국어 과외선생을 하게 되었고 이것을 계기로 한국인과 첫 '소통'을 해봤다. 나는 중국어 단어를 그대로 한글로 바꾸면 한국인 학생이 바로 알아들을 수 있다고 생각했는데, 사실은 그렇지 않았다. 중국어를 가르치는데, 나의 말투와 쓰는 단어에는 한자어가 많았다. 한국인 학생이 계속 이 말을 반복했다.

"선생님, 못 알아들었어요. 다시 설명해 주세요."

그래서 과외의 대부분 시간은 한자를 설명하는 데 썼다. 내가 봤을 때 한자어는 쉬운데, 한국인 학생이 왜 몰랐을까? 왜 설명이 필요할까? 이런 고민이 자꾸 들었다. 도저히 과외를 진행할 수 없어서 나는 결국 과외를 포기했다. 내가 한국인 학생과 원활한 소통을 할 수 없는 일이 나에게는 너무나 충격적이었다. 나는 같은 중국인이지만 정작 한족 친구들과 같이 공부하면서 나의 중국어 실력에 한계를 느꼈고, 같은 동포이지만 한국인과 소통할 때 조선어에 한계를 느꼈다. 한족 친구들에 비해 나의 중국어는 그들만 못했고, 조선어를 배웠으나 한국어 억양이 서툴러서 한국 사람과 소통하는 것을 두려워했다. 그래서 학교에서는 중국어만 쓰고 드라마 예능을 보면서 한국어를 다시 배우자고 마음을 먹었다.

"한국말? 저기 예능 프로그램에 나온 외국인들도 한국말 잘하는데, 내가 왜 못하지? 한국말 배워. 서울말도 하면 되지. 서울말도 사투리지 뭐! 내 조선말을 잊어버리는 게 아니야, 서울 사투리라고 생각하면서 배워. 나중에 평양 가게 되면 평양 사투리 배우지 뭐. 한국말 배우자! 한국사람처럼 완벽하게 하자! 아자자... 파이팅!"

나는 〈비정상회담〉에서 외국인이 유창한 한국어로 대화하는 것을 보면서 그들이 자랑스럽게 각자의 나라 문화를 소개하는 모습이 정말 부러웠다. 나는 그 당당함을 너무나 부러워했다.

이처럼 그들을 '따라잡기' 위해서 한국어를 더 잘하겠다는 마음을 먹었다. 하지만 조선어와 한국어의 억양과 단어들이 너무나 달라서 나한테는 한국어 잘하기가 쉽지 않았다. 그럼에도 나는 한국말을 잘하고 싶었다. 따라서 어떻게 말하면 한국말다운가? 어떻게 행동하면 한국스러운가? 그런 고민을 계속했다. 마치 한국적인 것을 습득하는 과정을 통해 내 몸속에 숨겨진 조선족인 것을 찾으려는 것과 같았다. 즉 민족적인 것을 찾아내려고 했다. 중국인 친구들과 어울리면서는 중국적인 것을 찾고 싶었고, 한국사람을 만나면서 한국어를 공부해서 민족적인 것을 찾고 싶었으며 그렇게 중국적인 것과 민족적인 것을 갈라놓고 싶었다.

한국어를 잘하기 위해서 나는 예전에 써왔던 조선어 단어들을 따로 관리해야 했다. 동무보다 친구를 더 선호했고, 남새는 야채, 게사니는 거위, 얼음과자는 아이스크림이었다. 이처럼 단어 하나하나와 억양 하나하나를 새로 배웠다. 어느새 나도 될수록 한자어를 적게 쓰고 외래어를 많이 쓰게 되며 한국적인 표현을 사용하는 것을 더 선호하게 되었다. 이제 나는 동무, 게사니, 남새, 얼음과자 등과 점점 멀어지고 있다. 나는 이런 조선족식의 단어들과 점점 헤어지는 중이다.

나는 2017년도 재외동포재단의 중국·CIS 현지 장학생으로 선발되었고 받은 장학금으로 첫 한국행을 떠나게 되었다. 그리고 나는 이번 한국행을 통해 내가 얼마나 '한국스러운지'를 검증하려고 했다. 나는 한국에 도착하니까 간판과 표시가 모두 한글로 되어 있어 너무나 좋았다. 중국과 다르고 신기해서 좋았다. 음식도 입에 맞고, 사람도 친절하며, 새로운 체험을 하기 위해 여기저기 돌아다니고 싶었다. 한국에서 한국 영화를 보는 것은 어떤 느낌일까? 기쁜 마음으로 영화관에 가서 직접 티켓팅을 해봤고 랜덤으로 마침 새로 개봉한 〈청년경찰〉을 골랐다.

그렇게 한국에서 본 첫 영화가 바로 〈청년경찰〉이었다. 지금은 그 영화의 전체적인 스토리는 생각나지 않지만, 그 당시 영화관에서 영화를 볼 때 받은 '문화충격'이 아직 생생하다. 영화를 보다가 중간에 뛰쳐나오고 싶은 마음이었는데, 그래도 조선족이 얼마나 나쁜 이미지로 나오는지를 끝까지 지켜보겠다는 결심으로 마지막까지 봤다. 첫 한국행으로 나는 절실히 느꼈다. 한국은 나에게 너무 익숙하고도 모르는 땅이었다.

조선족을 자랑스럽게 여기며 자랐는데... 대학교 생활에서 중국인 친구와 한국 유학생과의 만남, 그리고 첫 한국행 등을 겪으며 나는 처음으로 조선족이라는 신분이 낯설고 싫어졌다. 조선족인 내가 싫었다.

꿈이 알차게
여물어 가는 배움터

대학교를 졸업한 뒤, 나의 뿌리를 찾고 싶어 모국인 한국에 와서 유학하게 되었다. 전공은 통일인문학과였다. 그렇게 한국 생활을 시작했지만, 솔직히 실망감이 더 컸다. 학과 공부는 재미있었지만, 교외에서 접촉하는 한국사람들은 재외동포인 조선족을 너무 모르고 있거나 알고 있더라도 나쁜 이미지로 인식하고 있었기 때문이었다. 기대가 컸던 만큼 실망도 컸다. 나는 조선족인 나를 싫어했기 때문에 한국에서도 일부러 조선족 티가 나지 않도록 노력했다. 완벽한 한국말투로 얘기하려고 애썼다. 한국어를 잘한다고 칭찬을 받고 싶은 것이 아니라 '조선족'이라고 설명하기가 귀찮아서였다. 대화하는 상대방이 내가 외국인이라는 것을 알게 되면, 차라리 나를 한국말 잘하는 중국인이라고 생각하면 좋겠다, 나는 그렇게 생각했다.

〈청년경찰〉에 관한 다른 에피소드가 또 있었다. 그것은 한국에 유학 와서 같은 조선족 유학생들과의 만남이었다. 유학 중인 수많은 조선족 유학생들도 〈청년경찰〉을 봤다고 하는데, 다들 너무나 화가 났다고 했다.

"정말 어물전 망신은 꼴뚜기가 시킨다!"
"조선족은 다 그런 사람 아니야."
"우리 부모님 세대들은 한국에 와서 3D 업종에 종사하지만, 우리처럼 한국에 와서 공부하는 사람들도 있어."
"젊은 사람도 있단 말이야!"
"나라마다 나쁜 사람이 있는데, 조선족도 나쁜 사람이 있지."
"그런데 왜 조선족이 그런 이미지로 나왔을까? 우리도 반성해야 하는 것이 아닐까?"

〈청년경찰〉을 둘러싼 대화를 나눈 후, 우리는 조선족을 위해 무언가를 해보려고 했다. 우리의 고민은 똑같다. 어떻게 조선족의 이미지를 개선할 것인지?

2020년 재한조선족유학생네트워크(KCN)는 코로나 19를 극복하기 위해 고군분투하고 있는 대구 지역 의료진을 응원하기 위해 400만원 상당의 물품과 응원편지를 대구의료원에 전달했다. 나도 당시 재한조선족유학생네트워크(KCN)의 활동에 직접 참가했다. 그 후 나는 개인적으로 몸이 아파서 유학 생활하는 동안 끝까지 KCN에 남아서 활동하지 못하게 되는 아쉬움이 남아있다. 그 외에도 나는 재외동포재단 중국 운영진이 조직한 '핫팩 나누기' 활동에 참여하기도 했다. 우리는 추운 날씨 줄 서 있는 한국사람들에게 핫팩을 나누면서 재외동포인 조선족을 소개했다. 하지만 조선족에 대한 설명은 한 두 마디로 설명할 수 없었다.

KCN과 재외동포재단의 조선족 유학생들과 만나서 이야기하다보니 그들도 똑같이 조선족에 대한 정체성 혼란이 한 번쯤 왔다고 했다. '조선족'은 어떤 존재인가? 어떤 존재이어야 하는가? 조선족은 중국과 한국 사이의 가교역할을 하는 존재가 아닐까? 어떻게 가교역할을 해야 하는가? 어떻게 한국에서 중국사람들의 이미지를 개선할 수 있을까? 어떻게 하면 새로운 피인 재한 조선족 유학생들을 통해 재한 조선족의 이미지를 바꿀 수 있을까? 답이 어딘가에 있다. 바로 각자의 전공 영역에서 훌륭한 조선족 유학생으로 성장하는 것이다.

올해 우연히 모교인 통화현 조선족학교를 방문하게 되었다. 비록 새로운 캠퍼스, 새로운 건물에서 직접 공부한 적은 없지만, 학교 건물에 새겨진 문구가 너무나 익숙했다. 10여 년 만에 다시 이 문구를 읽게 된다.

"꿈이 알차게 여물어 가는 배움터"

'꿈? 오랜만에 내 꿈이 무엇인가'하는 질문을 자신에게 물어봤다. 내 꿈이 뭐지? 내 꿈은 아직 명확하지 않은 것 같았다. 하지만 확실한 것은 내 꿈이 바로 유치원 때 처음 '38선'을 들었을 때의 호기심부터 시작했다는 것이다. 점심시간에 짝꿍과 같은 테이블을 반반 나누면서 식사할 때, 옆 친구가 무심히 얘기했던 말이었다.

"넘어오지마! 이거 38선이야! 넘어오면 너 죽는다!"

어린 나는 몰랐다. 왜 38선인가? 37도 39도 아닌 왜 38선인가? 그리고 왜 이 38선을 넘으면 죽어야 하는가? 이 외에도 초등학교, 중학교, 고등학교를 다니면서 종종 궁금증들이 머릿속에 떠오르곤 했다. 초등학교 때 조선족학교 컴퓨터 수업에서 한글 어플로 타이핑을 배우면서 나는 속담 내용은 똑같은데 띄어쓰기가 이상하다고 생각했다. 하지만 선생님에게 이것이 틀린 것이 아니냐고 물어봤을 때 제대로 된 답을 얻지 못했다. 중학교 때 중국어 수업에서 선생님이 중국말 '荒誕(황탄: 어이없다는 뜻)'과 조선말 '황단해' 중에 무엇이 더 일찍 나타났는지를 여러 학생에게 물어봤을 때, 그 당시 나도 생각에 잠깐 빠졌다. 고등학교 때 조선어 수업에서 처음으로 교과서에 없었던 단군신화를 흥미진진하게 들었다. 선생님이 원래 교과서에 있었던 내용인데 지금은 삭제됐다고 했다. 나는 왜 삭제해야 하는지 이해할 수 없었다.

지금의 나는 어린 나의 궁금증을 풀어줄 수 있다. 통일인문학과에서 재밌게 공부하면서 내가 고민해 왔던 것들의 답을 찾았다. 이것은 모두 한반도의 분단이라는 아픈 현실과 관련이 있기 때문이다. 38도선이 남북 휴전선이고, 서로 넘어갈 수 없는 선이다. 조선족에게도 이런 분단 아비투스[10]가 있었다. 우리의 마음속에도 38선이 그려져 있던 것이 아닐까? 대학교 때 정체성 혼란을 겪으면서 한국말을 다시 배우면서, 나는 한국어와 조선어의 차이를 발견할 수 있었다. 조선족에게는 남도 북도 아닌 조선족만의 표준어 시스템을 가지고 있다. 띄어쓰기 방식도 달랐기 때문에 초등학교 컴퓨터 수업에서 한국의 '한글' 타이핑이 틀린 것이 아니라 수업 때 배운 조선어와 달랐던 것이다. 그렇지만 다르다는 것은 이상한 것도 아니고 잘못한 것도 아니다.

조선족들이 쓰는 조선어는 두음법칙이 없고 사이시옷도 없으며 중국에서 생활하면서 자연스럽게 한자어를 더 많이 쓰게 된다. '황단해'라는 말도 조선족들이 중국에 정착하면서 만들어 낸 조선족식의 단어이다. 조선족의 사투리도 다양한데, 내가 집에서 말하는 조선말은 평안도 억양이 남아있다. 그것은 조상들이 한반도 평안도에서 넘어왔기

---

10 '아비투스'는 프랑스의 사회학자 피에르 부르디외가 제시한 사회적 신체적 개념이다. '분단의 아비투스'는 기본적으로 남과 북의 분단에서 작동되는 '사람의 분단'이 '분단의 사회석 신체'를 형성하는 기제들과 상징 체계들의 내면화를 통해 작동한다는 점을 규명하기 위한 개념이다.

때문에 70여 년 전의 억양을 그대로 조선족 후손이 간직하고 있는 것이다. 통일인문학과에서 공부하는 과정은 스스로와 대화를 할 수 있게 했다. 내가 해왔던 고민들을 해소하고 나를 다시 정리할 수 있었고, 더 좋은 나를 만날 수 있게 되었다. 이처럼 통일인문학과는 나의 새로운 '꿈이 알차게 여물어 가는 배움터'이다.

그것은 내가 통일인문학과에서 많은 것을 새로 알게 되었기 때문이다. 예를 들어, 통일은 남과 북의 문제만이 아니라 조선족과 같은 코리언 디아스포라의 몫도 있다는 것을 알게 되었다. 코리언 디아스포라와 함께 하는 통일이 내게는 너무 매력적이다. 그리고 조선족에게는 조선민족(한민족)이라는 민족정체성과 중국인이라는 국가정체성 즉 이중 정체성을 가지고 있다는 것을 배우게 되었다. 하지만 나는 조선족에게 이중 정체성뿐만 아니라, 지금 중화민족의 일원이라는 정체성도 동시에 가지고 있다고 생각한다. 중국은 다민족국가이기 때문에 '민족융합, 민족단결(民族融合, 民族團結)'을 강조한다. 때문에 조선족 문화도 중화민족의 문화에 포함되어 있다는 것이다. 한·중 사이에 윤동주가 어느 나라 사람인가 하는 분쟁이 일어나는 원인이 바로 여기에 있다. 중국에서는 윤동주가 조선족 애국 시인으로, 한국에서는 독립운동가로 알려져 있다. 통일이 오면 윤동주의 국적 문제와 비슷한 문제들이 해결될 수 있을까?

마지막으로 조선족이 중국에서 어떤 소수민족의 삶을

가지고 있는가, 조선족을 이해하기 위해 조선족 시인 리삼월의 〈접목〉을 빌어 애기하고 싶다.

〈접목〉

리삼월

접목의 아픔을 참고
먼 이웃
남의 뿌리에서
모지름을 쓰면서 자랐다

이곳 토질에 맞게
이곳 비에 맞춤하게
이곳 바람에 어울리게

잎을 돋히고
꽃을 피우고

이제는 접목한 자리에
든든한 태를 둘렀거니

큰바람도 두렵지 않고
한마당 나무들과도 정이 들고

열매도 한아름 안고...

그러나 허리를 잘리어
옮겨오던 그날의 칼소리
가끔 메아리로 되돌아오면
기억은 아직 아프다.

　조선족의 대표 시로 〈접목〉을 꼽을 정도로 중국 조선족
사회에서 유명했다. 왜냐하면 이 시는 조선족「조선어문」
교과서에 수록되어 교양 상식 수준으로 조선족들이 알고
있을 뿐만 아니라 접목 그 자체가 조선족을 나타내기 때문
이다. 조선족은 한반도 식민·분단·이산의 역사와 중화인
민공화국의 역사를 함께 했다. 조선족은 중화인민공화국
의 역사를 함께 했기 때문에 중국에 살아오면서 중국 조선
족의 역사를 새로 만들었다. 남북이 70여 년의 분단으로
인해 서로 많이 달라졌듯이 조선족도 중국에 정착하면서
점점 달라지고 있다.
　공자는 화합하되 붙어 다니진 않는다는 뜻으로 '화이부
동(和而不同)'을 쓰지만, 나는 이외에 '부동이화(不同而和)'도
쓰고 싶다. 화합한 분위기 속에서 서로 다른 목소리와 관
점이 존재하는 것을 허락할 수 있듯이, 차이가 있지만 차
이 속의 공통점을 찾아 화합의 목적을 달성하는 것도 중요
하기 때문이다. 이처럼 통일을 이루기 위해서는 남과 북

그리고 코리언 디아스포라 사이의 '민족공통성'[11]을 찾아내
야 한다.

나는 〈접목〉을 읊으면 연변의 특산물인 '사과배'가 떠오
른다. 사과의 모양을 가지고 있지만 배맛이 나는 과일이
다. 많은 사람들은 조선족이 한반도에서 이민한 '과경민족
(過境民族)'이나 '경계인'으로 부르는데, 나는 조선족이 마치
접목한 사과배라고 생각한다. 사과와 배의 특성을 모두 갖
고 있는 새로운 품종인 사과배, 그냥 사과배이다.

사과배처럼 조선족은 중국과 한국(한반도)의 것을 군이
따로 구분하기보다는 양쪽의 문화를 조화롭게 융합하는
기초 위에 새로운 것을 재창조하는 능력을 가지고 있다.
중국? 한국? 왜 조선족은 양자택일(兩者擇一)만 해야 하는
가? 우리는 두 나라를 동시에 포옹(抱擁)하면 안 되겠는가?
두 나라의 문화라는 땅 위에 새로운 꽃을 피우면 안 되겠
는가?

나는 이제야 그것을 깨달았다.

"조선족은 완전 중국인도 아니고 완전 한국인도 아니다.
조선족은 그냥 조선족이다."

---

11 '민족공통성(national commonality)'은 코리언들을 하나로 묶을 수 있는
   어떤 동일한 규정이나 지표를 만들고자 하는 것이 아니라 내적으로 공유
   하고 있는 공통성으로, 이미 거기에 속하는 개체들은 모두 다 가지고 있는
   속성이다.

이것으로 나의 꿈이 뚜렷해졌다. 나는 조선족이 그대로 조선족이면 좋겠다. 조선족을 누구에게 증명하거나 중국과 한국을 양자택일해야만 하는 선택 문제를 더 이상 하지 않았으면 좋겠다. 조선족의 마음은 중국만, 한국(한반도) 어느 한쪽으로만 향한 것이 아니라, 양쪽에 똑같은 마음가짐을 가지고 있다. 나는 코리언 디아스포라-조선족이라는 존재가 더 많이 알려졌으면 좋겠다는 꿈을 가지고 있다. 이처럼 나는 조선족인 나를 더 이상 싫어하지 않는다. 나는 경계인과 헤어지는 중이다.

20여 년 동안 한 번도 당당하게 말하지 않았던 그 말, 이제 외치고 싶다.

"나는 소수민족이야, 그래, 나는 조선족이야!"

Episode 10.

이번역은 파주! 파주역입니다

신희섭

파주와
경계(境界)

2017년 나는 한남동에서 작업실 생활을 시작했다 하지만 한남동의 재개발 사업 진행으로 2023년 7월 파주로 작업실 이사를 하게 된다. 파주는 거리도 있지만 2005년 대학원을 졸업한 이후 짐을 싸고 옮기고 푸는 과정이 정말 힘들었다. 작업실에는 아직도 뜯지도 못한 박스가 여러 개 남아있다. 파주역 작업실을 대중교통으로 가면 왕십리역에서 문산행 경의중앙선을 타고 29개 역을 지나 도착한다. 지하철 안에서만 대략 1시간 20분정도를 보내야한다. 집에서 지하철역까지 가는 시간을 합치면 2시간이 넘어 지하철로 떠나는 여행이라 해도 좋을 것 같다. 어떤 날은 시작을 왕십리역이 아닌 다른 역에서 출발하면 X지점에서 Y지점으로 이동 후 버스로 갈아타는 방법도 있다. 하지만 이럴 경우 여러 번 갈아타고 기다리는 시간이 많아 자주 있는 일은 아니다. 다른 교통편은 자가운전으로 가는 방법인데 60㎞를 1시간정도 운전해야 한다. 하지만 자가운전해서 작업실을 오고간다는 것은 비용 면에서 비효율이고 운전이 싫어지는 요즘 대중교통이 편하다.

　왕십리역에서 시작된 지하철 여행은 직장인들의 출근길을 피해 다른 시간대를 이용하는 것이 좋다. 콩나물처럼 빼곡한 지옥철(?)을 경험하지 않으려면 말이다. 그러고 보면 도시 직장인의 아침은 반복된 시간, 장소 그리고 많은 인파속 지하철로 시작한다는 것이 참 대단하고 피곤한 현실이다. 이야기가 다른 곳으로 가지 않기 위해 지하철 생각은 이쯤해서 접어야겠다. 직장인과 화가인 내가 겪는 일상적 시간의 차이점에서 오는 또 다른 시점에서 이야기를 이어나가고자 한다. 나는 지하철로 이동하는 긴 시간에는 교통수단만의 기능보다 감각을 집중시키고 의식적 사고의 다층적 흐름을 찾아 공상을 즐긴다. 또한 시시각각 변하는 바깥풍경에서 느껴지는 시각과 인식의 차이는 재미있는 상상 경험이다.

　어느 날은 경인중앙선 타고 가는데 군인복장의 젊은이

들이 우르르 안으로 들어오는 것이었다. 문득 북으로 가는 방향, 그리고 군부대 밀집, DMZ 접경지역이라는 파주의 지역적 장소성을 환기하게 된다. 파주역에 도착 했을 때 어떤 날은 일반도로에 굉음을 내뱉으며 지나가는 탱크 부대를 만나 한참을 바라볼 때도 있다. 나도 20대 군 생활을 연천에서 보내고 제대했기 때문에 그때가 떠올라 묘한 기분이 들었다. 시간은 오전 11시~12시 정도였는데 일반도로에 군용차와 탱크까지 다니는걸 보면 파주는 아직도 분단과 전쟁의 어느지점에 맞닿아 있는 지역이다. 파주역에서 다시 작업실근처까지는 파주 시내버스를 갈아타야 한다. 여기는 버스 배차간격 시간이 20~30분정도로 잘못 타이밍이 맞지 않으면 기다리기 일쑤다. 그러면서 자연스럽게 여유로운 시간을 갖게 된다.

초반에는 기다리는 시간에 걸어보자는 객기도 부려봤지만 1시간 넘게 걸어 작업실을 도착하고부터는 기다리는 여유를 선택했다. 서울에서 대중교통을 이용할 경우 신호등과 버스, 지하철 배차시간이 짧고 갈아타기가 쉬워서 바쁘게 흘러가지만 파주는 여유가 필요하다. 이처럼 나에게 파주라는 경계, 공간에서는 불안과 여유라는 이중감정이 공존하는 장소이다.

파주생활에서 인상 깊은 것이 비무장지대(Dis_Millitaried_Zone)와 민통선 지역을 자주 드나들 수 있다는 점이다. 나에겐 비일상적 경계 지어진 공간 안으로 한 발짝 더 들어가 마주하는 특별한 시간들이기도 하다. 경계 지어진 공간 안에서의 시간들은 나에게 새로운 에너지를 생성한다. 한 예로 겨울에는 임진강 주변을 따라 겨울철새들과 생경한 풍경들을 만난다. 저번 겨울에는 북쪽에서 날아온 겨울철새 검독수리들에게 먹이를 주기도 했다. 12월부터 2주에 한번 야생조류보호협회 파주지회를 통해 민통선 안 임진강 동파양수장 근처 겨울 벼밭에 독수리 먹이로 20kg 고깃덩이를 주는 행사에 참여하였다. 그러면 검독수리들이 3m가량의 날개를 펴고 하늘 위를 팽팽 돌다가 인적이 사라지면 내려와 먹이를 먹는다. 독수리가 양 날개를 활짝 피고 바닥에서 깡충깡충 뛰어다니며 고깃덩이를 큰 부리로 갈라먹는 모습은 안쓰럽기까지 했다.

겨울 파주지역은 싸늘한 칼바람과 영하 20~30°를 넘나드는 기온 때문에 겨울엔 조류들의 먹이구하기가 쉽지 않다. 특히 검독수리는 북쪽에서 찾아온 멸종위기 2급 종으로 먹이활동 능력이 떨어져 굶어죽는 경우도 있다고 한다. 독수리들이 이 시간들을 잘 버티고 다시 고향으로 무사귀환하기를 바라는 마음이다. 이러한 조류구조 활동은 파주 작가들과 사회적 협동조합 '예술평화씨알'(이하 예평씨)을 통해 이루어졌다.

예평씨는 여러 작가들의 예술적 활동이 한반도 평화의 씨알이 되자는 취지로 결성된 조합이다. 또한 독수리의 혹한기 살아남기처럼 예술가의 삶도 경쟁의 현실 앞에서는 풍전등화이기 때문에 서로에게 힘이 되고자 예평씨를 만난 것일 수도 있다. 그렇다! 우리가 예평씨를 만든 것이 아니라 파주라는 공간에서의 만남을 헤테로토피아(hétérotopie)로 마주하고자 한다. DMZ와 민통선의 일상의 이질적 경계 안을 들어갈 수 있는 예평씨와 함께 나는 공간과 시간의 경계 허물기를 실천, 모색하는 중이다.

경계인의
궤(軌)

나는 2018년 여름 한반도에는 평화의 바람이 불 것만 같았던 남북정상회담과 코로나로 전 세계가 팬데믹에 빠지기 직전 조금은 특이한 그리고 독보적인 이름을 가진 통일인문학과에 입학하게 되었다. 이 학과는 문,사,철학 전공 교수진들이 모여 인문학 중심/관점에서 통일 패러다임을 모색하고 실천하는 한국 최초이며 유일하다. 나는 2005년 미술학 석사 졸업 이후 13년 만에 인문학 박사과정 학업을 시작함에 부담과 함께 호기심으로 흥분되었다. 내가 입학한 2018 여름학기에는 석·박사 대학원 동기들이 많이 들어왔다. 매 학기 주제에 따른 소논문 발표/토론 수업방식에서 동료들과의 토론이 즐거웠다. 어떤 날은 동기들과 수업 이후 저녁식사 자리까지 토론이 이어지곤 했다. 미술을 전공한 나에겐 그림, 이미지가 아닌 수많은 문자와 논문에 파묻혀 허우적대는 시간들이었다. 하지만 시간은 흘러 헤어 나올 수 없을 것 같던 논문심사를 지나고 졸업을 하게 되었다.

미술작가인 나에겐 과거 풍경화의 중의적 해석과 현대 다층적 방식을 찾아 표현요소로 화면에 구현하는 작품을 해왔었다. 또한 '인식적 풍경'이라는 주제로 새로운 내러티브를 생산하고 발표하며 미술계에서 활동하고 있다. 특히 요즘 작업에서는 북한의 '조선화'라는 미술 장르 속 풍경화의 새로운 이야기들을 탐구하여 전통과 현대의 대화를 일으키고자 한다. 풍경화에는 자연에 대한 숭고미뿐만이 아니라 인간의 보편적 정서를 내포하고 있다. 인간의 정서나 서정은 풍경화에서 작가의 내재적 색감과 완성단계의 붓질에서 발현된다. 이러한 풍경화는 남북 모두가 이념적 차이에서 벗어난 작가주의적 해석으로 가능케 한다. 이것은 다른 세대들간에 통일을 바라보는 다층적 시각의 차이와도 일맥상통하게 해석되어질 수 있다.

또한 나의 미적 풍경의 다층적 해석은 2017~2019년에 DMZ프로젝트 예술정치'온새미로' 그룹 활동/경험에서 탈주민, 디아스포라, 경계인들의 삶 등으로 확장하는 계기가 되었다. 한반도 분단의 현주소 DMZ의 풍경들을 하루 30㎞, 12코스로 나누어 걸으며 생·태·활의 풍경들을 작가주의적 시각으로 담아보는 시간들이었다.

나는 지금까지 작가 활동을 하면서 한곳에 정주하기보다는 여러 곳으로 작업실을 옮겨 다니며 생활하였다. 미술 작가라는 현실의 삶 또한 어느 한 곳 정주하지 못하는 떠돌이/주변인의 연속이었다. 이러한 작가현실과 경계인 같은 삶의 에피소드를 바탕으로 이번 에세이집에 들어갈 제목을 정하게 되었다. 또한 북이탈 주민 중에는 화가였거나 여기서 미술을 전공하고 작가로 활동 중인 분들이 있다. 이분들도 어찌보면 경계인의 삶이라 할 수 있다. 이들에게 탈주/이주의 경험은 남한에서의 작품 활동에서 어떤 지점과 시각으로 표현되고 있을까? 이들을 통해 전달되는 작품 속 새로운 풍경과 정서를 공유하고 좀 더 가까이 이해하고 싶었다. 물론 북이탈 작가와 남한에서의 작가 활동은 많은 차이가 있겠지만 작가로서의 동질감과 작품 제작/활동의 어려움 등을 이해하고 공감하는 지점에서는 무리가 없을 것이다.

작가의
계(界)

먼저 나의 정착할 수 없었던 작업실 운영 경험을 추적하며 이야기를 이어나가 보고자 한다. 나는 대학원을 졸업한 30대 초반 젊은 시절부터 경제적 어려움으로 저렴한 공간을 찾아 이주와 짧은 정주의 반복적 시간, 즉 노마드적 삶의 연속이었다. 그래서 이번 에세이집 제목(이번역은 파주! 파주역입니다)도 현재 파주까지 흘러들어 온 경험적 장소성에 기인해 정하게 되었다.

처음 작업실은 2006년 안양시 만안구 1번가에 위치한 남부 시장 내 허름한 건물 2층에서 시작되었다. 1층은 오래된 시장구조이고 2층은 상가 및 사무실 그리고 3층은 살림집 구조로 주상복합식 구조였다. 말이 주상복합이지 세운지 30년은 더 넘어 거의 시설물 및 건물안전등급이 D등급 수준으로 관리대상이었다. 어디서나 마찬가지로 이런 공간에는 먼저 자리를 잡고 있던 예술/미술 작가들이 있었고 그들과의 교류나 공동체 활동을 필연적인 일상이었다. 특히 안양청년작가들과 그 시절 함께 활동하며 안양 및 군포, 평촌 지역작가들과도 범위를 확장하며 작품 활동을 하게 되었다. 안양에는 안양예술공원이 있다. 나는 이곳에서 안양 젊은 작가들과 함께 공공아트 프로젝트 일환으로 '거리아트페어'라는 제목의 전시도 참여/진행하였다. 그곳에서 작품을 제작/준비하고 2008년 중국 북경에 위치한 담갤러리에서 첫 개인전을 개최했다. 개인전을 준비한다는 것은 작가에겐 작업실에서 많은 시간과 작품 제작에 필요한 물적/심적 노력의 시간이 필수적이다. 그래서 작가에게는 작업 공간이 중요하고 좀 더 넓은 작업실을 원한다.

2010년에는 성동구 왕십리역 근처로 작업실을 옮기게

되었다. 이곳은 부모님이 서울로 이사 온 직후 지금까지 정착한 곳이다. 나도 어린 시절부터 이 지역에서 보내서인지 여러모로 작업실을 갖고 활동하기엔 외지보다는 편했다. 몇 년 뒤 나는 근처 행당동으로 작업실을 이사하고 함께 작업실을 운영할 동료 작가들을 만나기도 했다. 서울에서의 작업실 공간 운영은 여러 명이 모여 관리비와 월세를 분담하며 사용하는 것이 유리하다. 그래서 행당동 작업실은 마을창작소라는 마을 공동체 공간으로도 운영하게 되었다. 2012~2013년도 이때 서울시장이 박원순이었다. 당시 서울시 정책으로 도시재생과 마을미디어 사업을 통한 공동체 활성화를 추진하고 예산을 지원해 주었다. 나는 성동구에서 미술작가로도 활동했지만 '성동FM 소풍'이라는 마을 라디오 개국에 참여하기도 했다. 주민들과 녹음 연습 및 팟방 업로드를 통해 소통하며 2015년까지 행당동 작업실에 머물렀다.

이 시기 2014년 4월 16일 조용한 아침 '세월호 침몰'이라는 뉴스 멘트가 나오고~ 당연히 배가 크니 사람들을 119나 해양구조대가 구조하고 있겠지~라는 마음으로 TV에 시선을 고정시키고 있었다. 하지만 무언가 잘못되어 간다는 불안함은 그리 오래 가지 않았다. 그리고 그 불길한 사고로 선량한 죽음이 이어지고 있었다. 우울하고 슬프지만 눈을 뗄 수가 없었던 기억 분노와 의문들로 침몰한 2014년 이었다. 마을 주민들과 라디오라는 매체를 녹음하면서 세월호

참사를 겪고 방송매체의 공익성과 정보의 수평적 공유/향유에 대한 실천과 고민이 있었던 시기였다.

이후 마을라디오 활동은 2기 운영진에게 넘기면서 나는 작업실 운영과 확장에 노력을 했다. 그 성과로 2016년 말까지 '성동마을창작소'라는 비영리단체지만 지역공동체 활성화 거점공간으로 탈바꿈 되었다. 하지만 힘들게 조성한 공간도 오래가지 못하고 성동구 재개발 사업으로 건물이 헐리게 되고 말았다. 그래서 2017년 다시 이사하게 된 곳이 한남동에 위치한 3층 벽돌 연립주택 형식의 건물이었다. 이곳 건물주가 성동문화재단 수업에서 미술을 배우던 시니어학생이었다. 이 당시 성동문화재단 미술 강사로 활동하던 나와 만났고 내 사정을 알고 작업할 수 있는 공간을 무상으로 제공해 주겠다는 뜻밖의 제안을 했다. 물론 무상이지만 여기 또한 한남동 재개발을 앞둔 동네이기에 개발 진행에 따라 언제든지 비워주어야 하는 조건이었다. 이 건물 역시 오래전 지어진 건물이다 보니 통로가 좁고 방 넓이나 천정 높이가 화판 100호가 들어가면 꽉 차는 정도의 사이즈로 협소했다. 하지만 몸을 구부리며 옥상에 오르면 어느 영화에 나올 법한 루프탑 뷰에 한남동이 발아래 시원하게 펼쳐지며 야경, 네온사인, 달과 별 그리고 바람과 새를 좀 더 가까이서 만날 수 있는 장점도 있었다. 그래서 여러 가지 생각 끝에 다시 왕십리에서 한남동으로 2017년 작업실 이주/이사하기로 결정하고 많은 작품들과 재료,

책, 소품들을 힘든 언덕길을 올라 옮기게 되었다.

한남동 작업실 생활의 시작은 주변을 파악하는 일부터 시작되었다. 동네 맛 집이나 작업에 필요한 재료를 구입할 수 있는 화방, 철물점, 슈퍼마켓 등을 파악해 두어야 한다. 작업실에서 위로 조금 올라가다 보면 '우사단길'이라는 이름의 골목길을 발견하게 된다. 이 길에는 이색적인 거리풍경이 있다. 이태원과 인접해 있어서 많은 외국인들이 생업에 종사하며 거주를 하고 있는 곳이다. 어둠이 도시에 드리워지기 직전 거리를 산책하다보면 이색 상점들이 하나둘 불을 밝히며 영업을 준비한다. 바 같은 술집과 이색 카페 그리고 외국음식점들이 대부분이다. 특히 1970년대 우리나라 최초로 세워진 이슬람 사원이 있다 보니 무슬림 문화권의 음식점이나 사람들이 모여 있는 거리로 유명하다. 그래서 손님이 찾아오면 일단 우사단길에서 이국적 분위기를 소개해 주고 루프탑 분위기의 옥상에서 마무리하는 손님맞이 코스로 정해졌다. 물론 대부분 탄성까지는 아니지만 이런 공간에 작업실이 있다는 것에 부러운 시선을 보이곤 했다. 하지만 2022년 믿기 힘든 일이 일어난 뒤로 이 골목은 침묵의 시간이 흐른다. 이태원 참사로 명명되어진 비극적 인재로 2014년 세월호 참사 다음으로 많은 인원이 사망했다. 당시 나는 이태원 참가 현장에는 없었지만 이후 작업실로 들어가기 전에 이태원역을 방문했던 기억과 길가에 놓인 조문 흔적들을 보며 함께 고개를 떨구었다.

경계를
넘어

2024년 6월28일부터 곽재선문화재단 주관으로 개최하는 'BLOSSOM' 전을 보러 갤러리 선에 갔다. 작가들의 작품들도 궁금했지만 북에서 온 MZ세대 작가라는 타이틀로 기획된 소식에 이들과의 만남이 더 컸다. 전시 오픈식에서 관계자 마이크를 통해 대부분 10대 때 탈북하여 한국에 미술대학을 졸업하고 작품 활동한다고 소개되었다. 이들 일곱 명의 작가 중에 전시장에서 대화를 나눈 작가는 3명 정도였다. 이들과의 대화내용이나 작품세계에 대해 짧게나마 소개하자면 A작가는 고향이 함경북도 회령시라고 한다. 우리들이 그러하듯이 고향에 대한 향수나 그리운 정서를 주제로 포근한 색감의 구상과 반추상적 작품을 전시하고 있다. A작가에게 다가가 나의 작가 이력과 북한 미술을 주제로 연구논문을 썼다는 소개를 하며 자연스럽게 첫인사를 나누었다. A작가의 작품은 그리움이나 고향을 상상하는 현재 자신의 정체성과 마주한다고 한다며 과거의 추억에서 반추된 이미지이지만 현재의 자신과 맞닿아 있음을 강조한다. 작품 속 소재인 돌아갈 수 없는 집과 안개, 물 등의 색감과 작품 분위기는 과거의 자신보다 현재 자아에 초점이 맞춰져 있다는 것이다.

J작가는 DMZ 공간의 풍경적 요소를 'Space'라는 제목으

로 Oil Painting한 작품을 전시했는데 개인적으로 눈길이 가는 작가였다. 그리고 J작가 옆에 반가운 통일인문학과 동기가 있었는데 둘이 친구라 자연스럽게 섞여서 대화하게 되었다. 둘은 같은 교회 친구로 지내며 이번 전시 축하 겸 왔다 만나게 되었다. 이 작가의 여러 소품들에서는 작가의 숨겨진 비밀스러운 삶을 관객과 공유하고 싶은 메시지가 담겨있다고 느껴졌다. 오늘의 주인공답게 여러 사람들에 둘러 싸여 더 많은 대화는 나누지 못했지만 개인적으로 다시 만날 것 같은 예감이 드는 작가이다.

잠시 전시장을 둘러보는 중에 또 다른 심수진(신상공개 허락, 이하 심작가) 작가와 이야기를 나누게 되었다. 물론 내 소개도 하고 개인 명암도 나눠주고 했지만 먼저 어느 매체와 인터뷰 중이라 짧게 인사만 하고 말았다. 심작가와는 갤러리 선 오픈식에서 연락처를 주고받은 이후 연락이 닿아 7월13일 다시 만나기로 약속을 잡았다. 그녀는 지금은 충북 옥천에서 살고 있다고 한다. 전시나 일이 있을 때마다 서울에 올라오곤 한단다. 그날이 오늘인 것이다. 우리는 만나서 점심 식사를 하면서 이야기를 나누기 위해 갤러리 근처 중국 요리 식당으로 부랴부랴 들어갔다.

심작가는 19살인 1997년에 함경도 고향에서 중국으로 탈출하고 중국에서 2007년 10년간을 머물렀다. 그 기간에 건강도 잃고 힘든 생활고에 시달린 기억에 이렇게 말한다.

"중국에서 나는 검은 사람~, 신분이 없는 사람이었어요."
"아예 거기서는 인권이 뭔지도 모르고 살았어요."

  중국인들은 탈북자를 불국적자로 보고 기본인권을 무시하고 인간 이하의 대우와 착취를 경험했다고 한다. 자신을 어둠 속으로 숨기고 지내다가 누군가의 신고로 공안에 잡혀 북송 직전 열차에서 몸을 던져 가까스로 도망친 에피소드를 듣는 순간 나는 심작가의 눈빛에서 강하고 밝은 삶의 투지/도전을 느꼈다. 오후에는 강서구에 위치한 남북통합문화센터에서도 전시가 있어서 함께 이동하기로 했다. 아침부터 옥천에서 운전하고 온 심작가를 위해 센터까지는 내가 운전하겠다고 하니 그녀는 웃으며 흔쾌히 자동차 키를 던져주었다. 그렇지 않아도 본인도 서울 지리도 잘 모르겠고 운전도 서툴러 감사하단다. 나는 운전하면서 심작가와 이야기를 좀 더 나눌 수 있었다. 나는 운전을 하면서 이번 전시 참여 작가 중 예명을 쓰는 코이 작가에 대한 인상을 이야기를 했다. 코이 작가의 작품은 친구들에게 손글씨로 메시지를 신발 안쪽에 써서 바닥이나 벽에 붙이는 오브제 작업이었다. 아마도 작가는 북에 남아있는 친구들에게 전달하고 푼 마음으로 신발이라는 오브제를 사용해 디스플레이 한 것 같다. 나는 이 중에 몇가지 메시지가 눈에 들어와 사진을 찍어두었다.

"○○언니- 제일 예쁜 언니... 부모님도 잘 살아계시지?"

"언니는 한국에 왔으면 연예인 됐을거야... 너무나 미인인 언니는 마음도 착하고… 보고싶다, 꼭 다시 만나자!"

"○○ 요즘 어때? 잘 지내지?"

"초등학교 때 학교가기 싫어서 우리같이 산에서 놀고 그랬는데…"

"그때가 좋았어… 어릴때가"

나는 이런 대화형 메세지에 그들만의 아픔이나 기억도 느껴지지만 나의 어릴 적 추억이 함께 느껴졌다. 그런데 심작가가 나의 이야기를 듣다가 나를 보며 자신의 작품에서 인상 깊었던 것에 대해 물어왔다. 그래서 나는 곰곰이 생각하다 이렇게 대답했다.

"난 플라타나스 잎에 칼로 오려 그린 작품들이 인상 깊었어요"

"왜냐하면 지금까지 살아온 삶의 상처와 고난을 예술로 승화시킨 작품이잖아요"

그러자 잠시 침묵과 함께 심작가는 '고맙습니다'라는 짧은 대답과 다시 앞만 보고 나는 운전에 집중하였다. 심작가의 사연은 인터넷 검색이나 기사를 통해 쉽게 찾아 볼 수 있었다. 심작가의 나뭇잎 오려내기 작품은 오두산 전망

대에서 2024. 4. 5. ~8. 31까지 전시중이다.

심작가는 한국에서 대학교에 진학해 꿈을 키워가던 중 졸업을 앞두고, 잦은 위궤양으로 응급실을 드나들었고, 끝내 시골에서 투병 생활을 하게 된다. 여기에 간경화까지 겹쳐 기나긴 투병 생활을 했지만, 경과가 좋지 않자 2020년에는 시한부 판정을 받기도 했다. 간이식이 유일한 방법이었지만, 기증자를 찾기는 쉽지 않았다. 북한에 남아 있는 가족들을 수소문해 봤지만, 연락이 닿기는 쉽지 않았다. 그에게 새로운 생명을 나눠 준 사람은 다름 아닌 그의 아들이었다.

"투병 생활 중 우연히 산책로에서 발견한 나뭇잎 하나. 나뭇잎 100개를 파기로 작정하고 시작했어요. 소원을 빌었죠. 근데 그 소원이 이뤄졌어요. 간이식을 했고, 지금 새 생명으로 다시 살고 있잖아요. 희망의 메시지가 담겨있습니다. 낙엽은 저에게 '간절함'이었어요. 근데 전달이 됐나 봐요. 죽어가는 낙엽에 내가 새로운 걸 부여해서 새롭게 만들어진 거잖아요. 얘도 나에게 보답을 해줬다는 느낌이 들어요. 소원이 이루어진 거니까."

남북통합문화센터에는 이런 역경을 헤치며 살아온 심작가의 탈북이야기와 한국에서의 삶을 그림으로 재구성하여 일반인들에게 공유하고 있었다. 센터장에게 그곳 설명을

자세히 듣고 나는 나왔고 심작가는 서울에 머물며 다시 15
일에 만나기로 했다.

  심작가와 7월 15일 두 번째 만나 이야기를 나누게 되었
다. 이 날은 서울 성수동의 한 갤러리와 온라인 작품 렌탈
및 판매에 대한 계약이 있는데 나와 함께 갔으면 좋겠다는
제안으로 만나게 되었다. 계약을 마치고 근처 뚝도시장 내
식당에서 나와 지인 그리고 심작가는 점심식사를 하면서
간이식 이후에 변화 된 자신과 일상에 대한 이야기를 다시
나누었다. 뚝도시장에서 나와서 나는 지하철역으로 심작
가는 옥천으로 다음 만남을 기약하며 헤어져야 했다.

  우리는 서로 선물을 주고받았는데 심작가는 열무 물김
치 한통을 나는 파주 작업실 텃밭에서 따온 여러 야채와
감자 등 채소위주로 주었다. 심작가를 배웅하며 앞으로 지
금처럼 활발/건강하게 작품 활동을 했으면 하는 바램과 함
께 웃으며 손을 흔들어 주었다. 서울은 몇 일이 지나 본격
적인 7월 여름 날씨가 시작되었다. 비도 많이 오고 기온은
30도를 훌쩍 넘기기 일 수다. 그러다보니 냉방시설이 없는
파주 작업실을 가는 날은 작업보다는 농부의 시간을 보낸
다. 작업실 앞마당 작은 텃밭을 가꾸는 이번 여름엔 작물
관리와 수확을 위해 주기적으로 들러야 한다. 어느 날은
비가 많이 와 비를 맞으며 토마토 줄기에 지지대를 세우고
호박, 오이 넝쿨을 고정하면서 갑자기 심작가가 떠올랐다.
옥천에서 잘 지내고 있는지 안부 한번 전해야겠다. 올해는

7월 여름 비가 많이 와서 파주 작업실에 무지개가 자주 뜨면서 해질녘에는 땅거미가 상추+토마토+피망+가지+빨간 고추 빛을 머금고 내려앉는다.

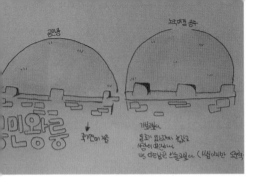

- - - - - - - - - - 분단이 싫어서

Episode 11.

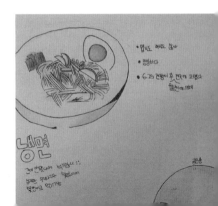

통일교육 꽃씨 심기 대작전: 아이들과 함께 한 이야기

이도건

통일교육의
씨앗을 품고

　2015학년도 서울금북초등학교 재직 시절, 한 남자 선배와 동학년을 하게 되었다. 학교에 남자 교사가 몇 명 없어서 그런지 다른 남교사와는 금세 친해졌다. 하지만 그 선배는 평소 말수가 많지 않고 그저 본인의 일에만 집중하던 분인지라 업무적인 이야기 외에는 큰 교류가 없었다. 5월 어느 날, 아이들의 소소한 다툼을 해결하고 서로의 이야기를 나눌 기회가 있었다. 서로의 일상에 가볍게 이야기 하던 중 그 선배는 본인의 교회 이야기를 좀 길게 하였다. 교회를 다니지 않는 나는 이해하기 어려운 부분이 많아 그저 고개를 끄덕이며 흘려들었던 것 같다. 교회를 다니면서 배운 이야기며 교리에 이르기까지… 그래도 탈북한 청년들과 함께 공부하고 그들과 백두산에 다녀온 이야기는 여운이 남았다. 당시에는 '탈북'이라는 단어보다는 사진과 곁들여진 백두산 여행기의 생생함에 나도 한 번 다녀와야겠다는 정도의 마음이었던 것 같다. 돌이켜보면 그날이 내게 통일교육과의 첫 만남이 되었다.

2주쯤 지난 어느 날, 그 선배가 서울시교육청에서 운영하는 '탈북 학생 여름방학 캠프'가 있는데 함께 지도 교사로 가지 않겠냐고 권유했다. 당시 우리 집 아이들이 아직 2, 3살이라 어렵다고 일단은 사양했다. 하지만 처가 식구들이 2주일 정도 우리 집에 아이들을 보러 온다는 말을 듣고, 신혼 초기 처가식구라는 막연한 불편함을 피하려고 탈북 학생 캠프 지도 교사에 참가하기로 결정했다.

그 이후 2년간 탈북 학생 캠프에 참여하며 나름의 통일교육 방향성을 잡아갔다. 학교 교과서에서 활동하는 통일교육 내용은 대부분 정답이 있는 활동이었다. 분단 과정에 대한 이해, 남한과 북한의 정치, 경제, 문화적인 비교, 통일이 되면 무엇을 하고 싶은가 등 내용적으로는 과거에 비해 다양해졌지만, 통일에 있어 가장 중요한 '사람'이 빠져 있었다. 그래서 현재를 살고 있는 우리의 모습에 자연스레 녹아있는 통일교육을 꿈꾸며 대학원 진학을 결심했다.

웹을 검색하던 중 건국대에 관련 학과가 있는 것을 발견했고, 2017학년도 입학을 지원서를 냈다. 건국대학교 통일인문학과! 입학 면접 시험에서 통일교육에서 만큼은 자신 있게 대답했지만, 인문학 관련 분야는 잘 모른다며 얼버무렸던 것 같다. 그만큼 나에게는 생소한 학과 이름이었고 기대 반 걱정 반으로 공부를 시작했다.

동아리 활동에서 자란
통일교육의 새싹

대학원에 다니며 배운 사람 중심의 통일교육! 첫 학기에 들었던 이 말을 나만의 통일교육 아젠다로 잡고, 우선 우리 학교의 동아리활동에 접목시켰다. 아무래도 정식 교과에 적용시키는 것은 현실적인 어려움도 있었고 내용적으로도 어느 정도 공부를 하고 훗날 하기로 하고… '통일인문동아리'라는 이름의 학교 동아리활동부터 시작했다. 넘칠 정도로 지원자가 많을 것으로 예상하지는 않았지만, 10명 정도는 되지 않을까하는 막연한 기대감에 시작했다. 그러나 농구부, 컬러링부, 보드게임부 등 여러 인기 동아리에 들어가지 못한 아이들이 밀려와서 구성된 일종의 외인부대와 같은 부서가 되고 말았다. 동아리 활동 첫날부터 "인문이 뭐에요?", "통일은 재미없는데 통일보드게임부로 바뀌요.", "피구하면서 통일 공부하면 안 돼요?" 등의 질문들이 쏟아졌다.

2017학년도에 18차시로 동아리활동을 운영하였다. 동아리활동 초반, 아이들에게 신선함을 주기 위해 나는 나름 멋진 아이템이라 생각하며 2017년에 당시 함께 대학원에 입학한 탈북 청년 조○○선생님을 강사로 초청해 북녘의 이야기를 나누기로 했다. 탈북 선생님이 온다는 말에 이 날만큼은 아이들도 제법 설레하며 기대하는 눈치였다. 그 탈북선생님과는 북한에서 아이들이 주로 하는 놀이를 주제로 이야기를 해 주시기로 사전에 이야기를 나눴다. 하지만 수업이 시작되자마자 '북한 돈'을 꺼내며 어느 나라 화폐인지 묻는 것이었다. 아차, 김일성 얼굴이 그려진 지폐였다! 나는 아이들 틈을 비집고 얼른 다가가 지폐를 뺏으며 "학교에는 돈을 들고 다니면 안 된다"라는 말도 안 되는 이야기를 했던 것 같다. 다행히 아이들은 김일성을 모르는 눈치였지만, 그 순간만큼은 정말 아찔했다. 그렇게 동기유발(?)이 끝나고 북한 놀이에 대해 이야기를 나누던 중 짓궂은 한 녀석이 질문을 던졌다.

"강사 선생님, 지금 입고 있는 옷이 북한에서 입던 옷이에요?"

이 질문에 강사로 오신 탈북 청년도 어이가 없는지 감정이 약간 격해진 듯 보였다.

"이거, 이거, 이거, 우리나라에서 산 옷이거든….”

돌이켜보면 그 아이는 정말 며칠 전 북한을 넘어와 그 옷을 세탁하고 학교에 수업하러 오셨다고 생각했을지도 모르겠다.

동아리 수업의 마지막 부분에 약간의 소란이 일어났다. 한 아이가 말했다.

"김정은이 대를 이어받은 건 잘못이잖아요?"

정치 관련 질문이 나오자 동아리 수업을 마무리 지으러 선생님 옆에 있던 나도 긴장이 되었다. 그래도 강사로 오신 분이 나름 잘 돌려서 정리해 주셨다.

"이상하게 들리겠지만, 옛날 조선왕조 같아요."

이렇게 탈북 청년과의 수업은 여러 감정과 생각을 나누며 마무리되었다. 아이들에게 특별한 경험이 되기를 바라는 마음에 그 수업은 몇 번 더 이어졌고 아이들이 통일을 바라보는 방향도 어느정도 긍정적으로 바뀐 것 같다.

2017년 통일교육주간이다. 동아리활동시간에 북한 동화한 편을 아이들에게 소개했다. 이 이야기는 우리나라 동화 '해와 달이 된 오누이'와 비슷한 내용으로, 아이들과 함께 읽고 이야기를 나누었다. 제목이 가려진 북한 동화를 다읽은 후, 책 제목 맞히기 활동을 진행했다.

"평양냉면의 느낌으로 냉면집처럼 한자를 넣어서 '일월 오누이'요."

"북한은 우리랑 느낌이 약간 다를 것 같아서 오라버니가 들어가야 할 거 같아요. '해는 동생 달은 오라버니'요."

"북한에서는 등장인물을 말할 것 같아서 '호랑이와 아이들' 어때요?"

"뭔가 북한에서는 해와 달을 신성하게 여겨서 님자를 붙여서 '햇님 달님 오누이'라 지었을 거 같아요."

"시조나 조선시대 느낌으로 뭔가 북한은 단도직입적으로 말하지 않고 돌려서 말할 것 같아요. '저 해는 동생이오. 저 달은 형이오.' 같아요"

5분 정도 이어진 오답 퍼레이드 끝에, 나는 초성 힌트 (ㅎ와 ㄷ)를 주었고 금세 아이들은 '해와 달'을 맞혔다. "북한 동화도 우리랑 비슷하네요." "북한 이야기가 많을 줄 알았는데 제가 아는 이야기에요." 이 과정에서 아이들은 북한에 대해 가지고 있던 막연한 거부감은 조금씩 약해지고 남과 북의 비슷한 무언가를 찾아가는 느낌이었다. 아이들의 엉뚱하지만 다양한 의견을 들으며, 남과 북의 이야기가 자연스럽게 주제가 되어갔다. 이런 시간들이 모여 내가 생각하는 통일교육에 한걸음씩 다가갈 수 있지 않을까...

2017년 판문점에서 문재인 대통령, 김정은 위원장, 트럼프 대통령이 만났다. 정전협정 66년 만에 성사된 깜짝 이벤트인지라 나는 고무되어 있었다. 처음으로 북한 땅을 밟은 미국 대통령의 탄생이라는 역사적인 순간이었다. 이 주제로 우리 동아리 아이들과 잠깐 이야기를 나눠 보려고 했다.

아이들은 저마다 자신의 생각을 털어놓기 시작했다.

"전 그래서 〈런닝맨〉 못 봤어요."

"김정은이 생각보다 얇아 보였어요."

"제가 먼저 TV를 보고 있는데 이걸 봐야 된다며 아빠가 리모컨을 뺏었어요."

"저도 비슷하게 짜증났는데, 〈런닝맨〉을 보려는데 밑에 자막은 〈런닝맨〉 1부라고 써 있었는데 계속 저게 나와서 답답했어요."

"통일되면 북한 갈 거예요. 친구들이랑. 선생님도 갈 거죠?"

"저도 〈런닝맨〉 보려고 엄마가 준비하라고 해서 기다리고 있었는데, 갑자기 트럼프가 나오는데 제가 별로 좋아하지 않는 사람이라, 짜증이 났어요."

"저는 아빠 따라서 봤는데 지루하지도 재미있지도 않아요."

"이 느낌은 야구가 연장전을 갔는데, 12회말 두산의 마지막 공격을 기다리고 있는데 긴급속보가 나서 채널 돌아간 느낌이에요. 〈런닝맨〉 보고 싶다!"

"중요한 건 결국 〈런닝맨〉은 안 했다!"

아이들의 반응은 다양했지만, 모두가 그 역사적인 순간을 각자의 방식으로 기억했다는 것이 흥미로웠다. 그들의 대화 속에서 통일에 대한 기대와 통일에 다가갈 때 생길 불만이 교차하는 모습이 겹쳐졌다. 이렇게 또 얼마만의 시행착오를 겪을 것인가.

북한 문화재에 대해 수업한 활동도 인상 깊었다. 유홍

준 선생님의 북한 문화유산답사기 영상의 일부를 함께 보며 이야기를 나눴다. 황초령순수비, 북관대첩비, 백두산, 압록강, 공민왕릉, 만월대 등... 사회 시간에 어느 정도 배웠던 내용인지라 생각보다는 아이들이 많이 안다. 황초령 진흥왕 순수비 이야기로 수업을 시작한다. 한 학생이 "황초령"을 "황초롱초롱초롱"이라고 부르며 재치 있는 농담을 던졌지만 큰 반응은 없다. 다른 학생이 내게 물었다.

"어디서 그 비석을 찾은 거예요? 우리나라에도 순수비 있잖아요?"

"맞아, 순수비는 우리나라 북한산에도 있고 북한에도 있어." 라고 내가 답했다. 이 비석 이야기는 자연스럽게 북관대첩비 이야기로 이어졌다. 일제강점기 시절 일본으로 갔던 비석을 우리나라가 찾아와 북한에 보내줬는데, 비석을 북한에 보내면서 트럭을 함께 보냈다가 그 트럭은 돌려받지 못했다는 이야기를 곁들였다. 유홍준 선생님처럼 맛깔나게 이야기를 전하지는 못했지만, 아이들은 트럭의 현재 소재에 대해 매우 궁금해했다.

"트럭을 왜 안 돌려줬을까요?" 한 학생이 물었다.

"람보르기니 트럭이라 안 돌려줬나요?" 다른 녀석이 잘도 받아준다.

수업은 백두산 이야기로 넘어갔다. 나는 천지에 대해 알고 있던 내용을 들려주었다. 천지에는 높은 봉우리가 7개 있는데, 그 중 4개는 북한에 속하고 3개는 중국에 속한다고 설명했다. 하지만 아이들에게는 이 이야기가 비율적인 점유로 다가왔던 모양이었다. 그들은 백두산과 장백산의 4 : 3이라는 수학적 비율로 강하게 기억남아 있었다. 한 녀석이 '백두산 : 장백산 = 4 : 3'이라며 내항의 곱과 외항의 곱은 같다는 나름 논리적인 결론을 내렸다. 수업은 냉면과 공민왕릉 이야기로 이어졌다. 한 학생이 평양냉면의 조리법에 대해 궁금해하며, "왜 평양 냉면맛이 슴슴할까요? 면 색이 서울보다 연한 이유는 뭘까요?"라고 물었다. 나는 평양냉면이 6·25전쟁 이후 월남민에 의해 전국으로 퍼졌고, 맵지도 짜지도 않은 독특한 맛 때문에 호불호가 갈린다고 설명했다. 이어서 공민왕릉 이야기를 나눴다. 아이들은 "공민왕릉에 가보고 싶다. 영혼이 지나갈 수 있게 만든 통로가 있다는 게 놀라웠고, 얼마나 사랑했으면 자기가 자기의 무덤을 미리 준비했을까?"라며 감탄했다. 한 여자아이는 "나도 이런 남편을 만들고 싶다"고 말하며, 사심이지만 도준혁과 손동표 같은 사람을 언급해 웃음을 자아냈다.

이산가족 이야기로 피어난 통일교육의 꽃. 그러나 열매는…

이렇게 수업을 하며 대학원 수업은 이어졌다. 통일인문학이 포스트 통일 시대에 사람의 통일에 중점을 두고 인문학적 관점에서 남한과 북한 사람들의 생활과 정서를 미시적으로 연구하는 학문임을 알게 되었다. 대학원 수업에서 접한 많은 흥미로운 주제들은 북한학에서 느끼지 못했던 인문학 중심의 통일교육을 초등학교 교과에 적용해 보고 싶게 했다. 그러나 현실의 통일교육은 별도의 교과로 운영되지 않고, 사회나 도덕에서 한 단원 내외로 다뤄지거나 범교과 학습에서 다른 주제 학습처럼 이루어지는 실정이었다. 내가 근무하는 금북초등학교도 예외가 아니어서, 사회와 도덕을 제외하면 범교과 학습에서 이상하게도 '통일 독도 교육'으로 묶어 10차시 정도 운영하는 것으로 계획되어 있었다.

통일교육과 독도교육을 통합적으로 운영하려는 계획에 나는 이의를 제기했지만, 다른 선생님들은 성교육, 안전교육, 경제교육, 진로교육, 자살예방교육, 다문화 이해 교육, 학교폭력 예방교육, 생존수영교육, 약물 오남용 예방교육, 장애 인식 교육, 영양교육, 수련활동, 정보통신윤리교육 등을 언급하며 형평성 문제를 제기했다. 그들은 10차시 정도면 충분하다고 주장하며 회의는 그렇게 끝났다. 몇몇 선생님들은 "사실 통일교육이 그렇게 중요하지 않잖아요. 안전교육이 중요해요? 통일교육이 중요해요?", "통일교육은 실제로 하는 게 아니라 가상을 다루잖아요. 요즘 같은 4차 산업혁명 시기에 아이들이 코딩 더 하는 게 맞지 않나요?", "우리 학교에 장애학생 통합수업 듣는 반은 어떻게 하고

요? 통일교육이 되겠어요?", "다른 것보다 학교폭력 예방 교육만 철저히 하면 돼요. 통일교육은 교과서에도 나오는데 왜 따로 해야죠?"라고 말했다. 모두 나름의 논거가 있었기에 반박하기도 쉽지 않았다. 사실 우리나라 학교 교육은 국어, 도덕, 사회, 수학, 과학, 실과, 체육, 음악, 미술, 영어의 교과 외에도 많은 범교과 주제 학습이 섞여 있다. 이 모든 것을 연간 1,000차시 내외에서 다루어야 하다 보니, 통일교육이 구조적으로 자리 잡기 힘든 상황이었다.

그럼에도 나는 인문학적으로 통일교육을 바라봐야 한다며 약 10분간 설명을 했다. '사람 중심의 통일'을 주제로 통일교육을 운영하자고 제안했다. 하지만 다른 큰 주제들에 밀려 일단 내가 통일교육을 진행하고 그 완성된 자료를 공유하면서 다른 선생님들이 함께 시도해 보는 것으로 결론이 났다. 그래서 나는 두 달에 하나 정도의 주제를 정해 4차시 정도 통합교과로 운영할 수 있는 교수 학습 활동 계획을 제작해 선생님들과 나누기로 했다. 이 수업은 6학년인 우리반 아이들과 함께 했고, 그 과정과 결과물은 다른 선생님들과 공유했다. 먼저 국어 시간에 '글을 읽고 인물의 말과 행동을 통해 인물의 성격 알아보기'를 주제로 활동을 하였다. 이산가족을 다룬 다큐멘터리 '이보오, 오랜만이오 〈눈물의 소야곡 편〉'에 나오는 인물의 말과 행동을 초등학교 6학년 아이들이 읽을 수준으로 재구성하여 출력물로 나누어 주었다.

제목: 이보오, 오랜만이오. 〈눈물의 소야곡〉

부 제: 가족을 만날 수 있는 특별한 표. 65년간의 기다림 그리고 만남.

2015년 10월 어느 날 남한에 살고 있던 이순규(85세) 할머니에게 65년 전 헤어진 남편으로부터의 소식이 전해지고 이산가족 상봉자로 선정되었다는 사실을 전해 듣는다. 그 남편은 한국전쟁 때 헤어져 현재 북한에 살고 있었다. (중략) 65년 전 헤어지던 날 이순규 할머니의 뱃속에는 아이가 있었다. 이 아이(1950년 생)는 한국전쟁 중 태어난다. 이 아들은 어린 시절 '나는 왜 아버지가 없냐'고 이순규 할머니에게 묻는다. 아들의 질문에 실제 이야기를 해줄 수 없어서 외국에 돈 벌러 가서 사망했다며 거짓을 알려준다. 그리고 기제사(돌아가신 날 지내는 제사)와 명절(설, 추석 등) 제사를 실제로 지낸다. (중략) 드디어 65년의 기다림에 마침표가 찍히는데... 몇 날 며칠에 걸친 준비가 끝났다. '새 옷 입고 할아버지 만나러 가시는데 기분이 어떠세요?'라는 질문에 이순규 할머니는 '기분이 어떠냐고? 글쎄 춤출까? 춤만 춰? 경사 났네.'라고 말한다. '다시 한 번 그 얼굴을 보고 싶어도~'라는 노랫말을 흥얼거리며 할머니는 박수 치며 노래도 불러본다. 바닷길이 병풍처럼 둘러져 있는 동해안 7번 국도를 따라 2015년 10월 20일 제20차 남북 이산가족 상봉단 버스는 북한에 있는 금강산에 도착한다. 남한에서 출발한 모두는 탁자에 놓인 번호를 이름표 삼아 북한의 가족들이 오기를 기다린다. 이순규 할머니네 가족은 70번 테이블에 자리 잡는다. 70번 테이블에 앉은 이 짧은 순간이 지난 65년의 세월보다 더 길게 느껴졌을지도 모를 일이다. 아버지를 한 번도 본 적 없는 아들은 혹여나 아버지를 놓칠세라 번호표를 높이 들어 올리고 있다. 드디어 오인세 할아버지가 행사장으로 들어온다.

며느리: 아버님, 며느리에요.

오인세: 여기 누구?

며느리: (이순규 할머니를 가리키며) 우리 어머님.

오인세: 이순규? 내 아내야?

이순규: 누군지 알아요? 누군지 알아?

오인세: 이순규. 내가 생각하는 이상으로 오래 살았다!

이순규: 살아 줘서 고마워요.

오인세(83세) 할아버지와 이순규 할머니는 19살, 20살에 부부의 연을 맺은 두 사람이 65년 만에 만났다.

이순규: 얼굴 쳐다봤으면 됐지 뭐.

오인세: 그동안 고생 많았어. 이렇게 나이가 들어 65년 만에 만나니 뭐라고 말해야 할지 모르겠구나. 이건 왜 그런가. 전쟁 때문에 그래.

이순규: 그래.

오인세: 내가 19살에 집 떠나서 오늘 처음 만나는데 항상 내 머릿속에 기억돼 있단 말이야.

이순규: 안 잊어버리고?

오인세: 그럼. 왜 잊어버려. (후략)

이후 2차시 창의적 체험 활동 시간에 '이보오, 오랜만이오 영상'을 직접 봤다. 40분 수업 시간을 고려해 동영상의 33분까지만 시청했고 영상을 볼 때 아이들에게 선생님이 쓴 대본의 내용을 확인하도록 주문했다. 또 대본에 영상을 보며 인상 깊은 부분을 찾아 표시해 둘 것을 당부했다.

3, 4차시 국어 시간에는 영상을 본 후 독후감 작성의 시간을 가졌다. 3차시에 25분 정도 글 쓰는 시간을 가졌고 3차시 15분과 4차시 40분을 합쳐 55분 정도 발표하는 시간을 가졌다. 아이들 글은 그들의 반응 그대로 원문으로 옮긴다. 글쓰기 전 나는 딱 두 마디만 했던 것 같다.

"영상에서 봤던 것처럼 여러분들도 갑자기 부모님이나 형, 누나, 동생과 이별할 수 있어요. 내 가족들과 65년 뒤에 다시 만나면 어떤 마음이 들까요?"

▶내가 만약 이산가족이라면 할머니처럼 저렇게 65년동안 기달려서 만나는데 안 울 수가 없을 거 같다. 아무리 많이 울었어도 어떻게 저런 상황에서 눈물 찔끔 안하고 정직하게 말할 수 있었을까? 내가 만약 저런 상황에 처했으면 얼굴만 보자마자 눈물이 퍼져나오고 ㅜㅜ 12시간이 거의 12분처럼 느껴졌을 것 같다. 그리고 마지막에 버스로 떠날때는 뭐……….말도 못하고 편지라도 주고 가면 그래도 마음이 한결 나아질거같다…...ㅜㅜ 그리고

나는 이미 엄청난 이별을 해봤기 때문에 더 슬픈거 같다.

▶영상을 보고 엄마를 못 본다고 생각하니 너무 영상 속 사람들의 감정이 너무 공감이 되었다. 정말 사랑하는데 마치 존재하지 않는 존재처럼 느껴지는 감정이 상상만 해도 끔찍하다. 이산가족 영상을 보니 내 죽음에 대한 두려움보다 가족과 친구들의 죽음이 더 두려워졌다. 내가 살아있어도 근처에 아무도 없고 빈 공간에 나의 그림자 빼고 아무도 없는 그런 기분이 너무 슬프다. 영상을 보고 친절한 사람이 되기로 결심했는데 친절한 사람보다 타인이 나의 곁을 떠나지 않는 사람이 되고 싶다.

▶작년 햄스터가 아플 때 매일 울면서 간호를 해줬는데 내 손에서 간호받으며 죽었던 생각이 난다. 물론 시작이 있으면 끝이 있겠지만 그 끝인 이별은 큰 것 같아 마음이 아프다. 햄스터 앞에서 참으려 했던 눈물이 햄스터가 하늘로 갔을 때 눈물이 터졌던 그 순간까지 생생하게 기억나는데 가족이랑 헤어졌을 땐 어떤 느낌인지 상상이 안된다. 지금도 보고싶고 앞으로도 보고싶을 것 이다. 내가 만약 부모님과 이별을 하게 된다면 과연 정신줄을 잡을수 있을지 걱정이다.

▶나는 개인적으로 편지 정도는 허락 해주면 좋겠다. 아무리 북한에 대한 기밀정보가 빠져도 편지는 그 부분을 가

리거나 찢으면 되는데. 왜 굳이 편지정도는 못하게 하는 걸까? 나는 적어도 편지만이라도 제발.

▶영상을 본 후 기분이 좋지 않았다. 만약 이산가족이 된다면 어떻게 될까. 나도 그 기분을 알 수 있지 않을까? 내가 그렇게 되지 않는다면 그 이산가족들의 기분을 알 수나 있을까… 그건 그렇고 이제 이산가족의 수명이 얼마 남지 않은 것 같다. 6.25전쟁 이후로는 헤어진 가족이 없거나 적을 텐데 이제 이산가족들은 시간이 없는데도 조금이나마 만남을 추진하거나 같이 살 수 없다는 게 참 안타깝다. 지금이라도 빨리 이산가족들의 만남을 적극적으로 하는 것이 옳은 판단인 것 같다. 그리고 내가 형이랑 헤어지고 65년 후에 다시 만나면 뭐하지? 분명 울다가 끝날 것 같다. 지금까지 못 화낸 거를 화내지 않을까? 같이하던 게임? 과연 울까????

아이들의 글에서 가장 인상적인 부분은 통일이 단순히 과거의 이야기나 먼 미래의 목표가 아닌 현재의 삶과 이어진다는 점이었다. 아이들은 이산가족의 아픔을 자신의 경험과 연관지어 받아들이고 있다. 한 아이는 "영상을 보고 엄마를 못 본다고 생각하니 너무 영상 속 사람들의 감정이 너무 공감이 되었어요.", "나는 이미 엄청난 이별을 해봤기 때문에 더 슬픈거 같다."라는 질문을 던지며, 가족과의 소중한 시간을 되돌아보게 되었단다. 이는 통일 과정이 단순한 사건의 연속이 아니라, 개인의 삶과 감정 속에서 이해되고 공감하는 것임을 내게 가르쳐 줬다.

그리고 우리 아이들은 통일에 대한 희망을 가지고 있었다. "꼭 건강하게 다시 만나는 날이 오면 좋겠다. 나도 함께 가 보고 싶다.", "북한과 관계가 다시 회복되어 꼭 다시 만나셨으면 좋겠다. 그게 쉬울지 모르겠지만. 생각보다 북한 사람들이 밉지는 않다."는 바람은 통일이 단순한 물리적인 통합을 넘어 사람들 간의 정서적 통합의 가능성도 보였다. 아이들의 글은 소통과 공감 그리고 통합의 희망을 담고 있었으며, 통일인문학에서 제시하는 점들이 녹여져 있어 나름 뿌듯했다.

이 수업 후 점심시간에 2명의 여자아이가 울었다. 이유인즉 나도 부모님과 헤어져 못 만날 수 있다는 생각이 들었고 한다. 장난꾸러기 남자아이들은 "일어나지도 않을 일인데 그게 울 일이냐"라며 한마디씩 하고 지나간다. 그들을 혼내느라 이 수업의 모든 감흥이 사라질 뻔했다. 그렇게 사과를 시키며 끝나는 듯 했으나 그날 오후 그 학부모에게서 전화가 왔다. 학부모 전화란 대개 민원인지라 내키지는 않았지만 일단 받는다.

"네. 선생님. 다름이 아니라 우리 애가 오늘 집에 와서 죄송하다고 울어서요."

학부모의 뉘앙스가 불편했고 오늘 있었던 일들이 스치듯 지나간다.

"(중략) 선생님. ○○이가 계속 울어서 친구들과 학교에서 무슨 일 있었냐고 하니 그건 아니고. 갑자기 부모님과 헤어져서 못 만나고. 65년 뒤에 만나는 생각하며 집에 왔다고요. 엄마 얼굴 보니 눈물이 났다고 하더라고요."

2019년 당시 그날의 통화는 2024년 오늘도 여전히 생생하다. 통일교육을 하면서 가장 뿌듯했던 날이 아닐까 한다. 분단 당시로 돌아가 당시 사람들의 입장에서 생각하는 것은 가르치는 나에게도 어렵기만 일하다. 이와 같은 방식은 아이들에게는 그저 지루했던 과거의 통일교육 방식이 아닐까. 내가 생각하는 통일교육은 친구들과 밥 먹고 이야기하며 놀고 즐기는 삶 과정에 남북의 사람들 이야기가 아이들의 삶에 녹여지는 것! 그것이 바로 내가 공부하고 있는 통일인문학이다.

분단이 싫어서

Episode 12.

통일! 너에게로 또다시

도상록

　오늘도 그림을 그린다. 그리움을 안고 통일의 그림을. 그리움 없이 그림을 그릴 수는 없다. 더군다나 통일의 그림임에랴. 통일을 만나 인사를 나누고 싶다.
　통일아 안녕! 너에게 가까이 가고 싶다.

북과의 첫 만남
- 친구야, 안녕

　초등학교 5학년 때로 기억한다. 쉬는 시간 복도가 왠지 소란스러웠다. 학생들이 아니고 선생님들 때문이었다. 선생님들이 둘러서서 무슨 사건이 터진 것처럼 상기된 얼굴로 이야기를 나누었고, 한 선생님은 트랜지스터라디오를 귀에 바싹대고 흥분된 얼굴로 '곧 통일이 어떻고' 하시면서 라디오에서 나오는 말소리를 귀가 빠지게 집중해서 듣고 계셨다. 나중에 안 사실이지만, 그 유명한 7.4 남북공동성명이 서울과 평양에서 동시에 발표되었는데 남쪽에서는 이후락 중앙정보부장이 성명서를 발표한 것이었다. 통일이라니! '반공 도덕' 책에는 북한 사람들이 밭에서 일을 하고 있는데 바로 옆에는 총을 멘 인민군이 감시를 하고 있었다. 아 얼마나 불쌍한 북한 사람들인가! 집단농장에서 인민군의 감시를 받으며 쉬지도 못하고 강제 노동을 해야하는 북한 사람들을 생각하면 너무 불쌍하고 인민군들이 그렇게 미울 수 없었다. 그런 북한과 통일을 한다고? 그때 내가 얼마나 북한 사람들을 동정했는지 모른다.

월요일은 전교생이 모이는 아침 조회가 열렸다. 주번만 남겨두고 모두 다 참여해야 하는 자리였다. 지금은 학교 운동장이 100미터 달리기도 겨우 할 만큼 좁지만, 그 당시 학교 운동장은 그래도 웬만한 운동은 할 수 있을 만큼 넓었다. 그러나 학생 수가 워낙 많아서 전교생이 운동장에 모이면 그야말로 입추의 여지가 없을 만큼 운동장은 꽉 차기 마련이었다. 보통 한 학년이 10반까지 있고 한 반에 평균 70명은 되었으니 대충 계산해도 1학년부터 6학년까지 4000명이 넘는 학생들이 있었다. 좀 쌀쌀한 날씨였던 것으

로 기억하는데, 교장 선생님께 경례를 하자 훈시가 시작되
었다. 일상적인 말씀 중에 문득 미국의 선거 이야기를 끄
집어 내셨다. 맥거번이라는 대통령 후보의 이름을 거론하
면서 그 사람이 미국 대통령이 되면 큰일 난다고 말씀하셨
다. 그는 우리 대한민국을 지켜주는 주한미군이 철수해야
한다고 대통령 공약으로 내놓았다는 것이다. 주한 미군은
대한민국을 지켜주는 정의로운 군대인데 대통령 후보자인
그가 주한 미군을 철수시키겠다고 했다는 것이다. 주한미
군이 철수하면 남한을 공산화 시키기 위해서 승냥이처럼
호시탐탐 노리고 있는 북한괴뢰군들이 언제 쳐들어올지
모른다는 말씀이었다. 그날 이후 나는 누구인지도 모르는
그 사람이 미국 대통령 선거에서 떨어지기를 빌었다.

　초등학교 5학년 때, 시쳇말로 절친으로 잘 어울려 다닌
몇몇의 동무들이 있었다. 박○○은 장학사인 아버님의 전
근으로 김천에서 대구로 전학을 와서 같은 반이 된 친구이
다. 박○○와 친해진 이유는 동물 기르는 취미가 있었고
우연히 같은 동네에 살았기 때문이다. 커다란 목장을 가지
는 것이 꿈인 나는 박○○와 금방 친해졌다. 우리 둘은 의
기투합하여 같은 반 동무인 서○○ 집에 가서 새끼 토끼
를 각각 한 마리씩 가져와 각자 집에서 키웠다. 새끼 토끼
는 둘 다 암놈이었다. 키워서 다 자라면 다시 새끼를 낳을
수 있다는 야심찬 생각에서였다. 서○○의 집은 양계장이
라고 할 만큼 많은 닭을 키우고 있었고 칸칸이 나뉘어진

토끼장에도 여러 마리의 토끼가 있었다. 서○○의 아버지가 새끼 토끼의 뒤를 까보고 암놈이라 하면서 선별해 주신 기억은 선명하게 남아 있다. 흰 런닝셔츠만 걸친 서○○의 아버지를 그날 처음 뵙고 그리고는 까마득히 잊고 살았다. 토끼 새끼를 분양 받아온 이후로는 서○○의 집에는 가보지 않았기 때문이다. 그렇게 중학생이 되었고 어느 날 서○○의 아버지가 간첩으로 잡혀갔다는 이야기가 소문처럼 떠돌아다녔다. 간첩이라니! 흰 런닝셔츠 차림의 같은 반 동무의 아버지가 간첩이라니 믿을 수 없었다. 간첩 아버지를 둔 동무는 간첩 이상의 불순한 인간이 되었다. 우린 약속이나 한 것처럼 그의 존재를 우리의 일상생활에서 지워버렸다.

순한 너무나 착한 빨갱이
- 다시 광주로

대한민국의 남성은 국방의 의무가 있다. 의무란 당연히 해야 할 일이니 대한민국의 남성은 누구나 국방의 의무를 해야 한다. 그러나 유력한 사회 인사들치고 제대로 국방의 의무를 다 한자도 드물거니와 그들의 자식들까지도 어떤 식으로든지 빠져나갈 수 있는 방법이 존재하는 곳이 대한민국이기도 하다. 1982년 8월에 논산 훈련소에 입영을 하여 그해 10월에 자대 배치를 받았고, 광주 상무대 9전차 대대 취사병으로 보직을 부여받았다. 그 당시 광주는 5. 18광주민중항쟁을 겪은 상처와 상흔이 많이 남아 있었다. 연병장에 도열 해둔 탱크와 장갑차엔 총탄 자국이 여기저기 또렷하게 남아 있었다. 경상도 대구 사람이 그 무서운? 광주에서 군 생활을 시작한 것이다. 일요일이면 부대원들이 대빗자루를 들고 모여 광주 시내로 대민 지원을 나갔다. 군인들이 광주 시내를 청소해 주었다. 속으로 '참 잘하는 일이다'라고 생각을 했었다. 어느 날 새벽녘 보초 교대를 기다리던 동료 한 명이 다른 부대원에게 하는 이야기가 들려왔다. "광주 사람 30%가 다 간첩이다"고. 잠결에 그 이야기를 들으며 온몸이 오싹했던 기억이 떠오른다. 그러나 군 생활 중에 무서운 간첩인 광주 사람들로부터 불이익을 당한 적은 단 한 번도 없었다. 오히려 광주가 고향인 취사반 책임자인 상사계급의 취사반장님은 뒤늦게 대학에 들어가고 싶어서 부식 창고 한켠에서 틈나는 대로 공부하고 있는 나에게 필요한 참고서를 열심히 구입해서 갖다 주셨다.

1984년 겨울, 취사병은 부대원들에게 더 질 높은 식사를 준비하기 위한 하나의 방편으로 급양대(給養隊)에 교육을 받으러 갔다. 주로 이론교육이었다. 거기서 뜻밖의 이야기를 들었다. 급양대 선임하사가 이런저런 신변잡기 이야기를 하다가 불현듯 5. 18 이야기를 끄집어내었다. 부부로 보이는 사람이 끌려오는 것을 보았는데, 다음날 보니까 얼굴이 퉁퉁 부어 죽어있었다고 했다. 급양대 교육장 건너편에 충혼탑이 세워져 있었다. 그런데 충격적인 이야기는 상무대로 끌려온 광주 사람들의 시체를 그 아래에 묻고 충혼탑을 세웠다는 것이다. 끌려온 사람은 나라를 전복하려고 했던 폭도들이라서 그들의 죽음은 마땅한 것이었다.

대대원들이 대빗자루를 들고 광주 시내 청소를 하러 나간 것은 대민봉사를 가장하여 또 있을 수 있는 광주폭동에 대비하기 위해서 지형지물을 익히러 나간 것이라는 것을 그즈음 고참병으로부터 들었다. 참 어이없는 발상이었다. 언제든 무고한 사람들을 다시 희생양으로 삼을 수 있다는 권력자들의 시각이었다. 광주의 상흔을 제대로 이해하지도 못한 채, 나는 제대를 했다.

제대하고 나서 곧바로 입시 학원에 등록을 하고 부지런히 집과 학원을 오갔다. 목표는 오로지 영남대학교 축산과였다. 제대하기 전 특별휴가를 받고 체력장 시험을 보고 예비고사를 치뤘었다. 턱없이 낮은 점수가 나왔지만, 영남대학교 축산과에 원서를 넣었다. 면접을 보러간 내게 "자네 이 점수로 축산학과에 들어오려고 했나?"라는 교수님의 물음에 난 "내년에 다시 오겠습니다"라고 답하고 부대로 돌아왔다. 1986년 난 운 좋게 영남대학교 축산학과에 입학을 했다. 내가 원한 과였으므로 공부는 흥미로웠다. 그러나 시절은 열심히 학문을 갈고 닦는 것을 허락하지 않았다. '서울의 봄'의 좌절은 나라를 바로 세우고자 하는 생민들의 열정을 오히려 더 자극하였고 '군부독재 타도'라는 공동의 목표가 너무나 명확했다. 광주의 진실이 한겹 한겹 벗겨지면서 주구인 미국을 향한 증오는 반미 운동으로 봇물처럼 터져 나왔다. 광주학살의 비디오가 공공연하게 유포되어 학살 책임자들을 향한 분노는 극에 달하고 있었다.

1988년 5월 18일인지 19일인지는 정확하게 기억나지 않지만, 총학에서 학교 버스를 대절 하여 광주 망월동 묘지를 참배하는 행사를 가졌다. 나는 학교에 입학하자마자 '농촌연구회'라는 동아리에 가입을 했는데, 동아리 이름이 너무 마음에 들었다. 농촌을 연구하여 바람직하게 발전된 농촌을 만드는데 조금이라도 도움이 되고 싶었던 것이다. 동아리 선배들의 권유로 우린 학교 버스를 타고 광주 망월동 묘지로 갔다. 이미 많은 이들이 와서 추모 행사가 이곳저곳 벌어지고 있었다. 그때 거기서 5·18 희생자인 조성만의 장례가 치루어지는 것을 보았다. 묏자리는 뗏짱도 입히지 않은 붉은 황토색이었다. 그가 속해 있던 민속연구회 남녀동아리 회원들은 흰색 치마저고리와 바지저고리를 입고 평소 그가 즐겨 불렀다는 농민가를 구성지게 불렀다. 지금은 국립 5.18 민주묘지로 이름이 바뀐 망월동 묘지의 첫인상은 분노와 슬픔이었다. 지금도 해마다 한 번은 광주 5.18 민주묘지를 찾는다. 그리고 그 조성만을 만난다. 안경 너머에서 여전히 빛나고 있는 눈빛과 이지적인 모습을 보면서 아깝다는 생각을 한다.

밥상 위의 분단
- 그래도 함께 먹자

영남대학교는 박정희가 김일성 종합대학에 대응하기 위해서 세워졌다. 영남대학교는 대구 근교인 경산 압량벌에 세워져 있는데 20층 높이의 중앙도서관은 영남대학교의 랜드마크라고 할 수 있는데, 박정희가 김일성 종합대학보다 1층 더 높이 올려야 한다고 해서 지어진 건물이다. 민주화의 바람은 학내민주화를 요구하는 방향으로도 흘렀다. 그 당시 영남대학교는 박정희의 딸 박근혜가 이사장 자리를 차지하고 있었다. 독재자의 딸이 이사장으로 있게 할 수 없었다. 그래서 총학 차원에서 무기한 총장실 점거 농성에 들어갔다. 박근혜가 이사장으로 물러나지 않는 한 점거 농성은 끝날 수 없었다. 맨 처음 우리들이 취한 행동은 총장실에 걸려있는 박근혜의 사진을 떼어내는 일이었다. 용감무쌍한 농축대 학우들이 박근혜의 사진을 떼어냈다. 그 당시 학생운동은 불꽃같았다. 결국, 박근혜는 이사장직을 내려놓을 수밖에 없었다. 그리고 1989년 평양축전에 임수경을 비밀리에 방북시킨 전대협의 통일운동은 그 정점을 찍고 있었다.

영남대학교 축산학과를 졸업하고 곧바로 일할 곳을 정했다. 학교 다닐 때 워낙에 동서화합이라는 말이 무성했기에 전라도 여자와 결혼하여 동서화합을 실천하고 싶었다. 어머니께 전라도 색시를 모셔오겠다고 약속을 하고 전공을 살려 전라북도 고창에 있는 고창양계에 취직을 했다. 고창양계는 알 낳는 닭을 생산하는 종계장이었다. 그 당시 시중에 유통되는 달걀의 30%는 고창양계에서 종란(種卵)을 받아 자체 부화하여 깐 병아리를 전국 각지의 양계장으로 보내 암탉으로 키운 후에 낳은 달걀이었다. 종계가 될 병아리는 미국에서 수입해 왔는데, 한국사람들이 큰 달걀을 좋아하는 기호성까지 파악하여 육종된 병아리였다. 마리당 그 당시 가격으로 5만 원이었으며 비행기를 타고 올 때 보험까지 들여서 공수를 해왔다. 암수가 같이 넓은 운동장에서 마음껏 뛰어놀며 자연 교미가 이루어진 수정란이 바람직했지만, 우리나라 축산이 집약적 축산이라 닭들은 3단으로 이루어진 케이지라는 철망에 갇혀 단위 면적당 가장 효율이 높은 시스템에 노출된 살아있는 기계였다. 그러다보니 알 수 없는 증세를 보이는 닭들이 종종 출현했다. 그런 닭들은 가차 없이 도태의 대상이 되었다. 내가 관리하는 계사 동에도 이상한 증세를 보이는 닭들이 가끔씩 나타나곤 했는데 죽일 수는 없어서 그냥 거름더미에 버렸다. 어차피 죽을 목숨이니 조금이라도 더 살아보라는 나의 배려였다. 며칠 뒤에 우연히 거름 더미 옆을 지나는데, 멀쩡하게 생긴 닭 한 마리가 거름을 뒤지면서 먹이를 찾고 있었다. 가만히 보니 며칠 전 내가 버린 바로 그 닭이었다. 케이지에 갇혀 있던 환경으로 인하여 이상 증세를 보였을 뿐 땅을 밟으니 생명의 본성을 찾은 것이다. 우리나라의 축산시스템에 회의가 들었다. 축산을 천직이라고 생각했던 신념이 흔들리기 시작했다. 땅과 소통하지 못하는 사육! 공장식 축산과 헤어질 결심을 했다. 고창양계를 떠나는 것으로 전라도에서 아내 될 사람을 찾아야겠다는 동서화합의 꿈도 수포가 되어버렸다.

　다른 일을 찾던 중, 어느 날 우연히 한겨레신문에서 한살림 구인 광고를 보았다. '한살림'이라는 이름의 느낌이 좋았다. 제출 서류는 한살림에서 어떤 마음으로 일을 할 것인지를 자기소개서 양식으로 보내면 되었고 무엇보다도 끌림이 있었던 것은 학력 불문이었다. 다만 당락은 인사위원회가 따로 있는 것이 아니라 전 직원이 모여서 자기소개서를 공유한 다음 전원 찬성해야 하는 까다로운? 조건으로 결정되었다. 후일 들은 이야기이지만 강력하게 반대한 사람이 있었는데, 이사장님이 잘 실득하여 한살림의 식구가 될 수 있었다고 한다. 한살림과의 인연으로 많은 것들이 달라졌다. 한살림은 친환경 농산물을 도농 직거래하는 생활협동조합으로 생산자는 주로 가톨릭농민회에 몸담고 있는 농민이 대부분이었다. 그들의 말을 빌리면 아스팔트 농사의 한계를 자각하고 친환경 농사가 필요함을 깨달으면서 생명 살림의 농업의 전환을 모색하게 되었다고 했다. 제초제와 농약 그리고 화학비료로 농사를 지으면서 벌어지는 뭇 생명들의 살상과 농부 자신들도 농약에 중독되는 상황을 겪으면서 진정한 먹을거리의 생산을 각성하게 된 것이다. 특히 그들은 밥상 위에 도사리고 있는 분단을 걷어내지 못하면 통일은 요원하다고 주장했다. 휴전선만이 분단의 상징이 아니라는 것이었다. 우리의 일상 곳곳에 분단의 그림자가 서려 있는데, 밥상이 그 대표적인 분단의 상징이라는 것이다. 자본가들을 살찌우게 하려면 저임금으로 부려먹을 수 있는 노동자가 필요한데, 그러기 위해선, 저 농산물 가격정책이 필요한 것이다. 저 농산물 가격정책은 화학물질을 이용한 집약적 농법이 필요했다. 집약적 농업은 자연을 파괴하고 불평등한 인간관계를 낳을 수밖에 없다. 따라서 밥상이 민주화되지 않으면 사회가 민주화가 될 수 없고 사회 민주화 없이 통일은 허상이라는 것이다.

한살림에서 추구하는 이상을 통해 하늘·땅·사람과 벌레들이 함께 살아갈 수 있다는 믿음이 생겼다. 그러한 내면의 변화를 맞이하면서 공들여 공부한 축산과 이별을 했다. 소고기 1kg 만들기 위해서는 곡물이 7kg이 필요하다는 사실도 알았고, 1,500리터의 물이 필요하다는 사실도 알게 되었다. 소고기를 먹는 것은 기아에 허덕이는 수많은 나라의 사람들에게 죄를 짓고 있다는 것도 알았다. 그래서 한동안 완전한 채식주의자가 되기도 했지만, 지금은 적당하게 타협한다. 집에서 밥을 해 먹을 때는 거의 육식은 하지 않지만, 사람들을 만나서 밥을 나누려면 한국에서 채식은 불편하기도 하고 마땅한 식당을 찾기도 힘들기 때문이다. 1990년대, 성장호르몬을 이용하여 생산된 미국의 소고기가 유럽에서 외면받자 판매 전략을 수정하여 한국 같은 전통적으로 채식 위주의 식생활에 익숙해 있던 나라들에게 싼값으로 소고기를 수출하게 되었다. 그 전략은 먹혀들어 지금 한국사람들의 밥상엔 고기가 빠지면 뭔가 허전하게 생각할 만큼 먹거리 문화가 바뀌게 되었다.

미국과 영국에서 불어온 세계화의 바람은 무한 경쟁의 시대를 만들었고 그 결과 '밥상 공동체' 문화를 철저하게 파괴하여 버렸다. 통일은 밥상 공동체로의 회귀와 그 궤를 같이한다. 따로 밥상을 차리고 혹은 밥상을 독차지하는 사회관계 속에서 민주화는 거리가 멀어진다. 그것은 또한 통일논의도 멀어짐을 의미한다. 바빠 살아가더라도 밥은 함께 먹는 문화기억의 되살림이 필요하다. 밥상 위에서 정의가 이루어지고 밥상이 평등해야 통일을 논할 수 있게 된다는 것이다. 그렇다! 통일은 거저 이루어지지 않는다. 통일은 '과정의 통일'이고 '사람의 통일'이다. 물리적으로 멀어져 있더라도 마음의 밥상이라도 같이 차린다는 생각으로 살아갔으면 한다. 그렇게 할 수 있을 때 민주주의는 더 탄탄해지고 통일은 더욱 가까워지는 것이다.

하나 되어
안녕

2007년 평양을 갈 기회가 생겼다. 그 당시 '겨레하나'에 소속되어 있는 콩우유 사업본부 운영 이사로 있었다. 콩우유 사업은 회원들의 회비로 중국산 콩을 사서 단둥을 통해서 평양으로 보내면 두유로 만들어 평양 인근 유치원생들에게 두유를 먹게 하는 대북 지원 사업이었다. 두유를 만드는 기계는 콩우유 사업본부 회원이 특수제작한 기계인데 콩을 넣으면 두유와 비지가 동시에 만들어져 북쪽에서도 상당한 호평을 받았다.

2007년 9월 중순쯤 인천공항에서 대한항공편으로 곧바로 평양으로 갔다. 군사분계선을 넘을 수 없으므로 일단 비행기는 서해 바다 공해로 나가서 평양으로 향했다. 이 역시 분단의 아픔이다. 새들은 마음대로 군사분계선을 넘는데, 사람은 넘지 못한다. 전쟁을 일시 중단한 휴전선이 엄연히 가로놓여 있기 때문이다. 평양을 가려면 중국을 경유하는 것이 보통이지만, 참여정부는 직항을 허락해 주었다. 인천서 평양까지 1시간 정도밖에 걸리지 않았다. 이렇게 지척인데 우린 왜 서로를 방문하는 것조차도 자유롭지 못할까 하는 의구심이 깊게 들었다. 평양은 굶주림 속 '고난의 행군' 후유증은 어느 정도 해소된 듯했다. 안내원의 첫 질문은 "선생은 평양에 몇 번이나 왔소"였다. 나중에 콩우유 사업본부 위원장님한테 들은 이야기인데 그들은 북쪽을 방문한 횟수에 비례해서 속내를 털어놓는다고 했다. 우리 쪽 위원장님은 십 수 차례 평양을 방문하였기에 고난의 행군 시절 중간 간부급들의 희생이 컸었다는 사실도 허심탄회하게 들려주더라는 것이다. 남쪽과 똑같이 생긴 사람들, 그리고 무엇보다 말이 통한다는 것이다. 이런 조건을 가지고 있는데, 우리가 함께하지 못할 것이 무엇이 있단 말인가? 중국과 대만은 소위 '양안 문제'로 갈등을 하고 있지만, 오가는 것이 열려 있음을 기억할 필요가 있다.

여러 군데를 들렀지만, 지면상 다 옮길 수 없고 두 군데 일정을 소개하려 한다. 하나는 백두산의 천지를 만난 것이다. 평양에서 고려 항공편으로 삼지연 공항까지 이동하여 다시 버스를 갈아타고 백두산의 비포장길을 달렸다. 창밖의 숲은 원시림이라 힐 만큼 태고적 신비를 간직하고 있었다. 중턱쯤 이르러 버스에서 내리니 일종의 레일바이크라고 할 수 있는 지상 궤도열차 역이 나왔다. 9월 중순인데 이틀 전에 내린 눈이 녹지 않고 그대로 쌓여 있었다. 지상 궤도열차에서 내려서 조금 올라가니 천지가 펼쳐진다. 그 순간은 그냥 전율이다. 도무지 믿기지 않는 천지창조의 순간을 상상하게 했다. 5대가 덕을 쌓아야 천지의 참모습을 볼 수 있다고 안내원이 농담조로 이른다. 정상에는 복사열 때문인지 눈은 쌓여 있지 않아 최적의 조건에서 천지를 만났다. 인혁당 사건의 희생자인 도예종 선생의 아내 되시는 신동숙 선생님이 내가 대신 메고 간 배낭을 달라고 하신다. 그 안에서 하얀 치마저고리를 꺼내어 갈아입으시고 천지를 향해 오랫동안 절을 하신다. 평화로운 남북통일을 위해 우리도 함께 마음을 모았다. 내려올 때는 백두산 능선을 제법 걸었다. 산은 이미 겨울나기를 준비하고 있었다. 수많은 야생화들이 무리를 지어 벌레들을 기다리고 있었다. 그 꽃들 사이에 자리를 잡고 앉아 도시락을 먹었다. 음식의 맛보다 더 깊은 감흥이 왔다. 시간 날 때마다 이렇게 백두산 자락을 넘나들면서 북쪽 사람들과 마음을 나누다 보면 통일은 서서히 다가오리라는 굳은 믿음이 생겼다.

남쪽으로 돌아오기 이틀 전 능라도 5.1경기장에서 아리랑 집체극이 있었다. 노무현 정부도 아리랑 집체극은 관람하지 못하도록 방침을 세워두었지만, 우리 일행은 북쪽 안내원과 타협을 하여 자리를 배정받았다. 사실 그때 겨레하나에 소속된 몇몇 단체들이 함께 북을 방문했는데, 아리랑 집체극을 관람한 단체는 우리 일행뿐이었다. 배정받은 자리는 집체극을 관람하기 좋은 자리였다. 빈자리가 없을 만큼 평양시민과 학생들 그리고 많은 외국인들이 함께 관람을 하였는데, 듣던 것 이상으로 훌륭한 집체극이었다. 인간이 할 수 있는 이상의 집체극이라고 해야 할 정도로 모든 것이 놀랄 만큼 훌륭했다. 외국인들은 연신 원더풀!을 연호했다.

콩우유 탑차가 카드섹션으로 나타났다. 북에서는 콩우

유를 실은 탑차가 구급차와 소방차처럼 대접을 받는다. 아이들에게 신선한 두유를 먹게 하는 것에 그만큼 의미를 두고 있는 것이다. 오래도록 콩우유 탑차를 보여 주었다. 그것은 우리들에 대한 고마움의 표시였다. 그만큼 그들은 세심한 부분까지 신경을 써주었다. 환상적인 집체극이 끝나고 무대가 잠시 환해졌다. 집체극에 참여했던 모든 인원들이 썰물처럼 빠져나간 빈자리에 푸른색 리본 하나가 떨어져 있었다. 10만 명이 연출한 집체극의 완벽함 속에 드러나는 인간미라고 할까? 무대는 이내 어두워지고 오랜 박수갈채와 함께 아리랑 공연은 마무리되었다. 무어라 할 수 없는 감정이 올라온다. 나의 눈을 사로잡은 50센티 안팎의 리본 하나가 같은 민족이라는 끈끈함으로 다시 하나로 묶는다. 우린 어차피 하나였고 지금도 하나이고 미래에도 하나일 수밖에 없다고.

기억은 아픔을 보듬고
– 친구야, 다시 안녕

1999년 미군에 의한 노근리 학살사건이 사회적 이슈로 떠올랐다. 군인이 아닌 민간인을 충북 영동의 노근리 쌍굴다리 안에 가둬두고 무차별 총격을 가하여 200여 명을 학살한 사건이었다. 민간인 안에 인민군이 끼어 있다고 판단

255 Episode 12. 통일! 네 얘기로 또다시

되어 색출하는 과정에서 그런 일이 벌어졌다는 설과 전쟁의 트라우마로 인한 미군들에 의해서 우발적으로 벌어진 사건이라는 설이 있지만, 진실은 밝혀진 것이 없다. 학살만이 진실일 뿐! 그즈음 아버지께서 할머니의 산소 자리를 말씀하시면서 눈에 잘 띄는 곳에 위치한 할머니 집에 미군 전투기가 무차별 기총소사로 고모 두 분과 할머니가 돌아가셨다는 사실을 뒤늦게 말씀하셨다. 고모들은 어리기 때문에 할머니 묘소 옆에 봉분 없이 묻었다는 기가 막힌 말씀을 하셨다. 울분이 쳐 올라 당장 신고를 해야 한다고 자리에서 일어서는 나를 앉히면서 부질없는 행동이라고 말씀하셨다. 그때 아버지 말씀을 듣지 않아야 마땅했다. 진실은 기억을 되살리고, 아픔은 치유하는 후속작업이 필요한데 우리 주변에는 이렇게 잊혀져 버리는 기억이 수도 없이 많다. 동학농민혁명에 가담했던 조상을 둔 사람들은 숨죽여 살아야 했고, 가깝게는 5.18 광주민중항쟁에 참여했던 이들도 죄인처럼 살아야 했었다. 그러나 진실은 밝혀지고 드러난다.

2018년으로 기억한다. 설 쇠러 대구에 갔다가 설 다음날 초등학교 친구들을 만났다. 김ㅇㅇ, 박ㅇㅇ, 서ㅇㅇ, 그리고 나 이렇게 넷이서 수성못 근방의 찻집에서 오랜만에 얼굴을 마주했다. 시간이 많이 흘러 서ㅇㅇ에 대한 기억은 무디어지기도 했거니와 그의 아버지가 간첩이었다는 이유로 터부시할 그런 시대도 아니었다. 물론 국가보안법이 살아있다는 것은 별개의 문제였다. 사업 이야기 등 일상적인 이야기가 오가다가 불현듯 서○○이 자신의 아버지 이야기를 끄집어 내었다. 서○○의 아버지 존함은 서도원이고 인혁당 재건위 사건으로 사형을 당한 여덟 분 중 한 분이시라는 것을 그 자리에서 담담하게 이야기했다. 너무나 큰 충격이었다. 서○○의 아버지가 서도원 선생이었다니! 당시 국제법학자 협회는 이날을 '사법사상 암흑의 날'로 선포했을 만큼 박정희 정권은 장기 집권의 기틀을 마련하기 위해 사람의 목숨까지도 함부로 하는 잔인함을 보였다. 나는 그날 서○○의 이야기를 듣고 친구들이 있는 자리에서 깊은 사과를 했다. 너무 무심했노라고 어떻게 서도원 선생님과 친구 서○○을 연계하여 한 번도 생각해 본 적이 없었는가를 회한에 찬 어조로 스스로 나무라면서 말이다. 흰색 런닝셔츠 차림의 아저씨는 간첩이 아니고 이 땅의 민주화와 통일을 위해 애쓰신 민주 인사였음을 40년이 지난 시점에서 비로소 알게 된 것이다. 다시 살아난 진실을 마주하게 된 순간이었다. 그야말로 잔인하고 속절없는 세월이었다. 매년 4월 9일 인혁당 사건으로 희생당하신 선생님들을 추모하는 행사장에는 갔었지만 서○○은 나에게 잊혀진 친구였을 뿐이다.

통일을 그리고 싶다
- 이제 안녕히

서울 봉천동 낙성대 '만남의 집'엔 남파 공작원이었던 나이 지긋한 노인 세 분이 사신다. 공작 임무를 띠고 내려왔지만, 체포되어 국가보안법으로 십 수 년을 옥살이를 마치고 지금은 북으로 돌아갈 날만을 기다리고 계신다. 세상에서는 그들을 비전향 장기수라고 부른다. 양원진(96세 29년 6개월 복역), 김영식(92세 27년 복역), 박희성(91세 17년 복역) 어른들이다. 2000년 6.15 공동선언 약속에 따라 63명의 비전향 장기수가 송환되었다. 그 후 미처 송환되지 못한 비전향 장기수 33명이 2차로 송환을 희망했지만, 미루어지다 많은 분들이 분단의 한을 안고 돌아가시고 현재 낙성대에 계신 세 분을 포함하여 10명이 생존해 계신다. 올해 몇 분이 돌아가실지 모른다. 이것은 이념이나 체제의 우월성으로 저울질할 사안이 아니다. 인류나 천륜으로 바라보아야 한다. 그들을 계속하여 남쪽에 붙잡아 둘 명분이 없음에도 역대 정권은 그들을 북으로 돌려보내지 않고 있다.

다만, 보내지 않아도 될 것을 북쪽으로 보냈다. 탈북민 단체 자유북한운동연합이 지난 5월 10일 밤 11시경, 강화도에서 대북 전단을 담은 대형 풍선 20개를 북쪽으로 날려보냈다. 그러자 북에서 바로 답장(?)을 보내왔다. 담배꽁초, 퇴비, 폐건전지, 천 조각 등 각종 쓰레기가 들어 있는 적재

물을 풍선에 매달려 보내온 것이다. 가는 말이 고와야 오는 말도 고운 법인데, 가는 말이 곱지 않았다. 파주시 탄현면에 사는 한 주민은 "그냥 (대북 전단) 안 보내고 (오물풍선) 안 받으면 될 일을 왜 이렇게 힘들게 하는지 모르겠어. 우린 그냥 조용히 살면 좋겠어. 평화가 뭐 있어?"라고 말한다.

나의 바람을 담은 풍선을 북쪽으로 날려 보내고 싶다. 만나고 싶다고, 보고 싶다고 그런 절절한 마음을 손수 적어 띄어 보내고 싶다. 그러면 오물 풍선 대신에 만나고 싶고, 보고 싶다는 답장이 풍선에 매달려 올 것이다. 오색 풍선에 담겨 두둥실.

나에겐 소원 하나와 하고 싶은 일이 하나 있다. 소원은 남북의 통일이다. 통합이라고 해도 괜찮겠다. 하고 싶은 일은 개성에서 재배된 인삼을 휴전선 넘어 남쪽 땅으로 가져와서 남쪽의 생민들을 이롭게 하고 싶다. 지금 우리는 분단과 마주하고 있는 현실을 어떻게 성찰하고 있는가? 앞선 세대들이 분단극복을 위해서 그리고 남북의 소통과 통합을 위해서 무엇을 했는지 따져 묻기보다는 우리는 지금 무엇을 하고 있는지 돌아보고 성찰하여야 한다. 남남갈등과 세대간의 갈등 등 우리 안의 분단과 철조망을 걷어내어야 한다. 내재 된 분단의 철조망을 걷어내지 못하고 남북의 자유로운 교류나 통합을 바라거나 주장하는 것은 공허한 수사일 뿐이다.

분단은 남북의 모든 생민들의 삶을 분절시켰다. 더 나은 삶을 위한 주체성과 창조성을 발휘하지 못하게 했고 상상력의 사고를 앗아가 버렸다. 우리 민족은 수천 년 동안 종족적 단위와 정치적 단위가 일치하는 역사적 국가(historical states)를 형성하면서 공통의 문화를 향유하면서 살아왔다. 그러므로 외부의 힘으로 강제된 분단을 극복하지 않는 한 남과 북은 끊임없이 갈등하고 연민하며 삶을 고갈시킬 것이다. 따라서 분단을 극복하기 위한 노력 또한 끊임없이 사유 되어야 한다. 언젠가 통일과 만나게 될 것이다. 통일과 만나는 날은 통일과 헤어지는 날이다. 미래의 그리움을 그려보고 싶다. 그래서, 그리움을 안고 통일아 안녕!

Episode 13.

트라우마와 역사적 트라우마, 그리고 그것의
치유를 고민하는 다양한 나라, 전공, 직업을
가진 사람들의 저서들

역사적 트라우마, 그런다고 치유돼요?

박솔지

의외겠지만,
이 이야기는 이렇게 시작된다

요 몇 년 트로트 열풍에 동참해서 아바(ABBA)나 스모키 (Smokie) 같은 그룹의 노래를 즐겨듣던 엄마는 트로트 삼매경이 되었다. 언제부터 저렇게 본인이 트로트를 사랑했다고. 그 지점은 새삼스럽지만, 엄마가 줄곧 음악을 좋아했던 건 사실이다. 다시 태어나면 가수로 살아보고 싶다는 얘기를 아주 많이 들었을 만큼이나.

이번 생에서는 이루지 못할 꿈을 대신 꾸느라 트로트에 빠진 건지, 아니면 남들이 하도 들으니까 본인도 빠지기 싫어서 유행에 편승해 보려는 건지 어쩐지 몰라도 집에서 라디오 틀어놓은 듯 트로트가 나온 지 꽤 오래되었다. 그러다 어느 날 문득, 엄마가 유독 "야, 저 노래 우리 아버지가 진짜 잘하는데.", "아, 우리 아버지 생각난다."라는 말을 하며 노래 프로그램을 열심히 보고 있다는 것을 느꼈다. 그래서 이 사태는 어쩌면 아버지가 보고 싶어서 시작된 일이 아닌가 하는, 증명할 수 없는 결론을 혼자 내렸다.

엄마 말에 의하면 그렇게 노래를 잘하고 흥이 있었다던 할아버지, 그가 흥겹게 노래하시던 모습이 사실 내 기억 속에는 없다. 다만 엄마를 포함, 다섯 남매가 모두 한 가닥씩은 하는 수준들이었던 걸 생각하면 확실히 할아버지가 노래를 잘하시긴 한 모양이다. 자신의 흥이 아버지를 닮았을 것이라고 추정하고 주장하는 엄마의 이야기 속에서도 할머니로부터 물려받은 흥의 요소에 대한 언급은 분명 없었다.

그러나 그것이 결코 근거 없는 주장은 아니라는 것을 최근 알게 되긴 했다. 재작년인가, 명절 때 뵈러 갔던 할머니가 이런저런 수다를 떠는 식구들을 물끄러미 보다가 느닷없이 정체를 알 수 없는 노래를 부르시는 바람에 알게 된 거였다. 그리고 나는 그날 이후로 아주 확실히 알았다. 이 집안 식구들이 노래를 잘하는 건 할머니랑은 정말로 아무 상관이 없다는 것을.

그녀의
사연

    할머니는 이제 기억을 거의 다 잃어버리신 모양이다. 치매가 진행된 지 10년이 훌쩍 넘었고, 지금은 가족들을 거의 못 알아보게 되신 지도 7년이 넘어가고 있다. 그럼에도 할머니는 여전히 자신의 이름은 확실하게 기억하고 있다. 또 그날그날 컨디션에 따라 약간씩 달라지기는 하지만 자식 중 막내아들 한 사람만은 줄곧 알아본다. 아마도 그가 형, 누나들과는 달리 태어난 이래 성인이 되기까지 단 한 번도 할머니와 떨어져 살지 않았던 유일한 사람이고 늘 가까이에 살며 자주 보았던 사람이라 그런 것 같다.

    그러나 막내 외삼촌, 그는 언젠가부터 이름이 바뀌고 말았다. 몇 년 전인가부터 할머니에게 "내가 누구야? 내 이름이 뭐야?"라고 묻는 외삼촌의 질문에 대한 답변에 낯선 이름이 등장하기 시작했다. 식구들이 모여 머리를 맞대고 그 이름의 주인이 누군가 추적을 하다가 겨우 알아낸 사람이 있었다. 바로 세상을 떠난 지 30년 가까이 된 할머니의 하나뿐인 형제, 자기 오빠의 이름이었던 것이다. 그 할아버지가 살아계셨을 때도 조카인 본인들이 그분을 외삼촌이라고만 불렀으니, 오랜만에 뜬금없이 그 이름을 들었을 때 누군지 바로 알아차릴 수가 없었던 것이다.

    할머니는 요즘에도 아주 이따금 막내딸, 며느리, 손녀까지 알뜰하게 구분해서 식구들을 알아볼 때가 있다. 하지만 그들의 이름은 무엇인지 떠올리지 못한다. "그것까지는 몰라요."라고 남에게 말하듯 답을 하실 뿐. 그러다가도 어떤 날은 할머니에게서 이름들이 나올 때도 있기는 한데, 그들은 모두 윤 씨 성을 가졌다. 첫째 딸만이 겨우 기억하는, 연락도 다 끊겨 어디서 어떻게 사는지도 모르는 할머니의 옛 사촌들 이름. 그래서 어느 날은 큰이모가 낯설어진 그 이름들만 이야기하는 할머니를 보며 조금 퉁명스럽게 한 마디 툭 내뱉었다.

"문 씨는 머릿속에서 다 지웠네. 아주 지독하게도 싫은가 보지?"

정말로 그런지도 모른다. 어쩌면 진짜로 싫어서. 할머니에게 서운한 듯 물은 이모도 아마 그럴지도 모른다고 생각했기 때문에 그렇게 물었을 것이다. 오랜 세월 함께 살았던 남편과의 시간이 전쟁 같았기 때문이라는 것을 우리 모두 알고 있으니까.

할머니는 알코올성 치매로 진단을 받고 우여곡절 끝에 요양원 생활을 시작하셨다. 나는 할머니를 지켜보며 알코올과 치매의 콜라보는 그 위력이 어마어마하다는 것만은 아주 잘 알게 되었다. 알코올과 치매의 직접적인 상관관계까지는 모르겠지만 할머니가 술을 많이 드신 건 사실이다. 내가 할머니와 보낸 시간은 제법 많은 편인데 그 시간을 굳이 나눠서 보자면 한 5할 정도는 주로 취해 계셨으니까, 결코 적은 양은 아니었을 거다.

요양원에 가실 정도로 치매가 진행되기 전, 그러니까 자녀들은 치매가 진행되고 있는 줄은 모르고 '또, 또 술에 취해서 저러지' 싶은 정도만 알고 있던 때에 할머니가 한동안 우리 집에서 지내신 적이 있었다. 그때 나는 고등학생이었는데 내가 할머니의 얘기를 가장 많이 들었던 때기도 하다. 할머니는 술에 취한 그녀의 모습을 보는 게 진절머리 나는 자녀들은 들어주지도 않는 이야기를 나에게는 아주 많이 해주셨다. 자신의 아버지와 할아버지를 일본 순사가 와서 잡아가서는 다시는 못 봤다는 얘기, 밭에서 일하다 뱀을 만났을 때는 어떻게 잡아야 하는지, 그렇게 자신이 잡은 뱀들의 생김새와 종류들은 어떤지, 인천에 살 때 할아버지한테 땅을 조금이라도 사자고 했는데 기어코 안 사서 지금 어떠냐는 얘기 등. 술 한 잔 안 드셨을 때는 좀 쌀쌀맞다 싶을 정도로 별로 말도 없는 사람이 술이 들어가면 별별 이야기들을 참 많이도 하셨다.

그 이야기보따리 속에는 본인이 술을 시작한 사연도 있었다. 할머니는 내게 자신이 술을 배운 이유가 아파서였다고 하셨다. 여기도 아프고 저기도 아프고 뼈가 다 쑤셔서 병원을 갔는데도 안 낫고, 좋다는 약을 해 먹어도 아파서

혼자인 걸 알아서

266

해결책을 못 찾았는데 어느 날 누구 아줌마가 가시오가피 술을 약술이라고 마셔보라고 줬다는 거다. 그걸 먹으니까 그래도 정말 덜 아파서, 그래서 먹기 시작했다고.

　나중에 엄마의 기억하고 같이 더듬으며 그 시기를 추적해 봤더니, 그즈음은 할머니의 갱년기가 진행되던 때였다. 엄마는 할머니가 자신이 중학교 때부터 술을 마시기 시작했다고 기억하고 있었다. 어쨌거나 늦게 배운 도둑질이 무섭다고 그 이후로 할머니는 무섭게 술을 드셨다. 많이, 아주 많이.

　그러나 단지 갱년기만이 그녀의 그런 선택의 이유가 아니라는 것은 우리 모두가 알았다. 할머니가 술의 힘을 빌려 이겨내야 하는 고통의 사연에는 남편과 오랫동안 쌓아 온 묵은 문제가 있었다. 내가 초등학교를 다니던 때의 어느 날, 나는 할아버지가 우리 집으로 와서는 엄마랑 아빠에게 하는 이야기를 들었다.

　"너네 엄마가 나 때려죽이려고 한다."

　이게 뭔 소린가, 싶었는데 나중에 이 말을 들은 외가 식구들의 반응이 더 대박이었다.

　"이제 복수전이다."

그의
사연

엄마가 너무나 사랑하는 자신의 아버지, 나의 외할아버지는 군인이셨다. '고등학생 때 터진 한국전쟁에 학도병으로 끌려가서' 처음 군인이 되었다는 그는 그때도 군대가 잘 맞지 않았는지 전쟁이 끝난 후 곧 제대했다고 한다. 하지만 얼마 안 가 결혼도 하고 동생들도 줄줄이 있는 장남의 처지인 그가 그 시절에 군인만큼 안정적인 직장을 구하기 어려웠던 모양이었는지 다시 입대해 결국 직업 군인이 되었다. 아버지의 근무지에 따라 식구는 옮겨가기 마련. 그래서 이 집의 첫째부터 셋째까지는 강원도 인제에서, 넷째와 막내는 부산에서 태어났다.

넷째인 엄마는 1964년생, 막내 삼촌은 1967년생이다. 부산에 살 때, 엄마는 자신이 동생을 등에 업은 엄마와 손을 잡고 함께 월남전에 가는 아버지를 배웅했다고 기억하고 있다. 화환을 목에 건 잘생긴 아버지가 엄청나게 큰 배에 올라서 자신을 보며 손을 흔들어 줬다고 내게도 몇 번이나 이야기했었다. 그러니 아마도 할아버지는 1968년 파병 때 베트남에 가신 모양이다.

할아버지가 베트남으로 떠난 후 연고 없는 부산에서 다섯을 데리고 키우기 힘들었던 할머니는 자신의 오빠네와 어머니가 살고 있는 인천으로 옮겨 가 장사를 하며 생계를 이었다. 몇 년이 지난 후, 베트남전에서 돌아온 할아버지는 당시 연천에 있던 20사단으로 배속되었다. 할머니와 할아버지는 그 당시 제각각 인천에서 이미 학교를 다니고 있던 애들은 두고 아직 입학 전인 막내만 연천으로 데려가 자리를 잡았다. 그래서 엄마는 국민학교 3학년까지는 인천에서 언니, 오빠와 지내다가 방학 때나 되면 엄마, 아버지를 만나러 연천에 가서 지냈다고 한다.

하지만 할아버지는 얼마 안 가 이렇다 할 대책도 없이 덜컥 제대하고 말았다. 그 분명한 이유에 대해서 기억하는 사람은 없지만, 엄마의 기억 속에 조각조각 남아있는 것들을 모아서 보면 당시 할아버지의 군인 생활에 여러 가지 문제가 있었던 모양이다. 윗사람한테 제법 큰 돈을 빌려줬다가 돌려받지 못하는 일이 생겼는데 그걸 쫓아가 따질 줄도 모르니 그것 때문에 할머니랑 싸웠다고 하고, 어느 날은 아랫사람이 찾아와 잘 봐달라고 갖다준 걸 받았다고 할머니에게 화를 내다 한 판 했다고 하기도 하고. 곧이곧대로만 살아야 하는 사람이 부당한 것이든 이해되지 않는 것이든, 하라는 대로 하지 않으면 안 돼는 군 생활에 적응하고 살기 여러모로 쉽지 않았던 것 같다. 그래서 장사든 농사든 악으로 깡으로 척척 해내는 할머니와는 달리, 남에게 아쉬운 소리는 절대로 못 할 뿐 아니라 어디 가진 땅도 없고 밭일도 영 소질이 없는 할아버지는 다달이 나올 연금만 믿고 제대를 선택했다.

그렇지만 더 큰 문제는 사실 다른 곳에 있었다. 베트남에서 돌아온 후로는 할머니를 향한 할아버지의 폭력이 시작되었다는 것이다. 이전에도 두 사람이 서로 다투는 일이 없었던 건 아니지만 베트남에서 돌아온 이후 두 사람의 싸움에는 손찌검이 끼기 시작했다. 두 사람의 싸움은 어느새 일방적인 폭력으로 바뀌고 할머니는 집을 몇 번이나 나가 돌아오지 않기도 했다.

할아버지가 제대하면서 4학년에 올라가는 엄마도 연천으로 옮겨와 그때부터는 할머니와 할아버지, 엄마와 외삼촌 네 사람이 함께 살았다. 그때, 넷째와 막내는 어떤 때는 알콩달콩 사이좋게 지내다가도 한 번 싸움이 시작되면 전쟁이 일어나는 상황을 스스로 어떻게 해결할 수 없는 어린 나이였다. 그때, 두 사람은 평소 말수도 적고 약간 쌀쌀맞은 엄마와 달리 엄하긴 해도 다정하고 밝은 아버지가 왜 유독 엄마만을 저렇게 무섭게 때리는지 이해할 수 없었다고 한다. 그저 싸움이 시작되면 우리는 커서 저러지 말자 서로 다짐을 하고 한 이불 속에 숨어서 폭풍이 지나기를 기다렸다고 했다.

할아버지는 내가 초등학교 5학년이었던 2000년에 돌아가셨다. 일흔을 목전을 둔 해였다. 그때 할머니는 몇 날 며칠 동안 대성통곡을 하셨다. 할아버지가 늘 내다보던 집 앞 마당에서 할아버지의 옷가지를 태우던 날에도 할머니는 흙바닥에 주저앉아 계속 우셨다. 목이 다 쉬어서 며칠 동안 말을 제대로 못 할 정도였다. 노년에 이르러 힘이 다한 할아버지에게 술기운을 빌어 복수의 발길질을 하던 할머니는 자녀들의 예상과 달리 그 후로 술을 더 많이 드셨다. 그 후로는 거의 술을 안 마신 날이 없을 정도였으니까.

할머니와 달리 할아버지는 술을 좋아하긴 하셨지만 그렇게까지 많이 드시지는 않았다. 할머니가 막걸리로 세계를 제패할 수 있을 것 같은 정도로 드시는 반면, 할아버지는 매일이지만 맥주 몇 병 마시는 정도를 넘기진 않았다. 내 기억 속에 가장 많이 남아있는 할아버지의 모습은 마당 앞 작은 텃밭이 보이는 현관에 앉아서 그 어딘가를 바라보고 있는 모습이었다. 미닫이로 된 중문을 반쯤 열어두고 맥주를 드시며 담배를 태우던 그는 그렇게 작은 마당을 바라보는 시간이 많았다. 술에 거나하게 취해서도 뱀도 잡고 고추도 심고 깨도 터는 할머니와 달리, 할아버지는 연금 타는 날이면 자식들 만나러 가서 용돈도 주고 영양제 사주러 다녀도 농사일에는 그닥 적극적이지 않았다.

할아버지는 분명 할머니에 비하면 사근사근하고 다정한 분이셨다. 우리 집에 오신 날에는 동생과 나에게 자신이 어릴 때 배웠던 일본말을 가르쳐 주기도 하셨고 학교에서는 뭘 배웠는지 묻기도 하셨다. 그렇지만 엄마의 기억 속에 있는 기가 막히게 노래를 잘하고 흥이 많다는 할아버지를 나는 본 적이 없다. 오비맥주와 88담배, 그리고 이제는 우리와 상관없는 남의 살림이 된 그 집의 작은 마당을 말 없이 보던 모습. 그것이 나에게 남아있는 할아버지의 모습 이다.

오랜 시간이
흐른 뒤에

　2015년 나는 대학원에 입학했다. 할아버지와 할머니의 사연에 특별한 고민이 있어서 이 전공을 선택한 건 아니었다. 오히려 대학 생활 동안 맞닥뜨려야 했던 지긋지긋한 '빨갱이' 문제에 대해서 뭔가 나 스스로 답이 필요하다고 생각했기 때문이다. 진실과 정의가 중요하다고 생각했던 당시의 나는 세월호를 진상규명을 말하고 있는데도 북으로 가서 살라는 얘기를 들어야 하는 복장 터지는 상황에 대한 충분한 납득이 필요했다.

　이건 무슨 병인가? 내가 병인 건지 이런 얘기를 하는 사람이 병인 건지, 이성적인 방식의 대화도 대응도 안 되게 만들어 버리는 21세기 민주사회의 현실이 나에게는 아주 심각한 문제였다. 그렇게 진실과 정의가 아닌 뭔가가 더 필요한 것은 아닐까 고민하던 와중에 분단 트라우마라는 주제를 다루는 이 전공을 알게 되었다. 분단 트라우마 연구는 한반도의 분단이 빚어내는 사회문화적이면서도 정치적인 심리적 차원의 문제에 접근하는 관점과 방식인데, 이게 당시 내 고민의 결과 잘 맞아떨어진다고 생각했다.

그래서 나는 분단 트라우마를 포함한 코리언의 역사적 트라우마[12]를 다루는 통일인문학을 전공으로 선택했다. 그러니까 사실 그녀와 그의 사연은 내가 대학원을 오는 데까지는 별 연관이 없던 것이다. 그런데 수업을 듣고, 점차 트라우마에 대해 이해하기 시작하면서 생각지 않았던 외갓집 식구들의 면면이 하나씩 나에게 소환되기 시작했다. 그리고 나는 그 누구보다 할아버지를 떠올릴 수밖에 없었다.

마당을 보며 말이 없던 할아버지는 베트남전에 참전했던 군인들이 노년에 흔히 겪는 우울 속에 잠겨있었던 거라는 걸 이해했고, 생계를 위해 떠난 전쟁터에서 가족들에게는 차마 꺼낼 수 없는 경험을 하고 자신에게 남은

---

12 역사적 트라우마는 스스로를 한 집단의 구성원이라고 여기는 집단이 겪은 역사적인 사건과 경험에 대한 기억과 감정 등이 세대를 거듭하며 전승되면서 떠오르는 사회문화심리적 징후를 이른다. 홀로코스트가 가장 대표적인 사례이며, 코리언의 역사적 트라우마에는 식민, 이산, 분단 트라우마가 해당한다. 사건의 직접적인 체험자로서 트라우마로 인한 어려움을 겪는 생존자 문제도 여기에 해당하지만, 역사적 트라우마는 집단 트라우마라는 차원에서 다른 트라우마와 구별되는 측면을 갖는다. 즉, 역사적 트라우마는 홀로코스트, 또는 식민과 이산, 분단이라는 과거의 역사적 경험을 직접 체험하지 않은 후세대들에게 치유적 과정을 거치지 못한 역사적 트라우마의 기억방식과 감정구조가 전이되면서 지속적인 사회문화, 나아가 정치적인 문제들을 일으키고 갈등하게 하는 요소로 작동하게 된다는 것이 특징이며, 바로 이런 차원에서 역사적 트라우마 치유의 필요성이 여러 방면에서 제기된다.

PTSD(Post Traumatic stress disorder, 외상 후 스트레스 장애)[13]의 영향 때문에 아내를 때리기 시작했다는 것도 알아차렸다. 할아버지는 고엽제 피해자도 아니었고, 고강도의 PTSD를 앓고 있는 것도 아니라 가족들은 그의 문제를 그렇게 연결 지어 생각하지 못했던 모양이다. 본인도 그 전쟁에 관한 이야기, 그리고 군을 제대한 이유에 대해서는 일절 말하지 않았기에 누구도 그가 담아둔 사연이 무엇인지 알고 있는 사람이 없다.

거기 앉아서 무슨 생각을 하세요? 그렇게 묻지 못했던 오래전의 그때가 여러 번 떠올랐다. 그렇지만 내가 그때 그렇게 물었다고 한들, 그가 어린 나에게 대답해 줄 수 있는 얘기는 아마 없었을 거라는 것도 짐작할 수 있었다. 그가 자신에게 가둬둔 그것들은 그런 질문을 통해서 말해질 수 있는 것이 아니었다.

그는 치유 과정이 필요한 참전군인의 한 사람이었지만 그의 많은 동료가 그랬듯 트라우마는 온전히 그 개인의 몫으로 남겨졌다. 그리고 또한 많은 사람과 마찬가지로 그

---

13 PTSD는 생명에 위협을 느낄 정도의 충격적인 사건을 겪은 후 남게 되는 심리적이고 신체적인 총체적인 스트레스성 장애를 일컫는다. 이 경우를 빅트라우마라고 하기도 하는데, 이에 대비해 스몰트라우마라고 일컬어지는 CPTSD(복합성 외상 후 스트레스 장애, Complex Post Traumatic Stress Disorder)도 있다. CPTSD는 지속적이고 장기적인 신체 혹은 정신에 대한 속박과 억압, 통제와 탄압 등에 노출되면서 발생한다. PTSD와 CPTSD가 심한 경우 이를 겪고 있는 생존자는 외상 이전과 같은 일상생활을 영위하지 못하고 사람들과 관계 맺기에 어려움을 된다.

의 몫으로 남겨진 트라우마는 그의 가족들에게 또 다른 트라우마를 만들어 내는 과정으로 이어졌다. 정도는 각자 다르지만 할아버지와 할머니뿐 아니라 함께 살았던 엄마와 외삼촌, 이미 떨어져 살았지만 명절 때마다 찾아와 그들을 지켜본 이모들과 큰외삼촌에게도 그 영향이 미쳤다. 하지만 내가 이런 것들을 충분히 이해하게 되었을 때는 이미 일곱 명의 가족 중 세 사람이 이 세상 사람이 아니었다. 또, 살아계신 할머니의 건강 상태도 여러모로 좋지 않았을 때였다.

　이런 이유와 저런 이유들로 인해 나는 결국 역사적 트라우마와 치유에 대한 문제를 가지고 학위논문을 썼다. 대학원 생활의 시작은 민주적인 소통 문화와 정치적 논의를 가로막는 '저놈의 분단 트라우마를 어떻게 좀 해보자'였는데, 뒤로 가면서 그러한 트라우마적 사건들이 반복적으로 재생산되지 않고, 그것을 치유적인 방식으로 전환할 수 있는 방향과 방식에 대한 고민으로 뻗어나갔기 때문이다.
　그런데 '이놈의 치유'라는 것이 번번이 문제 제기를 받는 대상이 되었다. 인문학을 하는 사람이 의사도 아닌데 트라우마를 다루고 치유를 얘기하는 게 말이 되냐는 것이 핵심 골자였다. 또 한편으로 트라우마는 영원하기 때문에 치유될 수 없는 거고 그건 그대로 인정하고 두어야 한다는 얘기도 있었다. 심지어 역사적 트라우마가 치유의 대상으로 얘기가 될 수 있을만큼 학적인 체계가 있는 내용이냐는 지적도 있었다.

역사적 트라우마 문제는 확실히 복잡하다. 그것은 집단의 역사적 경험이 후세대에 다양한 기억 작업을 통해 전승되면서 떠오르는 것이라는 측면에서 트라우마적 사건을 직접 경험한 당사자에 국한하는 것이 아니면서도 생존한 당사자들 개인이 갖는 PTSD의 문제도 있다는 점에서 그렇다. 게다가 그것이 집단의 역사를 기억하는 방식과 관련된 문제다 보니 끊임없이 그 트라우마적 사건과 기억이 여러 매체를 통해 공중의 차원으로 재현될 수밖에 없다는 점에서 추가적으로 발생하는 문제들도 있다. 특히나 트라우마적 기억이 다양한 매체를 통해 재현되고 활용되는 과정에서 빚어지는 문제에 대한 우려와 비판의 이야기들이 많다.

나 역시 '트라우마 오늘부터 삭제! 이제 치유 완료!' 이런 게 가능하다고 생각해서 치유를 고민해야 한다고 했던 건 절대 아니었다. 그렇지만 나는 트라우마에 관한 모든 것이 의사만의 몫일 수 없다고 생각했다. 트라우마도 그런데 하물며 역사적 트라우마는 오죽할까. 나는 이 문제에 대해 당연히 의사가 아닌 사람도 함께 고민해야 할 몫이 있다고 생각했다. 그리고 무엇보다 트라우마와 관련된 문제들이 결국 대학원에 입학할 즈음 고민했던 것처럼 우리 사회의 정치문화와도 긴밀하게 연결된 문제일 수밖에 없기 때문에, 오히려 적극적으로 계속 고민하지 않으면 안 된다고도 생각했다. 그래서 나는 어떤 트라우마든, 그것이 트라우마라고 명명되고 치유의 과정으로 나아가는 모든 과정이 사회적인 정의와 정치적인 싸움의 문제와 결부된 것이라고 이야기한 주디스 허먼의 논의에 대해 깊이 공감했다.

내가 이런 지적, 저런 지적을 받으면서도 점점 더 트라우마의 사회적 치유라는 문제에 관심을 두며 골머리를 썩은 이유 중에는 할머니와 할아버지의 영향이 있었던 것 같다. 사실 그 두 사람의 경험이 내가 연구하는 식민, 분단, 이산이라는 코리언의 역사적 트라우마 사례에 들어가는 게 아니기 때문에 아주 명확한 연관성을 갖는 것은 아닐 거다. 하지만 어떤 트라우마라도 그 사안이 갖는 사회적 차원의 의미를 획득할 때 비로소 치유라는 과정으로 나아갈 수 있다는 것을 이해하고 난 다음부터는 내 안에서 분명 그 문제들이 서로 연결되기 시작했을 것이다.

트라우마에 대해 이해하기 전에도 나는 사회적 정의와 같은 문제를 아주 중요하게 생각해 왔었다. 그래서 나는 언제부터인가 점점 더 그 문제를 사회적으로 확장시키고 풀어내는 작업이 꼭 필요하다는 고민을 다소 집요하게 하기 시작했다. 누가 하라고 한 적 없는 나만의 싸움이 시작되었다고나 할까. 그리고 그건 아마도 우리가 지금은 트라우마라고 이야기하는 그 괴로움이 자신과 자신을 둘러싼 사람들의 삶에 왜 나타나게 된 건지, 도대체 그 시작이 어디인지 이유를 해명할 수 없는 상태로 온전히 개인적 운명과 운의 차원으로만 맡겨지고 나면, 그들 개인의 삶에 차마 글자로 옮겨 적을 방법이 없는 큰 슬픔을 남기는 건지 보아왔기 때문일 것이다.

할아버지에게는 그의 집에서 걸어 나와 자신과 유사한 경험을 하고 어떤 형태로든 PTSD가 남은 사람들과 함께 자신의 고통과 괴로움에 대해 이야기 할 공간이 있어야 했다. 그렇지만 한국 사회에서 베트남전쟁의 참전 문제는 국가의 냉전 이데올로기와 발전 서사 속에서만 활용되었을 뿐, 그 전쟁에 참전해 폭격에 노출되고 죽음을 목격했을 뿐 아니라 군인이 아닌 사람들까지 죽이는 경험을 하면서 복잡한 심리적 상흔을 안게 된 대다수 참전군인의 문제라는 차원에서는 제대로 접근되지 못했다. 그들 대부분은 참전해서 돈을 벌었을 것이고 할아버지처럼 일평생을 책임질 연금과 현충원에 안장될 자격을 얻었을 테지만, 그냥 그게 전부였을 것이다. 아주 최근에서야 한국의 베트남전쟁 참전의 의미에 대한 다각적 해석과 생존한 참전군인들의 PTSD 문제를 복합적으로 다루는 연구가 시민사회와의 연계 속에서 진행되고 있기 때문이다.

그래서 나는 그들이 겪은 문제와 고통의 의미를 쓰는 기억 작업이 오류를 갖고 문제를 일으킨다고 하더라도, 그래서 본질적으로 잘못된 방식의 재현이 반복될 뿐이더라도 아픔을 직접적으로 겪어보지 않은 사람들에게로 그것을 고민할 수 있는 장(場, field)을 만드는 시도가 계속되어야 한다고 생각했다. 아무것도 시도되지 않으면 그건 그냥 운이 나쁜 개인의 안타까운 사연으로 남게 될 뿐이고 그런 운 나쁜 개인들을 만들어 내는 국가와 사회가 문제라고 생각하지 않게 될 테니까 말이다. 오류와 실패는 시도했기 때문에 나타난 거니까, 개입하고 논쟁해서 더 나은 방식을 찾아보면 되는 게 아닐까?

그러니 우리는
실패할지라도

학위를 마친 후 맞은 명절에 나는 아마도 책장에 꼽혀 읽히지 않을 내 논문을 외삼촌댁에 가져갔다. 그리고 그날 삼촌 댁에 모인 외가 식구들에게 처음 할머니와 할아버지가 겪은 문제가 어떤 것인지, 내가 공부했던 것과 무슨 연관이 있는지를 이야기했다. 둘러앉은 그 누구도 할아버지가 정말 베트남에서 겪었던 일이 무엇인지, 그 후에 그가 어떻게 괴로웠던 건지 제대로 알고 있는 사람은 없었다. 쟤는 도대체 언제 졸업하고 취직하려고 하나, 집안에 아무도 공부를 좋아하는 사람이 없는데 쟤는 왜 저러나 싶어 했던 가족들이 다소 신기하게, 하지만 진지하게 그 이야기를 들어주었다.

엄마는 그 얘기를 듣고 "네 말을 들으니까 우리 아버지도 불쌍하네."라고 했다. 엄마에게 그동안 아버지는 아마 불쌍한 존재는 아니었던 모양이다. 엄마는 아버지를 좋아했지만, 그렇다고 마냥 좋아하기만 할 수 없었을 것이다. 그는 어쨌든 가정불화의 주범이었고, 남아선호사상이 투철해서 그토록 아낀 장남은 못 가는 전문대에 갈 수 있었던 본인을 결국 보내주지 않은 사람이니까. 어쨌든 엄마는 자신의 서글프고 안쓰러운 삶의 비밀이 조금은 풀려서인지, 아니면 강력했던 갱년기의 꼭짓점 지나 60세를 향해 나아가고 있었기 때문인지 몰라도 전보다는 좀 경쾌해졌다.

그리고 올해, 나를 트라우마라는 나 자신과의 싸움으로 밀어 넣는데 공헌을 한 주디스 허먼의 신간 번역본이 나왔다. 이번 책의 제목은 『진실과 회복 - 트라우마를 겪는 이들을 위한 정의』이다. 진실과 정의에 답이 없는 것 같아서 트라우마를 공부하기로 생각하고 대학원에 왔는데 이 사람이 다시 진실과 정의를 얘기하다니. 이래도 되는 건가?! 그렇지만 사실 그건 나에게 새삼스럽게 다시 돌아온 문제는 아니다. 오히려 내가 고민했던 진실과 정의의 문제는 트라우마를 만나면서 그 진폭이 확장되었다고 해야 맞을 것이다.

이번에 나온 허먼의 책에서 "근원적 불의에 기인하는 것이 트라우마라면, 더 넓은 공동체 차원에서 불의를 바로잡기 위해 모종의 조치를 취하는 것이 온전한 치유의 필요조건이다."라는 구절을 읽었다. 그 덕에 나는 의사가 아니라 인문학을 전공한 사람일 뿐이지만, 적어도 역사적 트라우마에 대해 "그런다고 치유가 돼요?"라고 묻는 사람한테 "정신의학을 전공한 의사도 그렇다는데요?"라고 말해줄 수는 있게 되었다. 그게 누구든 마음이 닿는 사람이라면 트라우마의 치유 작업을 위해 함께 힘 쓸 수 있는 동료가 될 수 있다.

그래서 나는 지금도 어떻게 하면 역사적 트라우마라는 문제를 더 많은 사람이 함께 고민할 수 있도록 만들 수 있을까에 대해 생각하며 살아가고 있다. 그것이 가진 방대함과 복잡함으로 인해 여전히 내 고민은 두루뭉술한 어느 지점에 있는 것 같지만, 결국 목표에 가까워지기 위해서는 실패를 거듭할 수밖에 없는 그 기억 작업을 계속 해야 한다는 것만은 확실하다. 과연 그 기억 작업을 손재주라고는 글씨를 쓰는 것 말고는 없는 내가 어떻게 할 수 있을지는 완전히 불확실하지만 말이다.

_____

봉우리들의 메아리

키득키득—

열세 편의 에세이를 읽을 때마다 입 밖으로 요란한 웃음
이 터져 나왔다.

수업 시간도 그렇거니와 세미나 이후 술자리에서 돈독
한 정을 쌓았던 이들에게 묘한 서운함도 가졌다. '이렇게
흥미로운 이야기보따리를 어떻게 감추고 살았대!'

제한된 지면에 삶의 전부를 담기에도 부족했을 텐데, 에
피소드 하나하나를 읽을 때마다 마치 '역사'의 봉우리를 넘
는 기분이었다. 각자의 삶에 식민과 분단이라는 거대한 서
사가 스며있었지만, 그것이 비극으로 다가오기보다는 마
음을 찡하게 울리는 정동(affect)으로 전해졌다. 필진들은
지난날의 부끄러운 자기와 내 안에 새겨진 역사적 트라우
마를 고백함으로써, 이론에나 등장하는 분단시대 또는 분

단체제를 밑바닥 삶의 이야기로 끄집어내었다. 필진들의 이야기 속에 '통일'은 거대한 봉우리 꼭대기마냥 높이 있지 않다. 이들에게 통일은 역사가 삶이 되는 순간의 쉼표로, 또는 봉우리에 오르면서 만끽할 수 있는 드넓은 바다로 등장한다.

열세 개의 에피소드를 읽어보면 알겠지만, 그들에게 한반도의 식민과 분단 그로부터 따라오는 '통일'이라는 과제는 대개 보통 사람들보다 각별하다. 그렇다고 이들에게 통일이 민족적 사명으로 상정되어 있지 않다. 어쩌면 그들에게는 태어나는 순간부터 어쩔 수 없이 얽혀버린 민족사(史)이자, 상속을 거부할 수 없는 '유산(遺産)'과도 같은 것이다. 하필 나의 가족이 전쟁의 피해자이자 이산의 1세대여서, 또는 막상 태어나보니 나의 민족은 두 국가로 나눠졌고 누군가는 그 국가 밖에 디아스포라로 살아야했기에.

절대적이고 굳건해 보이는 '역사'가 열세 명 각자에게 무거운 짐을 안겨준다는 점에서 기가 막히지만, 이들은 이를 던져버리기보다 굳이 짊어져서 거대한 물줄기의 바깥을 내는, 이전과 다른 갈래를 열어내는 동력으로 사용하고 있다. 통일이 희미해진 변두리에서 통일에 대해 얘기하거나, 통일을 말하는 곳에서는 한계를 짚어내어 새로운 상상력을 불러오는 작업 말이다. 그렇게 이들은 특이한 애 취급

받아도 분단이 남긴 슬픔의 끝자락을 물고 늘어지며, 때로는 사랑의 실천과제로써 통일사역을 수행하겠노라 다짐한다. 이들 앞에서 통일이 되냐, 안되냐, 맞냐, 틀리냐의 논쟁은 무의미하다. 이들의 수행 자체가 통일을 이뤄가는 과정이기 때문이다. 아니, 벽을 문이라 여기로 밀고 나가라는 늦봄의 당부처럼, 이들에게 통일이란 이미 이뤄낸 일일지도 모르겠다.

봉우리들 1
경계의 감각

우리 함께 긴장을 풀었으면 좋겠다. 어깨를 축 늘어뜨리고 긴 호흡을 후 내쉬고 다음 호흡을 준비해보자. 만나서 대화를 해보면 사실 우리 모두 별거 없다는 걸 알아차리게 될지 누가 알겠나. 분단으로 경직된 사회에 작은 균열을 내고 싶다. 그게 어쩌면 남쪽으로 경계를 넘은 나의 역할이지 않을까 생각한다. 맞다. 나는 경계를 넘었다. 북에서 남으로. 하지만 '탈북'이라는 정체성은 나를 온전히 설명할 수는 없다. 내 전부도 아니다. '북한사람'이었다는 정체성, 탈북이라는 정체성, 다시 '한국사람'이라는 정체성. 내 안에는 서로 적대적인 이 세 가지 정체성이 끊임없이 화학반응을 일으키듯 나를 흔들어 깨운다. 내 안의 다중 정체성을 갖고 유연하게 사유하고자 한다. 이런 내게 한국 사회에서 역할이 있다면 다시 경계를 넘는 것이리라. 이때의 경계는 우리 안에 만들어진 보이지 않는 무수히 많은 경계들, 분단이 만들어낸 경계들을 넘는 것이리라. 더 정확히는 경계를 허무는 일, 균열을 내는 일, 그런 일을 계속 하고 싶다. (조경일)

　나는 서울에서 살고 있는 재한 조선족 유학생이다. 대학교 때 '통일인문학세계포럼'을 계기로 통일인문학과와 인연을 맺게 되어 2019년에 건국대 통일인문학과에 입학하게 되었다. 어릴 때부터 나는 가족과 친척들이 얘기해주신 조선족의 가족 이야기와 이주사에 대해 관심이 많았다. 조상들이 어떻게 한반도에서 중국으로 왔는지에 관한 이야기가 너무 재밌었다. 왜냐하면 조상들의 힘든 이주와 정착 과정이 현재의 나를 만들었기 때문이다. 우리 할머니 덕분에 '재중 조선족'이라는 정체성을 가지게 되었다. 비록 내가 대학교 시기 정체성 혼란을 겪었지만, 지금은 조선족인 나를 사랑한다. 마지막으로 내 글이 조선족의 이해에 도움이 됐으면 한다. (이문형)

　통일인문학과를 졸업하고 나는 여전히 미술작가로 미술계에서 활동하고 있다. 인문연구자로서 동서미술문화학회 활동을 통해 종종 논문발표도 하고 있다. 여전히 경계인의 삶이다. 결코 부정의 의미부여는 사양한다. 그리고 이번 에세이 글쓰기를 위한 나의 시간들과 사유의 한계는 푸코의 헤테로토피아와 닮아 있었다. (신희섭)

봉우리들 2
슬픈 유산

나는 내가 어디 누군가의 자식으로 태어나는 것을 선택할 수 없다. 부모에게서 그들의 말과 글을 익히고 태어난 땅에서 살면서 이 땅의 말과 글도 알게 된다. 나는 말과 글을 통해 나 자신과 이 땅을 알아가게 된다. 조상들의 고향과 현재의 고향은 나를 만들었다. 조상들의 고향에서 나는 외국인이고, 현재의 고향에서 나는 소수민족이라는 신분을 가지고 있다. 어느 고향에서나 나는 변두리에 위치한 사람이다. (박국빈)

이른바 MZ세대인 나는 통일을 공부한다고 하면 자주 특이한 애 취급을 받곤 한다. 거기에 이어지는 밑도 끝도 없이 통일이 될 것 같냐는 질문엔 어영부영 넘어가기 일쑤다.

이산 1세대인 할머니의 죽음 이후, 나는 더 깊은 고민에 빠졌다. 이제 와서 통일을 염원하는 것이 무슨 의미가 있을까? 분단의 당사자들은 이제 모두 세상을 떠나고 없는

데. 여전히 답은 모르겠다. 그렇지만 앞으로도 그 슬픔의 끝자락을 물고 늘어질 작정이다. 왠지 나에게 그러한 의무가 주어진 것만 같기도 하고, 그것 외엔 달리 할 일이 없기도 해서. (김형선)

나는 중학교를 졸업할 때까지 연천에 살았다. 엄마는 중학교 입학을 앞두고 있던 나를 연천에는 없는 글쓰기 교실에 보내고야 말겠다는 의지로 장사하느라 못 가는 본인 대신 할머니에게 나와 의정부에 다니라고 했다. 지금이야 연천까지 전철이 다니게 되었지만, 그때는 의정부역까지 한 시간에 한 대 있는 기차를 타고 꼬박 한 시간을 나오지 않으면 안 됐다. 그리고 나에게는 그 겨울의 어느 날, 손톱보다 큰 함박눈이 펑펑 쏟아지던 흐린 날, 할머니와 둘이서 전곡역 플랫폼에서 의정부행 경원선 열차를 기다리던 날이 또렷하게 남아있다. 그 해 겨울방학 내내 할머니와 그렇게 의정부를 왔다갔다 한 덕에 어쩌면 나는 지금도 글을 쓰면서 살 수 있는 사람이 되었는지도 모른다. 그래서 지금껏 나를 성장시킨 모두에게 감사하지만, 오늘은 특별히 할머니에게 에필로그를 빌어 특급 감사 인사를 올리려고 한다. 할머니, 고마워요! (박솔지)

봉우리들 3
통일의 꿈

통일의 꽃을 피우는 아이
이른 아침 꽃밭에 물도 주었네
날이 갈수록 통일의 꽃은 시들어
꽃밭에 울먹인 아이 있었네.
통일의 꽃 피워 꽃밭 가득히
가난한 아이의 손길처럼,

통일의 꽃은 시들어 땅에 떨어져
통일의 꽃 피우던 아이도 앓아 누웠네
누가 망쳤을까 아가의 통일 꽃밭
누가 다시 또 통일 꽃 피우겠나.

통일 꽃 피워 꽃밭 가득히
가난한 아이의 손길처럼.

통일이라는 단어가 낯설다. 멀리 떨어져 있으면 잊혀지기 십상이다. 통일의 담론을 우리 곁으로 끌어당겨 활발하게 논의를 하는 사회 풍토를 만들어야 한다. 우리 힘 모아 통일의 꽃밭 가꾸는 손길 가득하길 기대하고 싶다. (도상록)

탈북민, 특히 탈북청년들은 이 땅에 통일의 가능성을 보여주고 있다. 그들의 현실적 삶이 어렵지만, 그들이 우리 사회와 함께한다는 사실 자체는 일상에서의 통일을 보여준다. 초국경 루트를 통해 비공식적 교류기 이루어지기 때문이다. 그러나 통일이라는 아젠다는 반드시 이루어져야 한다는 당위성과 현실적으로 분단이 일상화되는 양면성을 가지고 있다. 그럼에도 통일은 이 땅에 태어난 모든 사람들의 소망이 되어야한다. 통일의 여건이 성숙되지 않아 통일이 불가능하다는 현실론이 우세하지만 역사의 흐름은 아무도 예측할 수 없다. 이미 통일의 흐름을 감지하는 남은 자들은 각자의 삶의 자리에서 통일을 이루어가고 있다. 멀고도 가까운 날에 DMZ을 자유 왕래하는 그 날을 바라본다. (김기연)

봉우리들 4
궁리하기

인간의 역사를 전쟁의 역사로 보아도 될 만큼 전쟁은 우리에게 친숙한 사건이다. 그래서 전쟁 연구는 일찍이 전쟁 발발의 원인과 경과, 종결에 이르기까지 일목요연한 틀을 갖추었다. 그리고 비교적 최근인 20세기에 항목이 하나 추가된다. 전쟁 이후 사회에 드리운 충격과 상처, 생존자의 비틀어진 삶과 2차 3차로 전염되는 상처의 그늘을 연구하는 것이다. 그 과정의 하나가 명명하기다. 이름을 바꾸어 인식의 관점을 바꾸는 것으로 피해자를 생존자로 명명하는 것도 그중 하나다. 생존자! 참 무거운 이름이다. 전쟁에서 살아남았다는 안도의 의미만 있는 게 아니기 때문이다. 그들은 껍데기만 같을 뿐 전쟁 이전과 이후 완전히 다른 사람이 되어 새로운 전쟁을 치른다. 이름하여 생존 전쟁. 분열된 자아를 겨우 붙들고 아무렇지 않은 척 살아가기 위해 애쓰지만 그 자체가 불가능한 사람들도 많다. 전쟁 트라우마라는 PTSD에 사로잡히기 때문이다. 더 큰 문제는 트라우마도 전염된다는 사실이다. 바이러스도 아닌데 전염된다니 믿을 수 없는 일이지만 정신의학과 심리학에서 최근 힘을 얻고 있는 견해다. 내가 두려운 것은 바로 이것이다. 한반도에 다시 전쟁이 발발한다면 우리는 과연 어떤 삶을 살아가게 될까? 전쟁 이후의 삶을 학습한 자로서 그보다 더 끔찍한 일은 없을 것이다. 그래서 전쟁을 예방하기 위한 하나의 방책으로 '분단'이라는 이름을 새로운 이름으로 명명하기를 바란다. 통일과 반통일, 전쟁과 평화의 논의가 분단이라는 뫼비우스의 띠에 올라타면 탈출구가 없는 무한궤도를 돌게 된다. 상호존중과 평화공존을 원한다면 과감히 관점의 변화가 있어야 한다. 지금이 분단에 다른 이름을 붙여줄 때다. (박성은)

    콘크리트 장벽으로 가로막혀 서로의 사회에 대해 제대
로 알지 못하고, 이념 대결로 서로를 미워하며 갈라져 살
아 온 지 70년이 넘어간다. 식민과 분단, 전쟁과 국가폭력,
시민항쟁으로 이어지는 한국현대사를 기록한 영상은 문자
시대 신문기사처럼 영상시대에 우리의 역사를 기록한 사
료다. 생동감 있게 기록한 영상을 기초로 평화통일콘텐츠
가 많이 제작되었으면 좋겠다. 분단된 땅에서 전쟁의 위협
을 느끼며 살아가는 남북민이 우리의 아픔을 공감하며 이
해하고, 평화와 공존을 얘기할 수 있는 일에 작은 디딤돌
하나 더하고 싶다. (김정아)

    통일인문학과를 다니며 배운 앎들은 학교 현장에서 학
생들과 함께 통일의 의미를 찾아가는 과정으로 이어졌다.
아이들이 통일을 자신들의 삶과 연관 짓고, 공감하는 과정
을 보며 나 자신도 더 큰 책임감을 느끼게 되었다. 통일은
우리 사회가 추구해야 할 궁극적인 목표 중 하나일 것이
다. 이는 단순히 국가 차원의 문제가 아니라 개인의 삶 속
에서 실현될 때 달성할 수 있는 것 같다. 앞으로도 나는 통
일교육의 꽃을 피우기 위해 노력을 멈추지 않을 것이다.
아이들과 함께 심은 통일교육의 씨앗이 우리 사회 곳곳에
서 꽃을 피우고 열매를 맺기를 바라며…. (이도건)

봉우리들 5
결국은 사랑

　우리는 흔히 "아는 만큼 보인다"고 말한다. 그러나 지난 10년간 내가 겪은 경험은 반대였다. "본 만큼 알게 되었다." 통일인문학 덕분에 다양한 텍스트와 사람들을 만났다. 그렇게 사람을 접하고서야 나의 눈과 귀가 조금씩 열리기 시작했고, 통일을 준비하는 자세가 달라졌다. '관계 맺음'이 통일의 첫걸음이며, 그것의 완성은 '사랑'이라 믿는다. 초기 기독교 신학자 아우구스티누스의 말을 곱씹어보는 요즘이다. "본질에는 일치를, 비본질에는 자유를, 모든 것에 사랑을." (박종경)

　쓰는 내내 부끄러웠다. 그래도 꼭 전하고 싶었던 고백을 마쳤다. 여전히 나는 어떤 사람이 되고 싶은지, 나의 연구가 어디에 닿기를 바라는지 불투명한 질문을 가지고 있다. 그래도 이 글을 통해 마음 한 구석에 알 수 없는 '결심' 하나를 콕 심어두었다. 가진 것 하나 없어 하루하루 변덕부리며 방황했던 서른넷에 심은 이 결심이 먼 시간이 흐른 뒤에 무엇이 되어 있을라나. 미래에도 이 글이 지금처럼 간지러우면서도 묵직함으로 전해지기를, 앞으로의 글이 밑바닥의 삶과 시대로부터 솟아나기를. (이태준)

김형선·이태준 엮음